Charlotte Camp

DER GESICHTSLOSE

ROMAN

Über das Buch:

Der Gesichtslose

Alles hat mit dem durchqueren der unheimlichen Höhle
begonnen,
der Höhle, die sich als Zeitkanal erwies.
Eine andere Welt tat sich ihnen auf, alles war plötzlich anders.
Ihr ganzes Leben hatte sich schlagartig verändert
Sie konnten der langweiligen Gegenwart entfliehen und in
andere Zeiten eintauchen.
So pendelten sie durch die Jahrhunderte, verirrten sich im
Strudel der Zeiten und verloren sich.
Schien ihre Liebe auch unvergänglich, so sahen sie sich
plötzlich getrennt – auseinandergerissen.
Doch ein anderer lauerte schon begierig, seine Stelle
einzunehmen, das süße Gift der Sünde auszukosten.
Das Schicksal hatte sich jedoch gegen sie entschieden, hatte
sich brutal gerächt, für die Dreistigkeit Gott spielen zu wollen,
hatte ihn grausam gestraft, für ein Stückchen vom Paradies.

Zur Autorin:
Nach einem turbulenten Leben,
in selbst gewählter Ruhe und Abgeschiedenheit,
in einem kleinen Harzdörfchen,
widmet sie sich nun ausschließlich ihrem Hobby,
dem Schreiben, fantastischer Abenteuer Romane.

Fortsetzung   der Trilogie

Inhalt:

Kapitel 1: Stolpersteine

Justin konnte auch nicht schlafen und war ebenfalls, von dem Brandgeruch alarmiert, aus dem Bett gesprungen.
Er öffnete die Tür zum Flur und sah das Feuer.
Am Ende des Korridors schläft Carla friedlich, dachte er erschüttert, ich muss sie retten. Er plagte sich durch den Qualm, helle Flammen hatten sich bereits ausgebreitet, selbst die Tür des Schlafzimmers brannte schon.
Er stieß die Tür auf und sah voller Entsetzen, das Bett hatte Feuer gefangen.
Dort lag sie, oh Gott sie wird in den Flammen umkommen.
Die Flammen leckten nach ihm, gleich tausend gefräßigen Bestien, mit dem Todeshauch der Hölle.
Er spürte nicht den glühenden Atem des Höllenfürsten.
Er suchte nach ihren Armen, tastete nach ihrem Gesicht zwischen den glimmenden Kissen, beugte sich, dem Wahnsinn nahe über sie, doch er fand sie nicht mehr.
Durch seinen keuchenden Atem, entfachte er das schwelende Feuer zum Leben, so das ihm die Flammen wie eine Fontäne entgegen schossen.
„Carla Liebste, wo bist du?", rief er verzweifelt, doch es kam keine Antwort!
Jetzt musste er sich selber retten und sprang in höchster Not aus dem Fenster.
Er hatte schlimme Brandwunden und brach sich beide Beine bei dem Sprung aus dem zweiten Stockwerk.
Indessen war auch die Tante zu uns auf dem Weg.
„Er ist hier, er lebt, er hat sich auch gerettet", rief sie mir zu, „komm Mädchen, komm schnell, er ruft nach dir".
Ich lief in die Richtung aus der sie gekommen war und hörte

ihn laut stöhnen.

Er lag neben dem Rosenbeet fast an der gleichen Stelle an der auch ich vor ein paar Minuten gelandet war, doch ich war nicht gesprungen, mir war es gelungen an den Efeuranken hinabzuklettern.

„Justin, liebster Justin", rief ich im Näherkommen, „bist du etwa von dort oben aus dem Fenster gesprungen"?

„Um Gotteswillen, kannst du dich bewegen?"

Er bewegte die Arme.

„Wo hast du Schmerzen?"

„Überall, oh solche Schmerzen", glaubte ich ihn murmeln zu hören. Ich kniete mich auf die Erde und bettete seinen Kopf auf meinem Schoss.

„Der Krankenwagen wird gleich da sein", sagte ich.

Er griff im Dunkeln nach meiner Hand.

„Carla du lebst, geht es dir gut?", hauchte er stockend, ich hörte es ganz deutlich.

„Ja mir geht es gut, ich habe nur ein paar Brandblasen an den Armen und Händen aber dich hat es schlimmer erwischt, ich schätze du hast mehrere Knochenbrüche aber Knochenbrüche heilen wieder, Hauptsache dein Rücken ist okay", sagte ich, obwohl ich glaubte, dass er mich nicht mehr hören konnte.

Ich sah zu dem Fenster hinauf, dort flackerte es schon, die Flammen schlugen bereits aus dem Fenster.

„Ich werde sterben, das ist jetzt mein Ende", vernahm ich seine heisere Stimme, „Wolfgang hat Recht behalten", stammelte er, „du wirst mir nur Unglück bringen hat er gesagt, allen bringst du nur Unglück, du bist eine Hexe".

„Ja du hast Recht, aber auch ich habe dich von Anfang an gewarnt".

Murmelte ich, erschrocken über diese harten Worte und

drückte seine Hand.

„Aber an diesem Unglück trage ich keine Schuld".

Meine Worte erreichten ihn nicht mehr, er war in eine erlösende Ohnmacht gesunken, er schien schon zu schweben in einer anderen Sphäre. Er wird doch nicht etwa…

Doch er sagte noch etwas, die Worte trafen und berührten mich sehr.

„Lebwohl meine Fee, mein flüchtiger Traum, mein Engel der mich mit seinen Flügeln gestreift und geblendet hat, ich durfte ein Stück Himmel sehen und erleben, dafür muss ich jetzt sterben, für zu viel Glück, Lebwohl ich fliege jetzt davon, alles war nur ein Traum, die ganze Zeit mit dir".

„Bleib hier Justin, hier auf der Erde bei mir ich bin wirklich, ich bin kein Traum".

Er antwortete nicht mehr, ich strich ihm sanft über das Gesicht, doch statt seiner festen Wangen fühlte ich etwas Glitschiges unter meinen Fingern.

Er schrie vor Schmerz.

Der Rettungswagen und die Feuerwehr trafen ein.

In aller Eile wurde der Schwerverletzte auf eine Bahre gehoben und in den beleuchteten Wagen geschoben, zur weiteren Versorgung.

Jetzt sah ich voller Entsetzen, er hatte kein Gesicht mehr.

Oh mein Gott, wenn er überlebt und sich im Spiegel sieht, der schöne Justin ein Monster, ein Totenkopf.

Ich sackte zusammen und erwachte in der Klinik.

„Warum bin ich in einem Krankenhaus"., fragte ich die Ärztin verwundert.

„Sie hatten einen Schock und diverse Brandwunden Frau"…

„von Elzen", sagte ich ohne zu überlegen.

„Ach, sie sind gar nicht die Frau des armen Brandopfers!"

„Ich bin seine Braut, wir standen kurz vor der Hochzeit!"
„Oh das tut mir leid, nun wird es wohl nichts mehr mit der Hochzeit".
„Sie sind unverschämt". zischte ich sie an.
„Oh, entschuldigen sie vielmals ich habe es nicht böse gemeint, ich wollte damit sagen, er wird eine sehr lange Genesungszeit brauchen".
„Er wird also leben?", fragte ich hoffnungsvoll.
„Das werden die nächsten 5 Tage zeigen, er hat schlimme Verbrennungen, wie um Gotteswillen konnte das nur passieren, dass er sich das Gesicht und die Arme so fürchterlich verbrannt hat?"
Ich zuckte mit den Schultern, denn ich hatte nur Vermutungen.
„Wann kann ich zu ihm?", fragte ich und fürchtete mich gleichzeitig vor dem fürchterlichen Anblick, mein Herz krampfte sich vor Mitleid zusammen.
Ich muss es ertragen das bin ich ihm schuldig, was ist das schon im Gegensatz zu seinen Leiden.
„Sie können jederzeit zu ihm gehen, er liegt in einem künstlichen Koma, ich würde ihnen allerdings nicht raten ihn gleich morgen aufzusuchen".
„Sie haben ihren Schock noch nicht überwunden, heute behalten wir sie noch auf der Krankenstation, morgen können sie dann ein Privatzimmer beziehen", sagte sie und verließ das Krankenzimmer.
Ich hatte eine Beruhigungsspritze erhalten und spürte bereits die Wirkung doch meine Hände hörten nicht auf zu zittern.
Ich löschte das Licht, konnte jedoch keine Ruhe finden.
Die grausigen Bilder in meinem Kopf wollten nicht weichen.
Justin wollte mich aus den Flammen retten und wäre selber fast verbrannt, nun ist er entstellt für den Rest seines Lebens.

Was soll das für ein Leben sein, wie soll er das verkraften, ein Leben verborgen vor der Öffentlichkeit. Meine Unruhe wuchs, ich klingelte die Nachtschwester herbei und verlangte ein starkes Schlafmittel, doch der Horror in meinen Kopf, wandelte sich in wüste Albträume, fratzenhafte Gestalten umtanzten mich im Höllenfeuer in dem auch ich schmorte, auf ewig verbannt. Ich muss raus hier, schrie ich in höchster Not und erwachte schweißgebadet.

Ich träumte weiter, erlebte wieder die Zeit, als alles begann. Durch Zufall hatte ich die gruselige, düstere Höhle entdeckt, die mich abstieß und gleichsam faszinierte.

Ich durchschritt sie wieder. Vor Entsetzen fast gelähmt, nicht fähig umzukehren, hörte die schauderhaften Schreie der auf ewig verbannten Seelen.

Ich taumelte wie in Trance dem Licht des Ausgangs entgegen, der Höhle, die sich als Zeitkanal erwies und mich in ein früheres Jahrhundert ausspie.

Ich spürte wieder das gleiche Entsetzen, die Ungläubigkeit als ich mich plötzlich in einer längst vergangenen Zeit wiederfand, allein der feindlichen, fremden Zeit preisgegeben. Doch ich blieb nicht lange allein, denn noch am gleichen Tag traf ich ihn, den Mann der wie ich die mystische Höhle, allerdings vor vielen Jahren schon passiert hatte, Günter der Bergführer.

Wir verliebten uns unsterblich ineinander und gingen von nun an unseren Weg gemeinsam. Unser Leben bestimmte fortan das Tor zur Ewigkeit, der Zeitkanal, der uns ein sorgenfreies Leben ermöglichte. So konnten wir jederzeit in die Zukunft reisen und uns mit allen Errungenschaften der neuen Zeit versorgen, denn mit einem Sprung, ein paar Jahre zurück, gelang es uns gar, uns zu verjüngen und waren es nur 5 - 6 - oder10 Jahre. Doch so waren diese gewonnenen Jahre verloren, aus unserem Gedächtnis gelöscht, denn die Zeit hatte ja nicht stattgefunden, obgleich wir sie durchlebt hatten, verwirrend und dennoch logisch.

Auch Justin zählte neben meinem Liebsten und Wolfgang, Günters Sohn zu den wenigen Zeitreisenden, von denen ich wusste.

Justin, der wie eine Bombe in mein Leben gekracht war, ein Weltmann und Playboy stets mit einem umwerfenden Lächeln, doch oft auch mit einem spöttischen Grinsen im Gesicht, sich seiner Ausstrahlung voll bewusst.

Er spielte jedoch nur eine unbedeutende Nebenrolle, konnte trotz aller Aufbietung seines ganzen Charmes mein Herz nicht erreichen, doch er gab nicht auf, hoffte auf seine Chance.

Nach meiner heimtückischen Endführung, 3 Tage vor unserer Hochzeit, gelang es meinem Liebsten nach endlosen Monaten meiner Gefangenschaft, mich ausfindig zu machen und mich aus den Klauen des russischen Fürsten zu befreien.

Doch dadurch wurde er selbst zum Gejagten, man fahndete nach ihm, er wurde von den Schergen des Fürsten verfolgt und erbarmungslos gehetzt und schließlich gefangen und in den Kerker geworfen.

Von mir getrennt. Statt meiner der Freiheit beraubt, erniedrigt und gefoltert.

Nun war ich frei doch allein, musste ohne ihn im Verborgenen weiterleben. Das war mehr als ich zu ertragen vermochte.

Verzweifelt, unendlich einsam in meinem Versteck, zog ich mich in mich selbst zurück, verlor den Boden unter den Füßen und fiel in ein tiefes Loch. Ich sah keinen Sinn mehr im Leben, betäubte mich, stopfte mich mit Drogen voll und dämmerte so meinem Ende entgegen.

Mehr tot als lebendig, vegetierte ich dahin, vergaß zu essen, wollte nur noch schlafen, den ewigen Schlaf.

So fand mich Justin, nun war seine Zeit gekommen.

Hartnäckig und unermüdlich zog er mich mit eiserner Hand Stück für Stück aus dem Sumpf, in dem ich zu versinken drohte. Zwang mich zu essen, zerrte mich an der Hand in die Natur, ließ mich die Sonne wiedersehen, die Blumen blühen, die Vögel singen hören und den Wind in meinen Haaren spüren.

Er wich nicht mehr von meiner Seite, ließ mich keinen Augenblick allein.

Ich lebte wieder und folgte ihm ergeben.

Wie eine Marionette ging ich mit ihm, dankbar der unerträglichen Einsamkeit entronnen zu sein, in die neue Zeit des 21. Jahrhunderts in der ich in Sicherheit war, sicher vor meinen Verfolgern. Denn ich wusste das der Fürst unermüdlich nach mir suchten ließ. Er hatte ein hohes Kopfgeld auf mich ausgesetzt, wollte mich mit aller Macht wiederhaben.

Ich weilte nun in einer anderen Zeit, 200 Jahre von meinem Liebsten entfernt, konnte ich ihn nicht heimlich besuchen, ohne selbst in höchste Gefahr zugeraten.

Von unserem treuen Diener erfuhr ich, dass er ohne Gerichtsverhandlung eine unbestimmte Zeit in Gefangenschaft verbringen musste, ohne Anhörung, dem Vergessen preisgegeben, in der Versenkung verrotten würde.

Drei Jahre, vier oder noch länger, eine Hoffnungslose Zeit des zermürbenden Wartens.

Mir blieb nur, mich in mein Schicksal zu fügen und das Beste daraus zu machen.

Ich lebte nun mit Justin in seinem hübschen Haus im Erzgebirge, von ihm und seinen Verwandten umsorgt und verwöhnt wie eine Königin, doch ich konnte ihm nicht geben was er sich ersehnte und von mir erwartete, denn meine Liebe galt einzig meinem Günter.

Nun ja wir arrangierten uns, verstanden uns prächtig und hatten eine angenehme Zeit. Ich hatte genug Zerstreuung, bekochte ihn, übernahm die Aufgaben der Hausfrau, spielte meine Rolle als Geliebte, spielte sie gut, doch meine Gedanken, mein Hoffen und Sehnen galt allein dem Moment an dem ich meinen einzig Geliebten wieder in die Arme schließen würde.

Wir unternahmen Ausflüge in die Berge, führten lange Gespräche, vergnügten uns auf Partys, besuchten Galaempfänge, bewegten uns in der Schickeria der oberen 10 Tausend, von eifrigen Reportern, von Kameras geblitzt im Scheinwerferlicht.

Der bekannte Industrielle mit dem Ruf des Playboys und die schöne Gräfin die den unsteten Lebemann, offensichtlich gezähmt hatte, doch dieses oberflächliche Leben ödete uns an, führte zu Eifersüchteleien, denn Justin wollte mich nur für sich. Auch mir behagte diese Art zu leben keineswegs, doch ich passte mich den Gegebenheiten an.

Mit Besorgnis spürte ich immer öfter Eifersucht in mir aufsteigen, wenn Justin mit einer anderen Frau tanzte oder auch nur sprach.

So verging die Zeit für mich mit warten und hoffen, auf diesen einen Tag, von dem ich jedoch nicht wusste wann er sein würde.

Drei Jahre waren vergangen, ich hatte mich an Justin gewöhnt. Das war nicht schwer, denn er verwöhnte und umwarb mich, fesselte mich mit seinem Charme, seiner Liebenswürdigkeit, seinem umwerfenden Lächeln und seinen Künsten im Bett.

Weis Gott, er war ein unglaublicher Liebhaber, ein Mann der alle Verführungskünste und Finessen vortrefflich beherrschte und für sich zu nutzen verstand.

Dennoch war er sich meiner nie ganz sicher. Ich glaube ich war auf dem Weg mich in ihn zu verlieben, doch ich wollte es mir nicht eingestehen. Denn mein einziges Streben galt nach wie vor, meinem Günter oder waren meine Gefühle für ihn längst erkaltet? Denn er verblasste immer mehr, war nicht mehr allgegenwärtig, nein das konnte nicht sein, er war der Mann zu dem ich gehörte, er war der Mann mit dem ich mein Leben teilen wollte.

Die Ungewissheit trieb mich in meine alte Umgebung, ich war begierig, neues von Günter zu erfahren.

Nach vielen Überredungskünsten konnte ich Justin zu einer Reise in das Schlösschen, dem Wohnsitz Günters Vorfahren, in dem wir oft unsere Ferien verbrachten, große Familienfeiern und Sippen Zusammenführungen zelebrierten, überreden.

Von dem Portier erfuhr ich dort, das Günters Freilassung unmittelbar bevorstand.

Doch das genaue Datum, war ihm nicht bekannt denn unser Diener Jonny zürnte mir, warf mir Verrat und Untreue vor, sah mich nicht mehr als die Braut seines Herren an.

So hielt er es nicht mehr für nötig, mir Auskunft zu erteilen. Ich konnte seinen Groll nachempfinden und hatte diesbezüglich ein schlechtes Gewissen. Doch diese Nachlässigkeit hatte fatale Folgen. Denn hätte ich den Tag der Freilassung gewusst, so wäre ich selbstverständlich zu seinem Empfang vor Ort gewesen und das fürchterliche Unglück wäre nicht geschehen und es hätte nicht so schreckliche Folgen. Denn ich hätte mich an dem gewissen Tag ja nicht mehr in

Justins Haus befunden. So aber nahm das Unheil seinen Lauf und veränderte unser Leben auf unvorstellbar grässlichste Weise.
Meine Odyssee nahm kein Ende und brachte Grauen und Elend über uns.

Ich spürte die Hitze des Feuers im Gesicht, unfähig ihr zu entkommen, zerrte ich an der Decke, das ist jetzt also mein Ende, meine Strafe für meine Untreue, ein bisschen Glück, dachte ich und wand mich vor Entsetzen. Ich will nicht sterben, wollte ich schreien, doch ich brachte keinen Ton heraus. Keiner kommt mir zu Hilfe, während der helle Schein des Feuers nach mir züngelte.

Die Sonne schien ins Zimmer und traf mein Gesicht, ich schlug die Augen auf, sogleich befiel mich dieses ungute Gefühl, etwas Schreckliches war geschehen.
Ich sah den entstellten Justin vor mir. Justin ohne Gesicht nur mit einer blauroten geschwürigen blasigen Masse zwischen Stirn und Hals, möglicherweise hatten auch seine Augen gelitten, die Augen die so lustig blinzeln konnten.
Ein Weinkrampf schüttelte mich, ich zog mir die Decke über den Kopf doch die Wirklichkeit konnte ich damit nicht ausschließen.
Ich hörte es an der Tür klopfen und lugte unter der Decke hervor.
Onkel und Tantchen standen mit versteinerten Gesichtern in der Tür.
„Oh je, wie konnte das alles nur passieren, der arme Junge", jammerte Tantchen und betupfte sich die Augen.
„Meine Frau hat dir ein paar Sachen mitgebracht, Schuhe und

deinen Mantel von unten an der Garderobe, oben in eurem Schlafzimmer ist alles verbrannt", sagte der Onkel.

Ich hatte mich im Bett aufgesetzt und entblößte meine bandagierten Arme.

„Ist das Haus noch zu retten?", fragte ich mit zitternder Stimme.

„Ich fürchte es ist unbewohnbar", entgegnete der Onkel, „wir müssen jetzt in Rente gehen".

„Last uns einen Kaffee zusammen trinken, unten im Haus im Restaurant", schlug ich vor, „ich bin in 10 Minuten bei euch".

„Habt ihr ihn schon gesehen?", fragte ich als ich mich zu ihnen an den Tisch setzte.

Sie nickten Beide und schwiegen, die Tante fing wieder an zu weinen, der Onkel reichte ihr sein großes Taschentuch.

Wir schlürften unseren Kaffee und knabberten lustlos an einem Gebäckstück herum.

„Was wird nun werden, was wird sein, wenn du nicht mehr da bist", fragte die Tante unvermittelt.

„Ach, Justin hat gut vorgesorgt für Euch, ihr braucht euch keine Sorgen zu machen".

„Nein das meine ich nicht, um uns mache ich mir keine Sorgen vielmehr was mit dem Jungen wird, du wirst doch sicher jetzt nicht mehr hier bleiben bei ihm, jetzt wo er nicht mehr aeh,- ich meine so eine junge schöne Frau wie du"…

„Ich werde hier bleiben bei ihm so lange er mich braucht!", versprach ich.

Warum habe ich das jetzt gesagt? Dachte ich, ich weiß ja gar nicht ob ich seinen Anblick ertragen kann.

„Dann bin ich erstmal beruhigt", sagte die Tante, „wir müssen jetzt gehen, es gibt viel zu tun".

„Wir werden retten was zu retten ist", sagte der Onkel, „das

Untergeschoss hat nicht allzu viel abbekommen, das Feuer ist vermutlich im Schornstein hinter dem Treppenaufgang ausgebrochen, Murks-Arbeit, die Handwerker haben schlampig gearbeitet, das schlimmste in der Parterrewohnung ist jetzt der Wasserschaden".

Heute bin ich noch nicht bereit ihn zu sehen, dachte ich als ich mein Zimmer wieder betrat. Die Schwester wartete schon auf mich.
„Ich wollte sie jetzt zu ihren Räumen begleiten Frau Gräfin". sagte sie und musterte mich.
„Wie bitte, was haben sie eben gesagt?
„Na ja, ich habe es in der Zeitung gelesen".
„Ah ja, die Klatschpresse ist immer schnell dabei, wenn unsereins vom Unglück verfolgt wird, laben sie sich daran".
Gottlob hatte mir Justins Tante die richtige Jacke gebracht, ich löste das Futter an einer bestimmten Stelle und fand das Bündel Euronoten. Ich atmete erleichtert auf denn wieder einmal besaß ich nichts, hatte alles verloren auch meine Aufzeichnungen der letzten 2 Jahre waren mit Sicherheit verbrannt. Ich werde mir gleich ein neues Büchlein besorgen und noch heute mit dem Schreiben beginnen.
Ich kaufte mir die nötigsten Kleidungsstücke und beeilte mich, wieder in meine Räume zu kommen.
Jetzt hatte ich eine wichtige Aufgabe.
Ich bestellte mir eine Kanne Tee und begann zu schreiben.
Ich begann mit dem Tag an dem mich Justin stolz und glücklich in sein Haus geführt hatte. dort hatte ich kaum Gelegenheit zu schreiben und habe mir nur ein paar unvollständige Skizzen gemacht, nun musste ich von vorne beginnen.

16

Ich vergas zu essen, vergas wo ich war.

Alles Erlebte, erwachte in meinem Buch zu neuem Leben, der Stift eilte über das Papier. Es wurde dunkel ich knipste die Stehlampe neben dem Tisch an und lebte die Zeit noch einmal durch. Um 4 Uhr früh legte ich den Stift beiseite, die Augen fielen mir zu. Nach 3 Tagen endlich raffte ich mich auf und wappnete mich für das was mich nun erwarten würde.

Ich blickte zunächst durch die Glasscheibe und sah eine Mumie, eine mit Verbänden umwickelte Gestalt aus der nur die Nase und die Haare herauslugten.

Zögernd öffnete ich die Tür und näherte mich mit weichen Knien dem Bett.

„Er schläft fest er kann sie nicht hören, gehen sie nur", hörte ich eine Männerstimme und sah den Doktor den ich vorher nicht bemerkt hatte.

Er nickte mir aufmunternd zu und reichte mir die Hand.

„Ihren Gatten hat es übel erwischt", sagte er, „aber er wird durchkommen, allerdings wird er einige chirurgische Eingriffe über sich ergehen lassen müssen, sie werden beide sehr stark sein müssen".

„Vorher werden wir ihn aufpäppeln, bei der Schwere seiner Verbrennungen und den Frakturen möchte ich ihn zwei, drei Wochen im Tiefschlaf halten".

„Wie viel Frakturen hat er, Herr Doktor?"

„Nun ja, er hat sich beide Beine gebrochen, das rechte Bein zweifach, die Arme sind bis auf die Brandwunden unversehrt geblieben auch seine Wirbelsäule ist wie durch ein Wunder heil geblieben".

„Sein Puls und Blutdruck ist erstaunlicherweise normal, er hat gute Chancen, in drei Tagen rechne ich mit der Krise, wenn er die überstanden hat, können sie beruhigt heimfahren".

„Auf jeden Fall kann er sich glücklich schätzen so eine aeh,- tapfere Gattin an seiner Seite zu haben", er räusperte sich verlegen und zog sich zurück.

Ich suchte Justins Hand unter der dünnen Bettdecke.

„Ich lasse dich nicht allein liebster Justin", murmelte ich, „wenn du willst werde ich dich mitnehmen, ja ich werde dich mitnehmen".

Der Gedanke reifte in mir.

Auch seine Hände waren verbunden, ich faste sie zaghaft.

Zu gern hätte ich ihm über die Wangen gestrichen und einen Kuss auf die Stirn gehaucht. Ich nahm seinen Anblick in mir auf und verließ auf Zehenspitzen den Raum.

Das ist also jetzt mein Justin, dachte ich wehmütig, ich muss mich damit abfinden, muss mich daran gewöhnen, je eher desto besser, dachte ich und steuerte das Restaurant an.

Ich hatte Hunger, zum ersten Mal, verspürte ich wieder ein Hungergefühl, das Leben geht weiter, ich brauche Kraft für das was mir noch bevorsteht!

Allein in meinem Zimmer, dachte ich über meine Situation nach.

Drei Tage ist es her, vor drei Tagen wollte ich heimkehren zu meinem Günter.

Der Tag ist verstrichen.

Auch heute, morgen und übermorgen, würde ich nicht gehen können.

Ich wollte zu ihm zurück und konnte es nicht, sei es drum.

Ich werde schon eine Lösung finden grübelte ich. Jetzt werde ich alle meine Sorgen abwerfen und auf später vertagen, ich werde nun einen Stadtbummel machen und shoppen gehen, alles kaufen was mir gefällt.

Meine Stimmung besserte sich je mehr sich meine Taschen

füllten.

Ich erstand reizende Kleider, Blusen und probierte sie vor dem Spiegel in meinem Zimmer.

Ich hatte einen Endschluss gefasst, in drei Wochen würde ich meinen Günter aufsuchen und Nägel mit Köpfen machen.

Drei Wochen vergehen schnell, wenn man ein Ziel hat, dachte ich. Jetzt muss ich erst einmal abwarten was die nächsten Tage ergeben.

Mir graute vor dem Moment an dem Justin seine Augen aufschlagen würde und der grausamen Wirklichkeit ausgesetzt ist und viel mehr noch, wenn er einen Spiegel verlangen wird.

Der fünfte Tag in der Klinik.

Ich machte einen kleinen Abstecher auf die Intensivstation, sprach zu Justin, sagte wie jeden Tag das gleiche, das ich ihn nicht verlassen würde.

Die Bandagen auf seinem Gesicht wurden immer kleiner, ich sah immer mehr der scheußlichen Brandgeschwülste, so konnte ich mich langsam daran gewöhnen.

Das Mitleid würgte mich in meiner Kehle, ich holte tief Luft um nicht losheulen zu müssen, wendete mich rasch ab und verließ den Raum.

Der sechste Tag.

Ich besuchte Justin und bestellte mir später ein Taxi. Ich ließ mich zu unserem Haus fahren um selbst das Ausmaß der Zerstörung in Augenschein zu nehmen.

Der widerliche Brandgeruch erschreckte mich und ekelte mich an.

Das Wohnzimmer sah ich fast unverändert, bis auf die Wasserflecken überall, hier könnte ich sogar schlafen, wenn der Brandgeruch nachlässt.

Justins Papiere und Akten hatten keinen Schaden genommen

doch schon im Treppenhaus sah man die Spuren der Verwüstung. Ich hatte zunächst geglaubt das Feuer hätte sich vom Kamin in der Stube ausgebreitet aber es war am Schornstein entstanden. Die oberen Treppenstufen waren schwarz gebrannt und mürbe.

„Vorsicht, das ist lebensgefährlich", warnte mich der Onkel.

„Ach, mein Fliegengewicht werden sie schon tragen", sagte ich leichthin. Hier oben war alles schwarz, der Gestank ätzend. Ich warf einen Blick in das Schlafzimmer, mir krampfte sich der Magen zusammen, das ganze Bettzeug war ein Aschehaufen auch von dem großen Kleiderschrank war nicht viel übriggeblieben.

Alles muss herausgerissen werden, dachte ich. Doch auch die Deckenbalken waren schwarz gebrannt, nein, hier war nichts mehr zu retten.

„Kann man das Obergeschoss nicht einfach abbauen?", fragte ich naiv.

„Oh so einfach geht das nicht, du glaubst man könnte einen Bungalow aus diesem Haus machen!", er schüttelte den Kopf, das kann ich dir nicht beantworten.

„Ich bin kein Statiker, zu dem kann das nur Justin entscheiden".

„So wie ich ihn einschätze, wird er alles abreißen und dem Erdboden gleichmachen lassen".

Ich durchschritt alle Räume der unteren Etage auch die Küche und das untere Bad war noch benutzbar.

Ich öffnete alle Fenster und sah in den Garten.

Es wäre zu schade, wenn das gesamte Haus abgerissen werden muss, dachte ich.

In der Küche bereitete ich mir Kaffee und trank ihn auf der Fensterbank sitzend.

Ich dachte immer, Justin hängt sehr an diesem Haus doch nun hatte ich meine Zweifel ob er es jemals wieder betreten würde nach allem was geschehen ist.

Bald darauf trat ich aus der Haustür und verschloss sie hinter mir. Im Garten traf ich die Tante, sie hatte einen Strauß Astern gepflückt und reichte ihn mir.

„Justin wird dieses Jahr keine Freude daran haben, nimm du sie mit, sie werden dein Zimmer verschönern".

„Oh ja, danke das werde ich gerne tun".

Ich umarmte die alte Frau und drückte ihr einen Kuss auf die Wange.

„Ich werde wiederkommen, dann können wir uns unterhalten, es gibt noch viel zu bereden Tante", sagte ich abschließend.

Ein Taxi brachte mich wieder in die Klinik.

Eine weitere Woche war vergangen.

Jeden Tag suchte ich Justin auf, er lag inzwischen in einem Krankenzimmer mit eingegipsten Beinen. Die Krise war überstanden doch er bemerkte nichts von meinen täglichen Besuchen an seinem Bett.

Die dritte Woche war fast vorüber.

Die Bandagen wurden entfernt, ich sah sein entstelltes Gesicht und schnappte nach Luft, mir wurde schwarz vor Augen ich taumelte.

„Sie müssen jetzt sehr stark sein", sagte der Doktor, „das schlimmste steht uns noch bevor wenn er aufwacht, er hat noch einen langen Leidensweg vor sich!"

Am nächsten Tag bemerkte ich erste Regungen bei ihm.

Ich sprach weiterhin jeden Tag zu ihm ob er mich nun hören konnte oder nicht.

„Ich bin hier bei dir liebster Justin auch morgen und übermorgen werde ich da sein".

Später lief ich stundenlang über einsame Feldwege bis in den
nahen Wald.

Es begann zu regnen der Himmel war verhangen und trübe,
wie meine Gedanken.

Warum muss ich dies alles erleben warum werde ich so
bestraft? Was jedoch ist mein Leid gegenüber dem von Justin!

Zwei Tage später öffnete er zum ersten Mal die Augen.

Die Schwester hatte mich rechtzeitig gerufen. Ich saß am Bett
und hielt seine Hand als seine Lider zu flattern begannen.

„Ich bin hier Liebster", sagte ich besänftigend und beugte
mich über ihn.

Für einen Moment traf mich sein Blick.

„Carla Liebes", sagte er, „ich bin also nicht gestorben aber"…

„Du wirst wieder gesund werden deine Wunden heilen gut",
sagte ich und fühlte meine Augen feucht werden.

Er hatte seine Augen wieder geschlossen.

Ich saß noch eine Stunde an seinem Bett und redete, ich weiß
nicht mehr was es war, auch unwichtig, er sollte nur meine
Stimme hören.

„Gehen sie jetzt bitte", hörte ich den Doktor sagen, „er schläft,
kommen sie morgen wieder".

Ich kam wieder. Er öffnete seine Augen und sah sofort in
meine Richtung.

„Du bist ja immer noch hier", sagte er und versuchte zu
lächeln.

Jetzt kommt der Moment vor dem ich mich am meisten
gefürchtet hatte.

„Was ist mit meinem Gesicht?"

Ich sah seine Hände zu seinen Wangen wandern, er betastete
sie erschrocken.

„Was ist mit meinem Gesicht?", wiederholte er panisch, „das

bin ich nicht, ich stecke in einem falschen Körper".

Die Schwester hatte blitzschnell eine Spritze aufgezogen schon stach die Nadel in sein Fleisch.

Er beruhigte sich wieder und versank in tiefen Schlaf.

Ich hielt die Hände vor meine Augen und schluchzte hemmungslos. Auch ich bekam eine Injektion und beruhigte mich. Wenig später wurde ich von der Schwester gestützt in mein Zimmer begleitet.

Ich konnte nichts essen, konnte keinen klaren Gedanken fassen. Wie in Trance ging ich durch die langen Flure von einem Impuls gesteuert zu Justins Krankenzimmer.

Er war schon wach und sah mir entgegen. Ich zwang mich zu einem Lächeln und schritt zu dem Bett des fremden Mannes.

Das war nicht mehr Justin und dennoch, unter der scheußlichen Hülle pochte immer noch sein Herz, floss sein Blut, arbeiteten seine Gedanken, es war sein Haar das sich auf dem Kopfkissen kringelte, seine Augen stachen aus dem fremden Gesicht.

Ich beugte mich über ihn und drückte ihm einen flüchtigen Kuss auf den Mund.

Seine Augen ließen mich nicht los.

„Ekelt es dich nicht vor mir?, ich muss doch scheußlich aussehen, ein Monster".

Die Schöne und das Ungeheuer", zischte er zynisch.

„Kostet es dich viel Überwindung mich zu küssen?"

„Sprich nicht so mit mir", sagte ich und begann zu weinen.

Ich setzte mich zu ihm auf das Bett und griff zu seiner Hand. Wir schwiegen.

„Warum bist du noch hier?", fragte er nach einer Weile, „du wolltest doch fortgehen!"

„Ich bleibe hier, wie könnte ich dich jetzt allein lassen",

sagte ich.

„Du bleibst also aus Mitleid hier, wie lange?"

„Ich werde dich nicht allein lassen, mach dir darüber keine Gedanken, du musst erst einmal gesund werden bald wirst du wieder laufen können hat der Doktor gesagt".

„So so, das hat der Doktor gesagt und wann werde ich mein Gesicht wieder haben he,- hat das der Doktor auch gesagt?"

„Na ja, du wirst ein paar Operationen überstehen müssen mein Schatz, alles wird wieder gut werden".

„Na da bin ich aber beruhigt, alles wird also wieder wie früher sein", sagte er sarkastisch.

„Sei nicht so verbittert liebster Justin, du kränkst mich".

„Bah,-ich kränke Madame, du strahlst vor Schönheit und ich bin…ich bin"…

„Sag es nicht, sprich nicht weiter Justin, zerstöre nicht alles was schön war zwischen uns, du musst dich beruhigen, ich werde jetzt gehen ich komme morgen wieder, sag nichts was du hinterher bereust, es wird immer zwischen uns stehen", sagte ich bevor ich ging.

Alles war zu erwarten so wie es eingetroffen ist, dachte ich und es wird noch viel schlimmer kommen, wenn er sich erst der Endgültigkeit seiner Situation bewusst wird, etwa, wenn er sich in einem Spiegel gesehen hat.

Dann wird er einen Schock erleiden und in ein tiefes Loch sinken dann ist es an mir ihn wieder aus den Abgrund herauszuziehen und geduldig wiederaufzubauen.

Auch er, besonders er muss stark sein, über sich selbst hinauswachsen, zunächst werden wir das Laufen üben, später werde ich ihn in eine gute Reha-Klinik bringen lassen dort können auch die ersten kosmetischen Operationen erfolgen.

Meine Güte, ich muss jetzt über Ihn entscheiden als wäre er

ein unmündiges Kind, dachte ich. Ich glaube jedoch es wird ihm recht sein.

Bald darauf machte er die ersten Gehversuche, nachts wenn alle Patienten schliefen lief ich mit ihm über die langen Gänge. Natürlich sah er sich bei diesem ersten Ausflug im Spiegel. Ich sah wie er zusammenzuckte und sich stöhnend beide Hände vor das Gesicht schlug, immer und immer wieder, dem Wahnsinn nahe.

Ich griff erschrocken nach seinen Armen.

„Justin reiß dich zusammen", sagte ich hart, „ich werde mir das nicht länger ansehen".

Früher konnte ich jede kleinste Gefühlsregung von seinem Gesicht ablesen, nun waren seine Gesichtszüge, die feinen Muskeln zu einer steifen Maske erstarrt.

„Mein Anblick muss dich doch anwidern, wie bringst du es fertig diese scheußliche Fratze anzusehen, ich ekle mich selber vor mir", sagte er zu mir als ich ihn am nächsten Tag wieder aufsuchte.

Ich wiegte tadelnd den Kopf und ging nicht mehr auf solche Sprüche ein, ich ließ ihn reden.

„Ich wollte dich abholen zu einem Tässchen Kaffee in meinem Zimmer, ich habe dir einiges zu sagen".

Ich reichte ihm seine Krücken.

Wir setzen uns auf die Couch in meinem Appartement. Ein Kellner brachte uns Kaffee und Törtchen, im Hintergrund lief leise Musik. Ich nahm seine Hand und begann zu reden.

„Unterbreche mich, wenn du nicht einverstanden bist mit dem was ich dir jetzt sage, ich werde dich in eine Spezialklink begleiten dort werden auch die ersten kosmetischen Eingriffe ausgeführt, die Hautverpflanzung an deinem Gesicht".

„Ich werde ein paar Tage bei dir bleiben und dann meine

eigenen Angelegenheiten regeln, später, vielleicht noch in diesem Jahr, kommen wieder".

Ich wartete auf eine heftige Reaktion von ihm, gleichwohl, es kam keine.

Er nickte mehrmals brav wie ein kleines Kind und zuckte anschließend mit den Schultern.

„Ich füge mich, ich begebe mich vertrauensvoll in deine Hände, was sollte ich auch sonst tun, wenn du über mich verfügen willst bin ich gern dein Mündel, du bist mein Licht und Leben".

Ich hatte lange Gespräche mit dem behandelnden Arzt geführt und mich über weitere erfolgsversprechende Behandlungsmöglichkeiten beraten lassen.

Ich begleitete ihn, regelte alles für ihn wie eine Ehefrau und wohnte drei Tage bei ihm in einem geräumigen Zimmer mit Bad. Alles würde nach Plan ablaufen.

Noch vor Jahreswechsel würde voraussichtlich die zweite OP. Erfolgen.

„Hier wirst du noch mehr Brand und Unfallopfer kennen lernen, keiner wird dich schief ansehen oder gar anstarren. Sicher wirst bald Bekanntschaften oder Freundschaften schließen", redete ich wie zu einem Kind mit ihm.

„Ja Mama", antwortete er und versuchte wie früher immer, zu grinsen.

Es war Mitte Dezember als ich mich verabschiedete, noch am gleichen Tag sollte die erste Operation an Justins Gesicht erfolgen. Er war sehr aufgeregt und würde mich nicht wie sonst vermissen, er fragte nicht wohin ich gehe, er wollte nur wissen ob ich wiederkommen würde.

„Ich komme wieder in zwei oder drei Wochen", versprach ich, „dann werde ich dich fragen ob du mich begleiten willst, du

hast also mehrere Wochen Zeit zum Überlegen".
Wir umarmten und küssten uns flüchtig und ich begann meinen einsamen Weg in eine ungewisse Zukunft.

Kapitel 2: Die Hoffnung

Der Zug ratterte fast drei Stunden durch hüglige Landschaften, Tunnel, Wälder und Wiesen, in der Ferne waren die Berge allgegenwärtig. Ich versuchte meine Gedanken zu ordnen, was würde mich erwarten?
Ich verließ den Bahnhof und bestieg ein Taxi welches mich direkt bis an unseren Zauberberg brachte.
Ich ging zuerst in das große Einkaufscenter um meine aufgewühlten Nerven durch ein wenig Abwechslung zwischen dem lauten Trubel zu beruhigen.
Meine Hände zitterten und meine Beine wollten erst ihren Dienst verweigern als ich den Berghang erreichte.
Als ich mich endlich aufgerafft hatte und mit dem Aufstieg begann, klopfte mein Herz bis zum Halse.
Ich wusste, dass die nächste Stunde mein Schicksal mein weiteres Leben bestimmen würde. Wusste jedoch nicht ob ich mit diesem Trip in die Zeit zurück, die Zeit dazwischen auslöschen würde, aber es war ja die Realzeit die ich jetzt verlassen würde. Trotzdem zögerte ich vor dem letzten Schritt, dem Schritt in die Höhle.
Ich hatte panische Angst vor den nun folgenden Minuten und setzte mich um ein wenig Zeit zu gewinnen auf den Felsen, von dem aus ich tief unten im Tal unser Haus sehen konnte, das Haus, in dem wir so viele Jahre gelebt hatten, in unzerstörbarer Liebe verbunden. Dort unten wartet mein Liebster, da gehöre ich hin.
Mein Herz krampfte sich zusammen in Erinnerung an verträumte und berauschende Stunden, dem unsäglichen Gefühl, - Eins - zu sein.
Ich hatte unbeschreibliche Sehnsucht nach ihm, ich war ihm so

nahe und doch so fern, die Ungewissheit gepaart mit Angst ließ mich fast das Atmen vergessen.

Jetzt wollte ich nicht mehr grübeln, ich setzte alles auf eine Karte, ich wollte nicht mehr selbst entscheiden müssen alles war mir plötzlich egal, wenn mein Leben nur wieder in eine klare Richtung geht.

Ich erhob mich entschlossen und betrat die Höhle, was hatte ich für eine andere Wahl.

Zwei Minuten später stieg ich wieder ins Freie, in das Jahr 1874.

Habe ich alles vergessen? Für den Fall hatte ich meine Aufzeichnungen dabei aber ich war mir sogleich sicher, ich habe nichts vergessen.

Heute Morgen habe ich mich von Justin verabschiedet, einem Justin der nichts mehr mit dem schönen, witzigen, charmanten tollen Mann gemeinsam hat.

Ich wusste ihn gut versorgt, musste nun meine eigene Angelegenheit geregelt bekommen, wollte endlich zu meinem Günter zurück.

Mit banger Sorge begann ich den Abstieg, sechs Wochen zu spät.

Als ich das Tor sah verließ mich der Mut meine Schritte wurden immer langsamer, schließlich blieb ich stehen und stierte auf den Klingelknopf.

Die Angst abgewiesen zu werden lähmte mich, noch gab es Hoffnung.

Ich weiß nicht mehr wie lange ich dort stand, unfähig den nächsten letzten Schritt zu wagen als das Tor plötzlich von innen geöffnet wurde.

Mein Günter stand nur wenige Meter vor mir und starrte mich an wie eine Fremde, ehe er endlich zu sprechen begann.

Doch was er sagte wollte nicht in meinen Kopf, ich konnte nicht glauben was ich hörte. Ich hatte mit den schlimmsten Worten gerechnet doch die Wirklichkeit war grausamer als alles was ich mir schon wochenlang in meinen Kopf zurechtgelegt hatte.

Ich drückte die Hände auf meine Ohren, wollte es nicht hören, doch jedes Wort drang brutal in mein Hirn, traf mich wie ein Keulenschlag. Ich zuckte zusammen, krümmte mich und sank auf die Knie.

„Du wagst es noch mir unter die Augen zu treten?, du untreues Weib", zischte er mit grausamer Verachtung, „ich weiß alles von deinem Lotterleben, ich will dich nicht mehr, ich kann dich nicht mehr sehen, kann deinen Anblick nicht mehr ertragen".

„Geh mir aus den Augen, du bist nicht mehr die von der ich fast 3 Jahre geträumt habe, so lange habe ich gewartet, jeden Tag an dich gedacht, du bist es nicht wert auch nur einen weiteren Gedanken an dich zu verschwenden du bist nichts anderes als eine"….

Er sprach das letzte Wort nicht aus, er gönnte mir noch einen letzten Blick der mich bis ins Innerste traf, dann wendete er sich um und ging mit zuckenden Schultern.

„Liebster", rief ich ihm nach und konnte es nicht glauben, obwohl ich in meinen schlimmsten Wachträumen diese Szene so ähnlichgesehen hatte, doch nun da es wirklich passierte konnte ich es nicht fassen.

Mein Günter stößt mich von sich, will mich nicht mehr, verabscheut mich.

Auch ich wende mich jetzt um und begann zu laufen fort von diesem schmachvollen Ort.

Ich rannte über die Straße zum Berg stolperte und fiel, jetzt erst begann ich hemmungslos zu weinen. Ich rappelte mich wieder auf und hetzte weiter, so konnte ich nicht sehen das er längst stehen geblieben war.

Noch ein paar Minuten und ich bin in einer anderen Zeit, dachte ich und sah die Höhle schon, als ich ihn rufen hörte.

„Carla warte, Carla Liebste warte doch auf mich lauf nicht weg, geh nicht wieder fort, ich verzeih dir alles", flehte er keuchend.

Kurz vor der Höhle hatte er mich eingeholt und umklammerte mich, er sah mir ganz dicht in die Augen.

Oh mein Gott diese Augen, sie trafen mich bis in die tiefste Seele, sie entzünden mein Herz und setzen es in Flammen.

Ich stand wie erstarrt stocksteif dann hob ich langsam meine Hände zu einer nicht enden wollenden Umarmung.

Ich hatte ihn wieder meinen Liebsten, aber ich würde nicht bleiben können, nicht lange denn es war ein Versprechen einzulösen, eine Aufgabe, ein lebenslanges Versprechen das ich nicht brechen würde.

Wir hielten uns noch immer fest umschlungen und begannen sodann den Abstieg. Wir überquerten die Straße passierten das Hoftor. Günter konnte die Augen nicht von mir lassen.

„Komm Liebste, komm ins Haus, nach Hause, es ist so leer ohne dich", er hob mich hoch und trug mich über die Türschwelle.

„Jetzt beginnt unser neues Leben", sagte er und setzte mich in der Küche ab, „hast du Hunger oder Durst?"

Er löffelte bereits Kaffeepulver in den Filter und klingelte ungeduldig nach seinem Diener.

„Kauf uns den besten Kuchen", rief er in die Sprechanlage, „mein Mädchen ist wieder gekommen".

„Bin ich hier nicht in Gefahr, ist nicht ein Kopfgeld auf mich gesetzt?", fragte ich ängstlich.

„Nein, der Fürst hat einen Schlaganfall erlitten, wir können auf der Stelle heiraten, Ur- Ur hat alles vorbereitet, er bereut zutiefst was er uns angetan hat, er erwartet uns obwohl ich ihm gesagt habe, dass es mit uns kein Happy End geben wird, du hast ja einen anderen!"

„Machst du nur einen Besuch bei mir", fragte er, plötzlich zweifelnd, „seid ihr möglicherweise schon verheiratet, mache ich mir falsche Hoffnungen?"

„Ich bin nicht verheiratet und ich werde dich auf der Stelle heiraten, du bekommst mich, aber nur im Doppelpack".

„Hast du inzwischen ein Kind bekommen von einem anderen?"

„Nein kein Kind, ein Pflegefall, ich habe ihm versprochen ihn ein Leben lang zu pflegen, er ist fürchterlich entstellt sein Gesicht ist verbrannt, er hat mich aus lodernden Flammen gerettet", sagte ich nicht ganz wahrheitsgemäß.

„Alle wenden sich jetzt von ihm ab, ich nicht, ich muss seinen Anblick ertragen".

Günter schwieg betroffen.

„Er hat also dein Leben gerettet und darum fühlst du dich verpflichtet", sagte er nach einer Weile.

Ich nickte. "Ich kann ihn jetzt nicht in Stich lassen"

„Du willst also zu ihm zurück?", sagte Günter, „ich wusste das es mit uns keine Zukunft mehr gibt, ich habe es die ganze Zeit geahnt", sagte er traurig.

„Du hast mich falsch verstanden", entgegnete ich, „ich dachte eher daran ihn hier her zu holen, wenn du es duldest, er tut mir so leid, dann brauchten wir uns nie mehr zu trennen, ich könnte dann hier bleiben".

„Ach ich verstehe", sagte Günter, „er soll also hier im Haus leben, wer ist es, kenne ich ihn"?

„Nein ich glaube nicht".

„Er ist also jetzt entstellt und pflegebedürftig, wir könnten eine Krankenschwester für ihn einstellen".

„Ja das könnten wir", bestätigte ich.

„Und du willst trotzdem mich heiraten?"

„Ja natürlich, du bist doch mein Mann, zu dir gehöre ich für immer, der andere war nur Trost in der Einsamkeit, ich war so allein, so lange, ich wurde verrückt vor Kummer stopfte mich mit Pillen voll, wollte nicht mehr leben nur noch schlafen mich betäuben, versinken im „Nichts", schon damals hat er mich gerettet vor dem vollständigen Versumpfen, vermutlich wäre ich heute tot oder in einer Anstalt, er war also mein Retter!"

„Warum hast du nicht ihn geheiratet, wenn er ein so toller Kerl ist?", fragte Günter.

„Das frage ich mich inzwischen auch", entgegnete ich mit einem scherzhaften Seitenblick zu ihm.

Er stellte den Kaffee und das Geschirr auf den Tisch und setzte sich dicht neben mich, er umfasste mich und wollte mich gerade küssen als der Diener an das Küchenfenster klopfte.

Günter sprang auf um an die Haustür zu gehen.

„Komm rein mein Freund, teile mit uns Kaffee und Kuchen, freu dich mit uns, heute ist ein Feiertag, meine Kleine wird bleiben wir werden bald Hochzeit feiern".

„Reite noch heute zu dem alten Grafen und sag ihm, in drei Tagen wünschen wir unsere Trauung im Schoss, er brauche nur den Standesbeamten und den Bürgermeister bestellen, er und du werden die Trauzeugen sein".

„Aber junger Graf, sie haben doch gesagt, alles ist aus", gab Jonny zu bedenken.

„Ach was kümmert mich mein Geschwätz von Vorgestern,

33

komm feiere mit uns".

Nach dem Kaffee holte Günter eine Flasche Cointreau und schenkte fleißig ein.

„Ich würde ja gerne selber meine Hochzeit arrangieren aber ich kann doch meine Kleine nicht am ersten Tag schon alleine lassen, keinen Moment werde ich sie mehr alleine lassen", sagte er mit schwerer Zunge.

Als Jonny fortgeritten war, brachte ich Günter zu Bett, die Freude und der Alkohol waren ihm zu Kopf gestiegen, ein paar Stunden Schlaf würden ihn wieder frisch machen.

Wir haben noch so viel zu bereden!

Er verschlief den Rest des Tages und wurde erst nachts wieder munter, wir blieben bis mittags im Bett.

Danach gingen wir gemeinsam ins Bad um uns frisch zu machen, Günter kämmte mein langes Haar und flocht mir den lang ersehnten Zopf. Ich frisierte ihn und band sein Haar mit einer Lederschnur zu einem Pferdeschwanz zusammen.

Wir neckten uns und kicherten albern.

Später gingen wir fein Essen in das Restaurant im Center unter der Kuppel.

Wir hatten uns chic gemacht. Wir bemerkten sofort das wir angestiert wurden der Herr im feinen Anzug mit dem markanten Gesicht, den grauen Schläfen und den strahlenden Augen, ebenso die aufregende schöne Frau an seiner Seite, von der man gerne einen Blick erhascht hätte, doch „Sie" hatte nur Augen für den Mann neben sich. Wir hielten uns nicht lange auf, es war keine gute Idee hier her zu kommen, sei es drum.

Bei unserem späteren Gang um das Dorf begann ich zu fragen.

„Nun erzähl doch endlich etwas aus deiner Gefangenschaft, wann wurdest du entlassen?"

Am 30.Oktober trat ich in die Freiheit.
Zwölf Uhr mittags mit preußischer- Pünktlichkeit wurde das
Tor geöffnet. Zwei andere Kerle verließen mit mir das
Zuchthaus. Einer wurde von einer lieben Frau, mit 7 juchenden
Kindern, fast zu Tode gedrückt.
Ich glaube der war froh über die paar Monate Ruhe vor seiner
Familie.
Der andere ging in das nächste Wirtshaus und ich habe mich
vergeblich nach meiner Gefährtin umgeschaut. Einzig mein
treuer Diener hat auf mich gewartet, er hat mich gut darauf
vorbereitet das du nicht auf mich warten würdest, dennoch hat
es unglaublich geschmerzt, tagelang, wochenlang, der
Schmerz ließ nicht nach, wurde nicht geringer. Ich rechnete
nicht damit dich noch einmal zu sehen, na ja eventuell um
einige Sachen zu holen, wie ich gestern geglaubt habe.
Da mich nur mein Diener hat willkommen geheißen in der
Freiheit, von meiner Liebsten gab es keine Spur, keine
Nachricht…
„Du sagst am 30 Oktober mittags, schön und gut, aber ich habe
es nicht gewusst".
„Ich stand ständig mit dem Portier im Schlösschen in
Verbindung, ihr habt mich nicht benachrichtigt, es ist eure
Schuld das ich nicht vor dem Gefängnis gewartet habe ich
wäre selbstverständlich gekommen um dich in die Arme zu
schließen, ich hatte doch so lange auf diesen Moment
gewartet".
„Ich wäre also hier gewesen am 31 als das schlimme Unglück
geschah, er hätte mich nicht aus den Flammen retten müssen
denn ich wäre ja gar nicht da gewesen".
„Alles läuft nur zu unserem Nachteil, du siehst also, das
Schicksal meint es noch immer nicht gut mit uns, wir müssen

es selbst in die Hand nehmen und für unser Glück kämpfen".
„Ja wie Recht du hast, die letzten 10 Jahre sind wir penetrant vom Pech verfolgt, ach was sage ich, vom Unglück eingefangen, jeder hat ein kleinwenig Schuld daran!"
„Warum habt ihr mich nicht benachrichtigt das verstehe ich nicht, wie kann ich kommen, wenn ich nicht weiß wann, nun erwarte ich eine Antwort!"
„Ich war abgestumpft, gleichgültig, verbittert all meiner Gefühle beraubt habe ich alles dem Jonny überlassen, er würde es schon richten, er hat erfahren das du mit zwei verschiedenen Männern Kontakt hattest, einer der beiden wäre ein Verwandter von mir meinte Jonny, er sieht fast so aus wie ich".
„Wer ist es also, ein Vetter von mir vom Schlösschen?, sag es mir Carla".
„Ja es ist tatsächlich ein Verwandter, aber mit ihm habe ich nichts zu schaffen, er ist ganz einfach der Schlossherr in der fernen Zukunft, ein unehelicher Sohn von dir"
„Ich habe meine Bücher, also meine gesamten Aufzeichnungen wiedergefunden, du musst sie unbedingt lesen, dann wirst du auch alles über deine Nachkommen erfahren".
„Was sagst du da, meine Nachkommen, ich habe keine Nachkommen!"
„Das glaubst du, du hast mehr als du glaubst aber davon später, jetzt wirst du mir alles erzählen, was dich bedrückt hat".
„Ich war so verbittert", sprach er weiter. „jedes Mal, wenn Jonny zurück kam vom Schlösschen und dich nicht angetroffen hat starb ein Stück von uns in mir".
„Ich glaube Ihn hat mein Kummer ebenso berührt, er hat mit mir gelitten und sich entschlossen dir keine Nachricht mehr zu senden als Strafe für deine Untreue und dein Desinteresse, aus

seiner Sicht, denke ich".

„Und du, war es nicht letztlich deine Entscheidung, warst du so sicher von meiner Untreue überzeugt, es hätte doch auch einen anderen Grund für meine Abwesenheit geben können", sagte ich.

„Ich wüsste keinen anderen Grund, du hast dich einem anderen zugewandt und bist mit ihm fortgegangen, einfach so!"

„So einfach war das alles nicht wie du es jetzt darstellst, du glaubst ich hätte nicht gelitten?", entgegnete ich.

„Bah,- dein Leid kann nicht allzu groß gewesen sein, sagte er zynisch, ich war krank vor Eifersucht bei dem Gedanken das du dich mit ihm vergnügst und so war es doch auch, sei ehrlich!"

„Ich habe dir doch erklärt wie es dazu kam", warf ich ein, „ich habe nicht überlegt gehandelt, ich war so entsetzlich allein, überdies war ich in ständiger Sorge um unsere Zukunft denn ich habe immerzu auf eine persönliche Nachricht von dir erhofft, ein paar liebe Worte ein Liebesbeweis hätten mich wiederaufgebaut".

„Ich war mutlos, am Boden zerstört, Tabletten süchtig, habe mich betäubt, vollgedröhnt bis zur Bewusstlosigkeit, da kam er und hat mich wieder ins Leben geholt".

„Er hat den ganzen Mist, den ich geschluckt habe fortgeschafft, hat mich zum Essen gezwungen und mich wiederaufgebaut".

„Ach ja dein edler Retter, das alles hat er uneigennützig getan nur aus reiner Nächstenliebe!"

„Du bist gemein, du siehst nur deine eigene Sicht der Dinge, wenn du mich wirklich liebst würdest du mich verstehen".

„Ich soll Verständnis dafür haben das du dir einen anderen greifst während ich eingesperrt bin", rief er aufgebracht und blieb stehen, „sieht so deine Liebe zu mir aus".

Er trat einen Schritt zurück und sah mich mit brennenden Augen an.

„Ich habe Höllenqualen gelitten, nein ich habe kein Verständnis für dein Verhalten, dennoch verzeihe ich dir weil ich dich nicht verlieren will, ich kann nicht ohne dich sein, ich verzeihe dir alles immer und immer wieder, weil ich dich bis zum Wahnsinn liebe!"

„Zu einer Liebe gehört auch Verständnis für den anderen, ich kann dein Verhalten nachvollziehen, obgleich du damit viel Unheil angerichtet hast", ich nahm seine Hand und zog ihn mit mir, „es gibt Schnee, gleich wird es schneien", versuchte ich das Thema zu wechseln.

„Was meinst du damit, ich hätte viel Unheil angerichtet?", fragte er.

„Na ja", antwortete ich, „wenn ich den Tag deiner Entlassung gewusst hätte, wäre ich an dem Tag gekommen, ich hätte einen klaren Schlussstrich gezogen am 30 Oktober".

„Alles wäre gut gewesen und das schlimme Unglück wäre nicht passiert, verstehst du das denn nicht?"

„Jetzt fühle ich mich für ihn verantwortlich, weil er für mich sein Leben aufs Spiel gesetzt hat denn er wäre fast gestorben und muss sich für den Rest seines Lebens vor der Außenwelt verstecken".

„Wie kommt es das du keine einzige Brandwunde davongetragen hast?"

„Na ja, auch ich habe ein paar hässliche Narben davongetragen", sagte ich.

„Aber wieso ist er so fürchterlich verbrannt?", hakte er nach.

„Er hatte mich im brennenden Bett vermutet, der Strom war ausgefallen, er hat mich gesucht, ich war aber nicht mehr im

Bett, sondern ich kauerte auf dem Fußboden vor dem Fenster im zweiten Stock".

„An dem brennenden Bettzeug hat er sich so schlimm verbrannt, er wollte mich unbedingt retten, er war wie irre, als er mich sah wollte er mich durch die Flammen tragen, zurück zur Tür".

„Ich schrie, kämpfte mich frei und stürzte mich aus dem Fenster, ich sprang, aber nicht, es gelang mir an dem Efeustamm herab zu klettern, ich war ja Barfuß".

„Er aber war, wie ich schon sagte, irre vor Angst und sprang von oben aus dem Fenster, dabei hat er sich den Rest geholt, das kannst du dir ja denken".

„Nun ist er ein Krüppel, hat kein Gesicht mehr und sitzt zudem noch im Rollstuhl".

„Der arme Kerl", sagte Günter mitleidig, „er muss dich sehr geliebt haben, um für dich durchs Feuer zu gehen, ich kann nicht von dir verlangen das du ihn in Stich lässt, hat er denn keine Familie, die sich seiner annehmen kann?"

Ich schüttelte den Kopf.

„Er hat nur eine verwöhnte Tochter, die würde vor ihm wegrennen, wenn sie ihn sieht".

„Wir werden ihn holen, ich selbst werde ihn versorgen", versprach er, „aber ich tue das alles nur für dich, weil ich dich so liebe!"

Wir waren an unserem Haus angenommen.

„Du verlangst viel von mir, ist dir das klar, ich werde also deinen Liebhaber in meinem Haus aufnehmen, ich muss verrückt geworden sein", brummte er vor sich hin und schlug sich vor die Stirn.

„Dein Diener, der Jonny scheint mich nun sehr zu hassen", sagte ich, als wir in der Küche saßen.

„Vielleicht hat er dich tatsächlich verabscheut, aber jetzt freut er sich mit mir, er ist nicht nachtragend, wenn dann hasst er den Verursacher der ganzen Tragödie, er wird mich rächen eines Tages hat er gesagt".

„Das hat er gesagt", murmelte ich, „da ist er nicht alleine, denn auch ich habe den gleichen Wunsch".

Vier Tage später wurden wir im Schloss getraut.

Der Ur-Ur empfing uns überschwänglich wie ein guter Onkel, ich aber würdigte Ihn keines Blickes. Ich verweigerte ihm einen Händedruck und stieß ihn brüsk von mir als er mich nach der Zeremonie wie ein lieber Verwandter umarmen wollte.

„Fass mich nicht an du Scheusal", knurrte ich und sah den treuen Diener, den Jonny in diesem Moment zum ersten Mal hämisch grinsen und heftig mit dem Kopf nicken,

„du Ausgeburt der Hölle", zischte ich gut hörbar für Ihn.

Günter drückte meine Hand wir waren glücklich, endlich war unsere Zeit gekommen.

Der Ur-Ur hatte ein Festmahl für uns vorbereiten lassen.

Eingeladen waren nur die Familie mit Anhang. Keiner von ihnen ahnte wie übel uns der edle Graf einst mitgespielt hatte, er allein war schuld an allem was wir erleiden mussten.

Ich hasste ihn aus tiefster Seele.

Eines Tages werde ich mich rächen für alles was du uns und somit auch Justin angetan hast, denn alles wäre ohne seine hinterhältigen Machenschaften anders gekommen.

Es war inzwischen Ende Dezember.

Ich hatte Justin versprochen ihn noch in diesem Jahr aufzusuchen. Ich war frisch verheiratet, gerade 10 Tage und musste meinen Liebsten schon wieder verlassen, wir hielten uns in den Armen und mochten uns nicht trennen.

„Ich muss das jetzt alleine durchstehen und regeln, muss mein Versprechen einlösen", schluchzte ich und löste mich schließlich aus seinen Armen.
Günter hatte mich an die Höhle begleitet und stand jetzt mit hängenden Armen vor mir, auch er hatte feuchte Augen.
„Ich komme bald wieder Liebster", rief ich mit zitternder Stimme und verschwand in der dunklen Öffnung.

Ich betrat das Jahr 2044.
Ich ließ mich mit einem Taxi zum Bahnhof fahren und stieg in den Zug der mich in das Erzgebirge bringen sollte.
Über zwei Stunden Zeit hatte ich jetzt, um mich auf die nun folgenden Tage vorzubereiten.
Der Zug ratterte gemächlich dahin nahm seinen Weg durch Berge, Täler, Wälder und Tunnelbauten.
Justin stand schon ungeduldig wartend am Eingang des Privatklinikums.
Er hatte sich nicht viel verändert, sein Gesicht war angeschwollen nach der zweiten Hautverpflanzung, die Operation war erst zwei Tage her. In seinem Gesicht war keine Regung abzulesen aber ich war mir sicher, dass er sich unglaublich freute mich zu sehen. Er gab sich charmant wie früher und reichte mir seinen Arm, erst jetzt sah ich die Krücken die an der Hauswand lehnten. Ich griff danach und reichte sie ihm.
Unsere Begrüßung fiel recht kühl aus.
„Du bist also wirklich wieder gekommen", sagte er ein wenig schüchtern.
„Ja freilich, ich halte immer mein Versprechen", antwortete ich, „wollen wir ein Stück laufen dann kann ich gleich sehen welche Fortschritte du gemacht hast", er humpelte neben mir

her, wir setzten uns auf eine Parkbank, ich griff nach seiner Hand.

„Wie ist es dir ergangen lieber Justin?", fragte ich.

„Na ja, ein Tag ist wie der andere", antwortete er, „man gewöhnt sich schnell an den Alltagstrott".

„Hast du dich schon mit anderen Patienten angefreundet?", wollte ich wissen.

„Na ja nicht gerade engbefreundet, aber zum Glück sind wir hier unter uns, ich meine die ausgestoßenen der Gesellschaft der Abschaum den keiner sehen will".

„Aber Justin, so darfst du nicht denken", sagte ich entrüstet.

„Ach erzähl mir nichts, mir ist längst klar wie mein weiteres Leben aussehen wird, ich werde immer allein im Verborgenen leben müssen, irgendwo versteckt von der Außenwelt abgeschirmt, dahin vegetieren in einem Heim von meines gleichen umgeben wie ein Leprakranker, ein Aussätziger!"

„Oh nein, das werde ich nicht zulassen", sagte ich.

„Ach, du wirst wieder gehen, vielleicht wirst du mich noch ein paar Mal besuchen und mich dann ganz vergessen".

„Oh nein, ich werde dich nicht allein lassen, morgen werden wir Silvester zusammen feiern und dann…las uns ins Haus gehen, hier gibt es doch sicher ein Restaurant, ich habe Hunger nach der langen Reise".

„Entschuldige, ich habe meine Manieren verlernt", er rappelte sich auf.

„Ich werde dich meinen Bekannten vorstellen", das tat er dann auch ausgiebig, ich wurde wie eine Erscheinung aus einer anderen Welt angestarrt.

„Meine aeh,- meine Lebensgefährtin", sagte er mit einem Seitenblick auf mich, ich lächelte und nickte huldvoll.

Ich hörte „oh - und ah", - Rufe, dann nur noch ein

zurückhaltendes Raunen und Tuscheln.

Justin rückte mir ein Stuhl zurecht, obwohl er sich kaum auf den Beinen halten konnte. Ich sah so etwas wie seinen alten Stolz und eine gewisse Lässigkeit seiner Kopfhaltung, nur das Grinsen in seinem Gesicht fehlte noch aber sein Gesicht war eine starre Maske.

Ich lächelte Justin an, als er selbst sich gesetzt hatte griff ich über den Tisch seine Hand. Jetzt sah ich mich im Raum um. Mein Herz krampfte sich zusammen als ich die vielen missgestalteten Personen sah, ich sah aber auch junge Frauen, mit zu langen Nasen, hängenden Augenlider, schlaffen wabbelnden Wangen, schiefen Gesichtszügen, vermutlich Folgen einer missratenen Schönheitsoperation.

Sie hielten sich am Tage abseits mischten sich nicht unter die entstellten, Unfall oder Brandopfer. Am fortgeschrittenen Abend waren alle gleich bei Schlummerlicht vor dem Fernseher, versuchten alle einander näher zu kommen.

Ein junger Mann ohne Lippen und Nase saß am Nebentisch, er war von Hautkrebs zerfressen und des Sprechens längst nicht mehr mächtig.

„Der ist noch übler dran, als ich", sagte Justin, als er meine Blicke wandern sah, „morgen werden mich alle fragen, wie viele O. P. du schon hinter dir hast und ob du bezahlt wirst, für unseren Doktor, also Chirurgen, Reklame zu machen".

„Hat er dich schon gesehen?"

„Nein noch nicht, ich habe nur mit dem anderen Doktor über den weiteren Verlauf gesprochen".

„Na, der wird Augen machen, wenn der dich sieht, da möchte ich gerne dabei sein".

„Du sollst noch zweimal unter das Messer im nächsten Frühjahr hat der Chirurg mir am Telefon geraten, danach soll deine Haut sich längere Zeit selbst regenerieren".

„Oh, du weißt ja besser Bescheid als ich, ihr übergeht mich, als wäre ich ein Niemand, ach ich vergaß, ich bin ja dein Mündel, so lange es dir Spaß macht".

„Du kränkst mich Justin, du benimmst dich flegelhaft, ich weiß nicht warum, soll ich wieder gehen?"

Die Kellnerin kam, es gab vier Gerichte zur Auswahl, wir bestellten beide das gleiche Mahl.

„Soll ich denn wieder gehen, ist es dir unangenehm das ich gekommen bin Justin".

„Wie bitte?, das ist doch nicht dein Ernst, so etwas zu denken, heute bin ich der meist beneidete Kerl in dieser verdammten Klinik, sieh dich mal um, die vergessen alle zu atmen, so lange du hier sitzt".

„Die gucken nur, weil ich hier neu bin", sagte ich, „ich sorge mich um dich, ist das so verwerflich?"

„Keineswegs, ich bin es nur nicht gewöhnt das sich jemand um mich sorgt, normalerweise wird pausenlos etwas von mir erwartet, ich muss funktionieren, muss der sein für den man mich hält".

„Plötzlich wird über mich verfügt, alles für mich geregelt, ich bin es nicht gewohnt aber es tut mir gut, wenn du es bist die mich auf den rechten Weg führt".

„Ich bin so aufgeregt, albern und kindisch das ich mich selbst nicht wiedererkenne, du musst mir schon verzeihen Liebste Carla".

„Ich wüsste gar nicht weiter ohne dich, ich meine wenn ich nicht das unglaubliche Glück hätte mich auf dich freuen zu dürfen, was würde sonst aus mir?"

„Keine Bange, ich werde mich schon um dich kümmern", sagte ich und drückte seine Hand, er schaute hinab und sah den neuen Ring.

„Nein das glaube ich jetzt nicht", sagte er, „erst ganz leise und ungläubig, ist es, dass was ich denke, du hast geheiratet in der Zwischenzeit und kommst trotzdem zurück?"

„Ja, ich habe in der Zwischenzeit geheiratet", bestätigte ich, „er hatte schon viele Jahre mein Jawort!"

„Aber warum bist du dann zurückgekommen, um mich noch mehr zu quälen, du verhöhnst mich, bist du nur gekommen um mir von deiner Heirat zu berichten und mit deinem Ehering anzugeben?"

„Du kannst nicht gleichermaßen seine und meine Partnerin sein, wenn du seine Ehefrau bist".

„Wer bestimmt das, sicher kann ich trotzdem deine Gefährtin sein, wenn ich es will, du wirst sehen alles wird gut werden".

Das Essen wurde gebracht und unsere Unterhaltung nahm eine andere Richtung.

„Ich werde mir nun ein Hotelzimmer suchen, wenn du dein Mittagsschläfchen machst, willst du mir vorher dein Zimmer zeigen?"

„Nichts lieber als das", sagte Justin erfreut, „ich denke du wirst ein paar Minuten deiner Zeit übrighaben und mein Gast sein".

„Leider nicht jetzt, heute Abend werde ich gerne dein Gast sein".

„Du brauchst nicht in ein Hotel gehen, du kannst ebenso gut hier übernachten, ich habe zwei Zimmer, ich werde dich bestimmt nicht anrühren, wenn das der Grund ist!"

„Das ist lieb von dir gemeint, aber ich werde trotzdem in einem Hotel übernachten".

Ich sah mir seine Räume an und verabschiedete mich von ihm. In einer Pension nicht weit von der Klinik entfernt fand ich ein bescheidenes Zimmer, ich werde es nur für zwei Nächte nutzen. Ich räumte meine wenigen Kleidungsstücke in den Schrank, schaute eine Weile aus dem Fenster und streckte mich auf dem Bett aus. Als ich wieder erwachte war es schon dunkel, ich würde wieder mit Justin zu Abend essen.

Die Gedanken an Justin weckten seltsame Emotionen in mir, da gab es noch immer eine gewisse Verbindung. Ich kleidete mich um und begab mich zu Fuß auf den Weg zur Klinik, Justin wartete schon in der Empfangshalle auf mich.

Wir umarmten und küssten uns scheu auf die Wange.

Keiner wusste zunächst etwas zu sagen. Justin trommelte nervös mit den Fingern auf dem Tisch.

Mir wurde die Stille ein wenig unbehaglich.

Er konnte die Augen nicht von mir wenden, vermutlich glaubte er es wäre mir unangenehm.

Ich griff wieder nach seiner Hand und nickte ihm aufmunternd zu.

„Ich wollte eigentlich mit dir zu Abend essen", sagte ich schmunzelnd.

„Ja natürlich", antwortete er zerstreut.

Wir suchten das Restaurant auf und fanden einen Platz an der Wand, wieder wurden wir angestarrt.

Ich sah lachend in die Runde.

Die meisten senkten sofort beschämt den Kopf.

„Ich komme mir so erbärmlich vor neben dir", brummte Justin, „ist es dir nicht unangenehm, dich mit mir zu zeigen?"

„So ein Unsinn", sagte ich, „du bist doch noch immer der gleiche Mann wie früher".

„Schön wäre es", antwortete er.

Wir ließen uns viel Zeit für unsere Speisen, tranken noch ein paar Gläschen und gingen anschließend in Justins Zimmer.

„Eine typische Junggesellenbude", sagte ich und sah mich in den Räumen um. Überall lagen Kleidungsstücke herum, volle Aschenbecher standen auf allen Tischen.

„Du musst schon entschuldigen", sagte er zerknirscht", aber ich bin zurzeit nicht so beweglich wie früher".

„Du hast das Rauchen angefangen", sagte ich beiläufig.

„Was soll ich denn sonst den ganzen Tag machen, einen Waldlauf oder um den Ort joggen"?

Ich leerte die Aschenbecher, hängte seine Hemden und Hosen auf Bügel, alles roch angenehm wie früher.

„Ich wollte mit dir reden", sagte ich als ich mich zu ihm an den Tisch gesetzt hatte, „hast du denn schon Pläne für deine Zukunft Justin"?

„Zukunft", rief er spöttisch, „soll das ein Witz sein"?

„Ich habe keine Zukunft, jeder meiner sogenannten Freunde wird sich angeekelt von mir abwenden, mein Anblick ist für jeden eine Zumutung".

„Hat dich denn noch keiner von deinen vielen Bekannten besucht?"

Er schüttelte den Kopf. „Keiner darf zu mir vorgelassen werden, habe ich den Portier angewiesen".

Darauf hatte ich keine Antwort.

Später saßen wir vor dem Fernseher und vertieften uns in den laufenden Film.

Wir tranken einen leichten Wein und knabberten gesalzene Nüsschen die ich mitgebracht hatte. Als der Film zu Ende war erhob ich mich und begann unruhig im
Zimmer umherzugehen, er beobachtete mich schweigend.

„Ich wollte dir noch etwas sagen, bevor ich heute gehe", sagte ich ernst.

„Das kannst du dir sparen, ich weiß was du mir sagen willst, du wirst nicht wiederkommen, ich bin widerlich, nicht zu ertragen".

„Ich weiß das, aber ich sehe keinen Sinn mehr im Leben, wenn du nicht wieder kommst habe ich gar keinen mehr, ich weiß nicht wozu ich lebe, ich bin nutzlos, ein faulendes ekliges Stück Fleisch!"

„Schweig", rief ich, „schweig endlich, ich lief zu ihm an den Tisch und schüttelte ihn, sei endlich still" schrie ich ihn an. Ich beruhigte mich wieder.

„Du machst es mir sehr schwer", begann ich leise weiter zu sprechen, „ich habe viel Geduld mit dir aber treibe es nicht zu weit mein Lieber, ich kann mir jederzeit ein Taxi bestellen das mich nach Hause bringt, ich werde mir solche Sprüche nicht länger anhören".

Er griff nach meinen Armen und hielt sie eisen fest.

„Bleib noch", rief er flehend, „verlass mich jetzt nicht".

„Ich werde dich mitnehmen, wenn ich das nächste Mal wiederkomme, überleg es dir bis morgen", sagte ich, schüttelte seine Hände ab, wendete mich um und ging.

Jetzt habe ich es endlich ausgesprochen und konnte es nicht wieder rückgängig machen, dachte ich als ich den Weg zu meiner Pension durch die beleuchteten Straßen lief. Jetzt liegt alles bei ihm.

Am nächsten Tag bemühte er sich um Fassung, nörgelte nicht mehr, war aufmerksam und charmant. Wir speisten wieder zusammen. Er erzählte mir von den Schicksalen einiger Patienten, spielte den perfekten Unterhalter.

„Ich kann nur noch bis Ende Februar hierbleiben", sagte er, als er mir in den Mantel half.

„Ich werde dann gerne mit dir kommen, wenn dein Angebot noch steht".

„Ich weiß, es ist verrückt von mir, denn mir ist klar was mich erwartet, ich werde euch lästig sein und dennoch ich bin in deiner Nähe, das allein ist mehr als ich mir noch zu wünschen gewagt habe".

„Ist gut Justin, sag nichts mehr, ich werde dich holen, wenn es soweit ist, also bis heute Abend, wir werden zusammen das Neue Jahr begrüßen".

Silvester wurde im großen Speisesaal gefeiert, ja es wurde richtig gefeiert.

Diese gezeichneten bedauernswerten Menschen, ausgegrenzt am Rande der Gesellschaft lebend, verstanden zu feiern!

Sie waren unter sich, keiner sah auf sie herab. Der Raum war bunt geschmückt von ihnen selber.

Kapitel 3: Tanz der Verdammten

Ich habe selten eine so fröhliche ungezwungene Gesellschaft erlebt.

Ich durfte mitten unter Ihnen sein. Auch Justin taute auf, war lustig und witzig wie früher. Ich bildete mir ein das erste Lächeln wieder in seinem erstarten Gesicht zu entdecken auch der Doktor, der Halbgott, der Künstler seines Faches verehrt und angebetet von den Patienten, gesellte sich für ein paar Stunden zu uns.

Er beobachtete mich und betrachtete mich sinnend und kopfschüttelnd. Er konnte nicht widerstehen mich um ein Tänzchen zu bitten.

„Sie waren noch keine Patientin von mir und auch von keinem meiner Kollegen, an ihrem Gesicht hat noch kein Messer herum gepfuscht", sagte er zu mir, „sie sind vom lieben Gott reichlich beschenkt, makellos einfach perfekt, ich habe noch nie eine so schöne Frau gesehen wie sie".

„Ich bin fasziniert, ich finde nicht die richtigen Worte, ich möchte sie nur immer anschauen Madame, ihr Gatte weiß gar nicht zu schätzen was er an Ihnen hat!"

„Oh sie sind ein Schmeichler", sagte ich, „aber mein Gatte war noch vor kurzem ein ebenso schöner Mann, müssen sie wissen, vielleicht können Sie ihm nur ein klein wenig seines Gesichtes wieder zurück zaubern, wenn Sie ein so großer Künstler sind wie alle hier glauben".

„Wenn Sie mir ein wenig entgegen kommen schöne Frau könnte ich wahre Wunder vollbringen".

Ich schenkte ihm einen geübten Augenaufschlag.

„Schon möglich", säuselte ich kokett.

„Sie wären die passende Gattin für mich, eine Frau zum

Vorzeigen, die beste Werbung für mein Geschäft!"
„Ja ich verstehe, wir sehen uns wieder", sagte ich und löste
mich aus seinen Armen.
Das ist ja nicht zu glauben, dachte ich, was bildet der sich nur
ein. Eine Frechheit, eine Unverschämtheit, ich hätte ihn
ohrfeigen sollen aber das könnte für Justin von Nachteil sein.
„Worüber habt ihr gesprochen, was hat er dir gesagt",
fragte Justin als ich wieder neben ihm am Tisch saß.
„Ach das übliche, was alle sagen", winkte ich ab.
Um 1 Uhr nachts wollte ich meinen Günter anrufen.
Er würde vor der Höhle in diesem neuen Jahr 2045 auf meinen
Anruf warten, hatten wir ausgemacht, es war soweit.
Ich stahl mich aus dem brodelnden Getöse aus Stimmengewirr,
Musik und Lachen, lief durch die Halle und den Haupteingang,
ich freute mich wahnsinnig gleich seine Stimme zu hören.
Ich lief durch den Park und hatte das Gefühl verfolgt zu
werden.
Die Verbindung war hergestellt, ich lauschte.
„Elzen", meldete sich die ersehnte Stimme.
„Hier auch", sagte ich mit brüchiger Stimme, ich konnte noch
immer nicht ganz die Wahrhaftigkeit unserer Liebe glauben
und verharrte einen Moment wortlos.
„Wie schön deine Stimme zu hören", sagten wir gleichzeitig.
„Ich habe solche Sehnsucht nach dir meine Liebste, die Tage
ohne dich habe ich gar nicht gelebt".
„Ja Liebster, du fehlst mir genauso, heut Abend bin ich ja
wieder da".
„Das ist eine endlose lange Zeit", klagte er, „ich komme dich
gleich holen mit dem Zug, nein das dauert zu lange, ich werde
mit einem Flieger kommen, dann bin ich gleich da".
„Oh das wäre schön", schwärmte ich.

„Und, amüsierst du dich gut Schätzchen?", fragte er.
„Tatsächlich bin ich in einer munteren Gesellschaft, es ist sehr lustig, keine falsche und gekünstelte Fröhlichkeit, ein Tanz der Ausgestoßenen, sollen sie glücklich sein diese Nacht, sie haben ja nur dieses eine Leben, sie haben mich unter sich akzeptiert".
„Ich darf mit Ihnen sein, in dieser lustigen Runde, ich werde noch ein halbes Stündchen bei ihnen verweilen, dann ziehe ich mich in mein Pensionszimmer zurück, es ist nur etwa 200 Meter entfernt, eigentlich möchte ich gleich gehen nach dem Höhepunkt des Abends", sagte ich und lachte.
„Den Höhepunkt des Abends, wie meinst du das Liebste?"
„Ich habe mich den ganzen Abend auf deine Stimme gefreut, das ist jetzt für mich das High light des Abends".
„Ja", sagte er, „ich warte schon zwei Wochen, ich habe dich schon vermisst als du in die Höhle gestiegen bist".
Ich setzte mich auf eine Parkbank, unser Liebesgewisper wollte kein Ende nehmen, bis ich einen Schatten neben einem Baum sah, der Schatten bewegte sich.
„Hier ist jemand im Park, ich werde belauert", sagte ich leise ins Telefon.
„Justin kann es nicht sein, der kann ja ohne Krücken gar nicht gehen, soll ich jetzt fortlaufen?, oder der Gefahr ins Angesicht sehen", fragte ich ins Telefon.
„Sei um Gotteswillen vorsichtig Liebste, ruf laut um Hilfe!", sagte Günter besorgt.
„Ich werde Ihn mit meiner Taschenlampe blenden", flüsterte ich ins Telefon.
„Nein tue das nicht, geh einfach weiter, geh ins Haus oder bist du weit entfernt von der Klinik?"
„Nein es ist nicht weit, ich ging mutig auf den Baum zu, hinter

dem ich meinen Beobachter wusste, zog die Taschenlampe aus meiner Manteltasche um ging den Baum und richtete den grellen Strahl voll auf sein Gesicht.

Er hob die Hände als würde ich ihn mit einer Waffe bedrohen.

„Tun sie mir nichts", rief er ängstlich.

„Du bist das", sagte ich verwundert, „was machst du hier, wer hat dich beauftragt mich zu beschatten?

„Das darf ich nicht sagen", stammelte der Page.

„Der Hausdiener ist es Liebster", sprach ich in mein Handy, „mit dem Jungchen werde ich schon fertig, ich muss jetzt Schluss machen also bis heute Abend Liebster", sagte ich und unterbrach die Verbindung.

„So nun zu dir, du darfst also nicht sagen wer dich hinter mir hergeschickt hat Bürschchen". Ich packte ihn am Ärmel.

Er schwieg verbissen.

„Na gut, ich kann es mir schon denken, mach so etwas nie wieder!

„Was?" Er riss sich los und lief ins Haus, ich folgte ihm.

Der Festraum hatte sich mittlerweile fast geleert, ein paar hartnäckige Trinkfeste saßen noch an einem Tisch beisammen sie bemerkten mich gar nicht. Ich ging weiter zu Justins Appartement und öffnete die Tür.

Er saß auf der Couch und starrte mich versteinert entgegen.

„Da bist du ja endlich", sagte er vorwurfsvoll, „wo warst du so lange?"

„Ich habe nur telefoniert, nichts weiter, du hättest mir keinen Aufpasser hinterherschicken brauchen, du hast ihn doch geschickt Justin?, antworte mir".

Er nickte. „Ich wollte nur wissen ob du dich mit unserem Doktor triffst", sagte er zerknirscht.

„Warum sollte ich mich mit dem Doktor treffen",

fragte ich kopfschüttelnd.

„Ich habe euch reden sehen, wie er dich angeschaut hat, er ist ein richtiger Mann und"…

„Aber Justin, was denkst du nur von mir", fiel ich ihm ins Wort, „wie kannst du glauben das ich mit dem Erstbesten in die Kiste springe!", sagte ich enttäuscht.

Er zuckte mit den Schultern, goss sich einen Whiskey ins Glas und stürzte ihn hinunter.

„Ja betrink dich nur, sauf dich zu Tode", rief ich wütend, „ich glaube, ich brauche gar nicht wieder kommen, was soll ich mich mit einem Säufer belasten".

Ich beruhigte mich wieder und setzte mich neben ihn.

„Hör mir zu Justin, ich sage es nur einmal, ich reise nachmittags ab, ich werde dich noch einmal besuchen, wenn du dann nicht nüchtern bist siehst du mich nie wieder, willst du, dass es so endet?"

„Nein oh Gott nein, du musst wiederkommen, du musst", er umklammerte meine Arme, „du bist doch alles was ich noch habe, der einzige Lichtblick in meinem trüben Dasein, lass mich nicht fallen", flehte er, „ich brauche doch etwas worauf ich mich noch freuen kann".

Mit aufgewühlten Gefühlen trat ich ein wenig später meinen Heimweg an.

Auch ich gönnte mir noch ein Gläschen Hochprozentigen, bevor ich müde in mein Bett kroch, ich musste mich beruhigen, die unwürdige Szene der letzten Stunde mit Justin verdrängen.

Justin erwartete mich frisch und munter vor dem Portal.

Wir aßen gemeinsam zu Mittag. Justin saß neben mit, unsere Arme berührten sich gelegentlich.

Wir vermieden es den nächtlichen Vorfall zu erwähnen.

Wir einigten uns auf einen bestimmten Tag, den ersten März, an dem ich wiederkommen würde, um ihn zu uns nach Hause zu holen. Nun war es festgelegt und nicht mehr rückgängig zu machen.

Justin würde bis dahin noch 2 Gesichtsoperationen über sich ergehen lassen müssen.

Später würden weitere erfolgen, wenn er es wollte, er machte sich jedoch keine Illusionen jemals auch nur annähernd sein altes Gesicht wieder zu bekommen.

Justin begleitete mich im Taxi zum Bahnhof, er mühte sich mit mir Schritt zu halten,

er ließ sich nicht davon abbringen mich bis zum Bahnsteig zu begleiten.

Dort winkte er mir nach, bis ich seinen Blicken entschwand.

Ich musste noch lange an den einsamen Mann inmitten der vielen Menschen denken der sich zum ersten Mal mutig wieder der Öffentlichkeit gezeigt hatte.

Meine Güte, was hatte ich mir da nur wieder eingebrockt, dachte ich während der langen Zugfahrt, wie kann das auf die Dauer gut gehen. Aber wie könnte ich ihn so einem Schicksal allein überlassen, er hat doch auch alles für mich getan, ist buchstäblich für mich durch das Feuer gegangen, wie könnte ich ihn jetzt in seinem Elend fallen lassen und ihn einfach vergessen.

Günter wartete schon am Bahnhof auf mich.

Wir fielen uns in die Arme, wir gehörten zusammen.

Am zweiten Januar begann unser Leben neu, wir saßen stundenlang in der Stube und schmiedeten Pläne für die Zukunft.

Das Leben konnte so schön sein, wir taten alles gemeinsam, genossen die Nähe das anderen. Besuchten alle möglichen

Veranstaltungen der Zeit, Musical, Operetten, Konzerte, gingen zusammen ins Center, freuten uns an der ersten warmen Sonne im Februar, gingen Hand in Hand unseren Weg um das Dorf und kuschelten abends vor dem Fernseher von dem summenden Kachelofen gewärmt. Im Februar begann es erneut zu schneien, wir bauten lachend einen Schneemann. Wie haben wir es nur so lange ohne den anderen aushalten können.

Mitte Februar waren wir zu einer Verlobung im Schoss eingeladen. Ein paar Tage später feierten wir dort einen Geburtstag.

Wir verdrängten bewusst den Tag an dem wir nicht mehr allein unsere Liebe ausleben konnten, wir würden keinen Tag allein sein, was kommt dann auf uns zu was wird sich ändern?

Ich richtete die Zimmer in der Mansarde für Justin ein, kann er denn die steilen Treppenstufen bewältigen? Dachte ich zweifelnd, er muss, denn dort oben hat er sein Reich für sich, er kann die ganze Etage allein nutzen, kann sich einrichten und sein Nest bauen.

Die Mahlzeiten werden wir natürlich zu dritt einnehmen, auch hat er eine gute Ärztliche-Versorgung direkt im Hause. Beschäftigung gibt es für ihn genug, wenn er will, kann er auch die Tiere füttern, dachte ich weiter, die Hühner, Kaninchen die zwei Schweine und die Ziege versorgen.

Wenn er ganz genesen ist kann er auch alle anfallenden Reparaturen in Haus und Hof übernehmen, so wird er keine Langeweile haben und sich nicht unnütz vorkommen, na ja ein ausgefülltes Leben ist das nicht aber ein Anfang.

Für seine Männlichen Bedürfnisse gibt es ja das Bordell im Nachbarort. Vielleicht findet er eines Tages auch eine liebe Frau, fantasierte ich weiter, sicher gab es Frauen denen sein

Gesicht egal ist, wenn sie nur geheiratet werden.

Er muss seine gehobenen Ansprüche herab schrauben, man wird sehen.

Der Februar neigte sich dem Ende zu, am ersten März wollten wir Ihn holen.

An allem Unbill trägt nur der falsche Onkel die Schuld, dachte ich grimmig, wie ich diesen Kerl hasse, eines Tages wird er seine gerechte Strafe erhalten, schwor ich mir.

„Sag mal Liebste, wir können doch so viel durch unsere Zauberhöhle ausrichten, wir können uns verjüngen, in andere Zeiten bis in die Steinzeit eintauchen, können uns in andere Zeiten einfinden, üble Geschehnisse ungeschehen machen".

„Lässt sich denn bei diesem so scheußlich verunstalteten Justin nichts verändern?"

„Leider nein", sagte ich, „denn all das ist ja in seiner Realzeit geschehen, er kann sich auch hier nicht durch einen Zeitsprung rückwärts verjüngen denn er ist ja hier nicht älter geworden wie wir".

„Du zum Beispiel lebst schon so lange hier, du könntest dich bis auf 29 Jahre jünger machen lassen".

„Ach das ist mir zu jung, zudem wäre ich dann ohne dich, du kommst ja erst viel später ins Spiel".

„Er kann also so weit in die Zeit zurückgehen wie er will, so wird er doch keinen Tag jünger dadurch, nur die Jahre die er hier gelebt hat in der alten Zeit, die kann er dann später zurückspringen und somit das anfängliche Alter, sprich Jugend wiedererlangen".

„Wie bist du an Ihn geraten oder er an dich?"

„Wir haben uns im Center kennen gelernt, am gleichen Tag zur gleichen Stunde wie schon einmal oder gar das zweite Mal, ein Tag vor Nikolaus 2040".

„Ich hätte es das zweite Mal wissen müssen und es als Unglückstag auf dem Kalender einkreisen sollen denn zum Schluss ist immer ein schlimmes Unglück, ein Drama geschehen, allein durch meine Anwesenheit, ich habe ihm immer nur Unglück gebracht".

„Allen die glaubten mich haben zu müssen, habe ich Unglück gebracht, auch du mein Lieber hast schon viel leiden müssen Schätzchen".

„Ich zähle eben auch zu denen die glauben dich unbedingt haben zu müssen".

„Ja schon, sagte ich aber zufällig bin auch ich überzeugt dich unbedingt haben zu müssen, wir brauchen uns gegenseitig wie Luft zum Atmen".

„So ist es Liebste, lass uns den letzten Tag noch nutzen, nur für uns alleine".

Jonny hatte es sich nicht nehmen lassen sich in seine Uniform zu kleiden, er lief ein paar Schritte vor uns und konnte nicht hören was ich zu Günter sagte.

„Wo habt ihr denn dieses Museumsstück aufgetrieben, sehr beeindruckend".

„Ja nicht wahr".

„Die macht was her, es ist tatsächlich nur eine Fantasieuniform, er ist immer ganz stolz Sie tragen zu dürfen, keiner weiß wofür Sie steht, das macht Sie so besonders und interessant".

Wir gingen wie immer Händchen haltend, Jonny wartete schon vor der Höhle.

„Wir gehen in das Jahr 2045, Jonny denk daran", rief Günter ihm zu.

„Ja freilich denk ich daran, junger Graf", antwortete der

Diener beleidigt.

Wir schritten aus der Höhle in die neue Zeit, stiegen den Hang hinab und steuerten dem Taxistand neben dem großen Parkplatz zu.

„Wir werden kein Taxi nehmen, ich miete uns einen Combi, so sparen wir das Umsteigen auf den Bahnhöfen mit den vielen Treppenstufen", entschied sich Günter.

„Ja du hast Recht wie immer", stimmte ich ihm zu.

Wir verfuhren uns zweimal und erreichten unser Ziel nach drei Stunden.

„Dort ist die Klinik", sagte ich aufgeregt, „da ist die Einfahrt zum Parkplatz".

Wir verweilten noch einige Minuten im Wagen um ein Tässchen Kaffee aus der Thermoskanne zu trinken.

„Ich werde jetzt gehen", sagte ich mit brüchiger Stimme und öffnete die Wagentür.

Günter stieg ebenfalls aus.

„Ich gehe alleine", bestimmte ich, „ihr wartet hier".

Ich betrat die Halle und sah ihn sofort, er saß in einem Rollstuhl.

„Justin lieber Justin", rief ich und eilte zu ihm, „was ist dir, geht es dir schlechter, kannst du nicht mehr laufen"?

Er schüttelte den Kopf.

Jetzt sah ich es, sein rechtes Bein war eingegipst.

„Ach ich hatte Pech, ich bin gestürzt und habe mir einen komplizierten doppelten Bruch zugezogen".

Ich runzelte die Stirn.

„Was musst du auch so viel herum laufen", tadelte ich ihn.

„Es ist auf dem Bahnhof passiert, damals als ich dich zum Zug begleitet habe", antwortete er.

„Also ist es wieder meine Schuld", sagte ich leise, mehr zu mir selber.

„Nein das darfst du nicht denken, es war meine Ungeschicklichkeit".

„Sind deine Sachen schon gepackt?", fragte ich.

„Ach ich habe doch kaum etwas zum Mitnehmen, soll das heißen du nimmst mich trotzdem mit?", fragte er hoffnungsvoll.

„Ja sicher, deshalb sind wir doch gekommen", antwortete ich, „wo sind denn deine Koffer?"

„Ich habe nur eine Reisetasche, hier hinter meinem Stuhl, gib sie mir bitte", er nahm sie auf seinen Schoß.

Über seiner Rückenlehne hing eine Decke, ich breitete sie über seine Beine und schob ihn durch die Halle.

„Oh Carla lass das, ich kann alleine fahren".

„Wie du willst", entgegnete ich und schaute mich noch einmal um.

Dort standen Sie alle, jeder von Ihnen mit einem anderen Schicksal, doch für einen kurzen Lebensabschnitt miteinander verbunden.

Sie sahen uns ungläubig hinterher.

„Warum schauen sie so?", fragte ich Justin leise.

„Sie haben gewettet, dass meine schöne Frau nicht wiederkommen wird, um mich zu holen", sagte er".

Ich meinte ein triumphierendes Grinsen über seine Lippen huschen zu sehen.

„Und ich habe die Wette gewonnen", fügte er hinzu.

Ich sah mich noch einmal um und nickte den Zurückgebliebenen schmunzelnd zu.

Justin hatte den Ausgang bereits erreicht und rollte mit seinem Stuhl die Rampe herunter, ich folgte ihm eilig und sah meinen Günter lässig an unserem Auto gelehnt stehen. Jonny kam uns entgegengelaufen.

Ich sah wie sich ihr Gesichtsausdruck veränderte als sie Justin sahen. Jonny nahm sich des vermeintlichen Krüppels an.

Günter kam mir entgegen.

„Du hast gesagt, er kann schon wieder laufen", sagte er leise zu mir, „unser Haus ist gar nicht für einen Rollstuhl geschaffen".

Ich konnte nicht antworten, denn jetzt folgte der peinliche Moment den ich am meisten gefürchtet hatte.

Die Männer trafen auf einander und musterten sich gegenseitig.

Ich gewahrte so etwas wie Mitleid in Günters Augen.

Justin wendete seinen Blick ab, sicher wäre er jetzt am liebsten im Erdboden versunken, der Ärmste.

„Ich bin Günter", hörte ich meinen Gatten sagen „und du bist also Justin!"

Justin nickte nur und hielt ihm die Hand entgegen.

Günter zögerte kurz dann ergriff er sie zu einem festen Händedruck.

„Tja dann wollen wir mal", brummte er und griff tatkräftig zu um dem entstellten Fremden in den Wagen zu helfen während Jonny den Stuhl in, dem geräumigen Kofferraum verstaute.

„Wir haben noch drei Stunden Fahrt vor uns, packen wir's an", sagte Günter und setzte sich hinter das Lenkrad.

Ein schweres Stück Arbeit wartete noch auf die Männer als wir den Berg erreicht hatten, Justin musste samt Stuhl den Berg hinauf zur Höhle und später wieder hinuntergetragen werden.

Endlich hatten wir die Straße am Fuße des Berges erreicht, nun war es nur noch ein kleines Stück Weges zu unserem Haus.

Jonny öffnete das Tor und ging voraus, jetzt musste der Stuhl nur noch die Stufen zum Eingang hinauf gehievt werden.

Justin rollte in den Flur, keiner sprach ein Wort, Günter öffnete die Küchentür und gab Justin ein Zeichen hinein zu fahren.

„Carla bereitet uns jetzt das Abendessen, später zeige ich dir deine Zimmer im Obergeschoss, aber wie ich sehe, wird das ein Problem für dich sein, Carla Schätzchen, was meinst du dazu?"

„Tja, ich befürchte er muss erstmal mit der Kammer vorlieb nehmen", sagte ich zögernd.

Eine bedrückende Stille herrschte bei Tisch, Justin aß nur ein paar Happen und bat darum sich zurückziehen zu dürfen.

Wir zeigten ihm das Bad und anschließend die Kammer die für die nächste Zeit sein Domizil sein würde.

„Kommst du alleine klar oder soll ich dir behilflich sein", fragte Günter ihn, „ich bin Arzt, mir ist nichts fremd, also keine falsche Scham Junge".

„Vielen Dank, aber ich kann schon alleine ins Bett gehen", antwortete Justin und versuchte sein altes Grinsen aufzusetzen.

„Hast du noch irgendwelche Wünsche?", fragte ich.

„Ach ja, dort hinter dem Vorhang ist ein W.C. und ein Waschbecken, dort kannst du dich auch rasieren!"

„Ich brauch mich nicht mehr rasieren, ich bin kein Mann mehr", antwortete er zynisch.

„Hier ist auch ein kleiner Fernseher und ein altes Radio steht da auf dem Schrank, ich bring dir noch Getränke und frische Handtücher".

Ich brachte ihm Wasser eine Flasche Wein und Salzgebäck.

„Ich wünsche dir eine gute Nachtruhe", rief ich von der Tür her, „schlaf gut Justin, bis morgen dann".

Ich schloss die Tür und entfernte mich.

Ich räumte die Küche auf und gesellte mich zu Günter in die Stube.

„Den hat es aber übel erwischt, den armen Kerl, der ist ja nicht wieder zu erkennen", sagte Günter, als wir nebeneinander auf der Couch saßen.

„Du hättest ihn mal am Anfang sehen müssen, da sah er wirklich zum Fürchten aus, jetzt kann er wenigstens schon wieder grinsen", sagte ich, und kuschelte mich wieder in seinen Arm, aber woher willst du wissen wie er vorher ausgesehen hat, du kennst ihn doch gar nicht!"

„Oh glaub nicht das ich mich nicht an ihn erinnern kann den blonden Charmeur, auch ich habe noch dann und wann Traumfetzen und Lichtblitze aus früheren Leben".

„Ein Justin ist mir wohl bekannt, ich sehe ihn natürlich nicht klar vor mir doch ich bringe ihn sehr wohl mit dir in Verbindung, seine Haartolle hat Erinnerungen in mir geweckt, hat er nicht immer gegrinst und mich provoziert?"

„Ja er hat aber immer den Kürzeren gezogen, hatte keine Chance gegen dich".

„Bis auf die letzten Jahre, da hat er doch gehabt wonach er stets gestrebt hatte oder etwa nicht?"

„Na ja, er war zur falschen Zeit am falschen Ort, all das wäre nicht passiert, wenn der Ur-Ur nicht auf infamer Weise in unser friedliches Leben eingegriffen hätte, wieviel Leid wäre uns erspart geblieben, wie konntest du ihm so schnell vergeben?"

„Ich habe ihm nicht vergeben, aber ich kann jetzt nichts gegen ihn unternehmen, die Zeit ist noch nicht reif dafür, er muss erst seine Söhne großziehen, noch drei Jahre, erst dann kommt meine Urgroßmutter ins Spiel".

„Wir dürfen jetzt nicht in das weitere Geschehen eingreifen, das könnte fatale Folgen haben".

„Ja du hast Recht Liebster, erst muss der Großvater gezeugt

werden sonst gibt es dich ja gar nicht, das wäre in der Tat fatal!"

Günter war schon wieder in seiner Praxis als ich am nächsten Morgen erwachte. Ich sprang aus dem Bett, beeilte mich bei meiner Morgentoilette und eilte in die Küche, ich hatte ja einen Gast zu versorgen. Ich legte ein paar Brötchen in den Backofen und brachte die Kaffeemaschine in Gang.

Eigentlich sieht er schon viel besser aus, er bekommt langsam wieder ein Gesicht, dachte ich, als ich merkwürdige Geräusche vernahm, die Tür wurde aufgestoßen und Justin rollte in die Küche. Er grinste, ja er grinste wirklich.

„Guten Morgen schöne Frau", sagte er gut gelaunt.

„Hallo Justin, offensichtlich hast du gut geschlafen".

„Ich habe einen Bärenhunger", antwortete er und bugsierte sich mit seinem Stuhl an den Frühstückstisch.

Ich schnitt ihm zwei Brötchen auf wie früher immer, bestrich sie mit Butter und goss Kaffee in einen großen Pott.

„Die Kammer ist nur ein Notbehelf", sagte ich entschuldigend, „wir haben eine reizende Mansardenwohnung für dich unter dem Dach eingerichtet, aber leider ist sie für dich zurzeit unerreichbar so lange du nicht imstande bist Treppen zu steigen".

„Das alles ist mir egal", antwortete er, „wenn ich nur in deiner Nähe sein kann, ich bin so happy hier mit dir sitzen zu können jeden Tag. Ich hatte nicht geglaubt das du mich wirklich holen wirst liebste Carla".

„Aber das ist doch das mindeste was ich für dich tun konnte, nach dem ich dir so viel Unglück gebracht habe".

„Oh nein, du trägst keine Schuld am meinem Unglück, ich allein habe mir, dass alles eingebrockt, ich habe wunderschöne Jahre mit dir verbringen dürfen".

Nun ja, es war nur geborgte Zeit, aber sie ist unlöschbar in meinem Kopf, ich habe hoch gepokert und verloren".

„Aber was faselst du da Justin".

„Du warst nicht für mich bestimmt, ich wusste es von Anfang an trotzdem darf ich jetzt bei dir sein, es war falsch was ich getan habe, das ist jetzt meine Strafe für ein bisschen Glück".

„Um Gotteswillen Justin, das kann doch nicht dein Ernst sein, was hast du nur für bizarre Gedanken, bist du inzwischen einer religiösen Sekte beigetreten?"

„Ich hatte genügend Zeit zum Nachdenken", sagte er, „ich bin mir über vieles klargeworden, mein altes Leben ist für immer vorbei, ich muss jetzt nach jedem Strohhalm greifen für jeden Lichtblick dankbar sein, ich bin demütig geworden".

„Ich kann es nicht fassen solche Worte aus deinem Mund zu hören, alles was du gesagt hast klingt so gar nicht nach dir, du bist also geläutert, weise, selbstlos und demütig geworden in wenigen Monaten".

„Ach, vielleicht ist das auch nur eine momentane Stimmung", sagte er, „ich weiß es selber nicht so genau, im Augenblick bin ich glücklich, in diesen Moment", betonte er, ich weiß nicht wie es weitergehen wird, vermutlich werden wir uns bald alle fürchterlich auf die Nerven gehen!"

Ich war aufgestanden und begann den Tisch abzuräumen.

„Hier ist nun dein Zuhause, dein Liebster und dein Leben nach dem du so lange gestrebt hast, gemütlich habt ihr es, hier kann man sich wohl fühlen".

Er sah sich in der Küche um.

„Ich darf also an deinem Leben teilnehmen, darf ein Teil davon sein, ich ein Aussätziger".

„Deine Stimmungen wandeln sich schnell, du bist sehr launisch geworden Justin, ich weiß nicht was ich von dir halten soll".

„Ach ich rede zu viel, am besten du nimmst mich nicht so ernst liebe Carla, ich werde mich in Zukunft zurückhalten und versuchen, euch nicht lästig zu werden".

Ich spülte das Geschirr und putzte die Küche.

Der klobige Rollstuhl nahm viel Platz ein und behinderte mich bei meinem Tun.

„Ich sehe schon, dass ich störe", sagte Justin, „ich werde mich zurück ziehen".

„Es ist der Stuhl nicht du", entgegnete ich, „du musst versuchen wieder an Krücken zu laufen, Günter hat sicher welche in seiner Praxis".

„Nichts lieber als das", antwortete er erfreut, „ich wollte schon gestern Abend danach fragen, aber ich wollte euch nicht gleich am ersten Abend damit belästigen".

„Ach nur eine falsche Bescheidenheit, ich werde gleich nachsehen", sagte ich und lief aus dem Haus.

Wenig später kam ich mit nagelneuen Gehhilfen zurück, wollen wir es gleich versuchen?"

„Hm,- es wird nicht einfach sein für eine so zarte Frau wie dich", murmelte er, „ich bin schwer und unbeholfen".

„Ich bin stärker, als du glaubst Junge", sagte ich lachend.

Ich versuchte mit aller Kraft ihn aus dem Stuhl zu bekommen.

„Ich glaube du gibst dir nicht genug Mühe, halt dich an mir fest".

Er hielt sich fest.

„Setz jetzt deine Füße auf den Boden, ich halte dich, nun setz dich auf die Fensterbank", ich reichte ihm die Krücken.

Nach mehreren Versuchen stand er endlich aufrecht am Fenster, ich schob blitzschnell den Rollstuhl zur Tür hinaus.

„So, nun musst du laufen", sagte ich, ich verlasse jetzt die

Küche, du musst allein klarkommen, also streng dich an".
Ich hörte ihn keuchen und schimpfen.
„Lass dir nicht einfallen dich gleich wieder auf einen Stuhl
zusetzen", rief ich noch und ging aus dem Haus um die
Hühner, die Kaninchen und die Schweine zu füttern.
Ich hielt mich länger als nötig im Hühnerstall auf, sammelte
die Eier ein und schaute dem Federvieh, bei ihrem täglichen
Kampf, um die besten Happen zu, wie unnütz diese ewigen
Streitereien, ist doch ein Korn ebenso wie das andere!
Ich sah nach den Krokussen und Märzenbechern, ich erfreute
mich an den gerade aufblühenden Forsythien und dem
Mandelbäumchen.
Der Porree hatte den Winter gut überstanden, ich werde gleich
ein Paar kräftige Stangen ernten.
Justin sollte genügend Zeit für seine ersten Gehversuche
haben.
Ich holte meinen Spaten und grub tief in die Erde um den
wohlgeratenden Porree nicht zu verstümmeln. Ich werde heute
ein Gratin zubereiten.
Als Günter zum Mittagessen kam, saß Justin Zeitung lesend
auf der Polsterbank.
Den Rollstuhl hatte ich in die Abstellkammer geschoben.
„Wenn du nicht den ganzen Tag herumsitzen willst, musst du
dich schon selber bemühen, ich bin jeder Zeit bereit dir die
anderen Räume zu zeigen", sagte ich, als Günter sich zu
seinem Mittagsschläfchen zurückgezogen hatte.
Wir nahmen alle Mahlzeiten zu dritt in der Küche ein.
Sonntags deckte ich in der Stube den Tisch, es gab immer
genügend Gesprächsstoff. Justin betrieb artig Konversation.
Ich merkte das Günter allmählich seine Feindseligkeit, die er
gut unter einer gespielten Höflichkeit tarnte, angesichts des

bemitleidenswerten Zustandes seines ungebetenen Gastes verlor.

„Wann werden wir das Auto bauen?", hörte ich Justin eines Tages bei Tisch, grinsend sagen.

Ich glaubte mich verhört zu haben.

Außer den Treffen bei Tisch gab es für Günter kaum Veränderungen im Tagesablauf und unserem Zusammenleben. Wenn Günter in der Praxis war ermutigte ich Justin immer wieder zu seinen Gehübungen. Ich war hart und unermüdlich, nötigte ihn erst im Flur und später im Hof zulaufen.

„Du bist ein strenger Zuchtmeister, wie eine Gefängniswärterin", jammerte er.

„So so, du fühlst dich also hier wie im Gefängnis", sagte ich beleidigt, „du kannst jederzeit gehen wohin du willst doch dafür musst du erst einmal laufen können".

„Ich habe es nicht so gemeint", beschwichtigte er, „ich will damit nur sagen, dass du mich plagst wie ein Dompteur, als wolltest du mich abrichten für einen Rekord".

„Es ist nur zu deinem Besten Justin, denn ich möchte, dass du bald deine eigene Wohnung beziehst und wieder selbstständig wirst, ist das nicht in deinem eigenen Interesse?"

„Nun ja es ist schon manchmal recht deprimierend für mich, ständig in der kleinen Kammer hocken zu müssen und in den vorsintflutlichen Fernseher zu glotzen, ich will euch ja nicht stören bei eurer zarten Liebe".

Es war April geworden.

Ende Mai hatte Justin den nächsten Termin für seine folgende Hautverpflanzung sowie einer weiteren im Juni.

Die Treppenstufen vor dem Haus machten ihm noch immer schwer zu schaffen.

Allein waren sie für ihn unüberwindlich, dabei war er stets auf

Günters Hilfe angewiesen. Mittlerweile hatte ihn der Ehrgeiz gepackt, er stapfte unermüdlich über den Hof und verschnaufte im Garten auf der Bank, dort saß er bisweilen Stunden grübelnd in tiefe Gedanken versunken.

Er klagte und jammerte nicht mehr, war verschlossen und anscheinend seinem Schicksal ergeben.

Es dauerte mich, aber ich konnte und wollte ihm nicht mehr Zuwendungen geben außer den Stunden nach dem Frühstück und Mittagessen die wir plaudernd am Küchentisch verbrachten wie früher immer. Ich war Günters Frau, wir hatten uns ja erst wenige Monate wieder.

Endlich machte Justin sichtbare Fortschritte, eines Tages sah ich wie er sich die steile Treppe zum Obergeschoss hinauf quälte, endlich hatte er es geschafft, er konnte nun seine behagliche Mansardenwohnung beziehen.

Günter entfernte seinen Gipsverband und bewachte seine ungeschickten Versuche, die Treppe auch wieder hinunter zu gelangen, Justin übte verbissen.

Ich räumte noch am gleichen Tag seine wenigen Habseligkeiten in die Schränke und Schubladen.

„Wenn du wiederkommst, falls du zurückkommen willst, werden wir zusammen einkaufen gehen, deine Garderobe auffrischen, das ist verdammt nötig", versprach ich ihm.

„Oh ich werde bestimmt wiederkommen, wenn ich darf liebste Carla, wo soll ich sonst hin?", sagte er.

„Du willst also nicht mehr in dein Haus zurück?", fragte ich.

„Nein, oh nein, selbst wenn das Haus noch steht, ich wäre auf keinen Fall in diesem Haus geblieben ohne dich, es war nur für dich, für uns beide bestimmt, vermutlich hätte ich es sogar angezündet", sagte er zynisch.

„Hast du es angezündet, wolltest du, dass ich elendig verbrenne, hast du das getan und dann Gewissensbisse bekommen?"

„Um Gotteswillen nein, wie kannst du so etwas nur denken, ich könnte dir nie etwas antun!"

„Du willst also alle Zelte abbrechen zu deinem bisherigen Leben", sagte ich.

„Mein altes Leben ist Vergangenheit, es kann nie wieder so sein wie es war".

Der Tag seiner Abreise war gekommen.

Günter plagte sich mit ihm den Berg hinauf in die Höhle in das Jahr 2045, half ihm auch den Berg hinunter und begleitete ihn auf den Bahnhof zu seinem Zug der ihn in seine alte Heimat in das Erzgebirge bringen würde in die gewisse Klinik in der Justin sich zwei weiteren Operationen unterziehen wollte.

Ich war wieder allein im Haus und stellte fest, Justin fehlte mir irgendwie, in drei Wochen würde er wieder zurückkommen, das Haus war so leer ohne Ihn wenn auch Günter nicht da ist!

Ich war bestürzt über meine Gedanken.

Ich verschönte seine kleine Wohnung mit Nippes und Blumen und wartete ungeduldig auf seine Rückkehr.

Er kam wieder, an einem sonnigen warmen Tag, Ende Juni stand er wieder vor der Tür.

Diesmal grinste er nicht nur, er lächelte, sein Gesicht war noch geschwollen nach der frischen Operation, jedoch hatte er ein klein wenig Ähnlichkeit mit dem alten Justin oder bildete ich mir das nur ein?

Er hatte den beschwerlichen Weg zu uns allein aus eigener Kraft bewältigt. Nun war er erschöpft doch glücklich, er setzte sich auf die bequeme Polsterbank an den Küchentisch und streckte die müden strapazierten Beine von sich.

70

Ich beeilte mich ihm eine heiße Schokolade zu bereiten, bestrich ihm eine Stulle mit seiner Lieblingswurst, schnitt sie in Häppchen und baute alles vor ihm auf, während ich mich zu ihm setzte, sagte ich:

„Nun erzähl mir alles"!

„Du wirst es nicht glauben, aber es ist kaum noch einer von den alten Patienten dort gewesen, alles neue Gesichter nur wenige Bekannte habe ich noch angetroffen".

Er erzählte voll Eifer, sprach sich alles von der Seele, befreit mit jemanden reden zu können.

Auf unserem täglichen Gang um das Dorf, sagte Günter:

„Nun bleibt er also für immer bei uns, wie führen ein Leben zu dritt bis an unser Ende".

„Das glaube ich nicht, wenn er erst wieder genug Selbstbewusstsein gesammelt hat, wird ihm die Rolle als ewiger dritter nicht mehr genügen", entgegnete ich.

„Was meinst du wird er tun?"

„Ich fürchte nichts Erfreuliches, obgleich ich mir nichts Schlimmeres vorstellen kann, als das was ihm schon alles widerfahren ist, dem Unglücksraben", sagte ich.

„Ich hätte niemals seinen Weg kreuzen dürfen, in jedem Leben glaube ich, ist er mir hoffnungslos verfallen".

„Er verliert den gesunden Menschenverstand, tut merkwürdige, unverständliche Dinge um mich zu erobern für ein bisschen Glück, doch es ist nie etwas daraus entstanden, als eine kleine Priese davon, doch immer folgte bald darauf das grausige Ende, das Schicksal lässt es nicht zu".

„Normalerweise wären wir uns nie begegnet, ohne unsere Zauberhöhle wäre ich im Jahre 2040 schon über 90 Jahre".

„Ja und 10 Jahre früher bist du über 80 Jahre und er erst etwas über 30 Jahre".

„Er hätte so eine alte Frau gewiss nicht wahrgenommen, wohl kein Alter, um sich in einander zu verlieben", sagte ich, wir lachten beide.

Wir waren auf dem Rückweg, das letzte Stück gingen wir engumschlungen.

Ein süßes Gefühl durchströmte uns, wir fühlten uns gut, jung und stark, nichts konnte uns jetzt mehr trennen.

Am Dorfausgang neben dem großen Stein am Wegrand machten wir noch einen Abstecher in den bewaldeten Hang nicht weit von der kleinen Höhlenöffnung, es war unsere Lieblingsstelle zum sinnlichen Verweilen.

Ich fing einen zärtlichen Blick von ihm auf, unsere Gefühle schwappten über.

Erhitzt mit roten Wangen, betraten wir schließlich angenehm erschöpft das Haus.

Justin saß in der Küche, er sah nur kurz von seiner Lektüre auf, ein Blick auf uns sagte ihm genug.

Wir setzten uns zu ihm an den Tisch.

Heute hatte ich nichts mehr in der Küche zu tun, die Männer würden Steaks und Würstchen grillen, Jonny war schon dabei die Klappstühle in dem Garten aufzustellen.

Ich hatte schon vor Stunden eine große Schüssel Salat vorbereitet.

„Lasst uns in den Garten gehen Jungs", sagte ich jetzt.

Jonny musterte Justin verstohlen, ist das nicht der Mann den er einst auf dem Schlösschen der neuen Zeit im Jahre 2040 kennengelernt hatte?

Was war ihm nur zugestoßen, er erinnerte sich an den verboten gutaussehenden Strahlemann, war er es dem die schöne Braut des jungen Grafen gefolgt war und somit seinem Herrn so viel

Kummer bereitet hatte?

Nun hat er seine gerechte Strafe erhalten, dachte er gehässig.

„Lass die Würstchen nicht verkohlen Jonny", mahnte ihn Günter.

Ich hatte mich längst an Justin und sein neues Gesicht gewöhnt, ich fand ihn nicht mehr abstoßend. Na ja er wirkte noch immer fremd unter dem Haarschopf der ja noch immer der gleiche war, die blonde Mähne in lockeren Wellen fast bis auf die Schultern fallend. Dem schlanken sehnigen Körper, er trug auch meistens die Ärmel hochgekrempelt und gab muskulöse Arme frei.

Die schlimmen Brandnarben an den Händen und Unterarmen waren etwas verblichen, sie schienen ihn nicht zu stören.

Das Haar trug er jetzt länger und fülliger als früher, es fiel ihm ein wenig ins Gesicht und verdeckte die roten unschönen Stellen auf der Stirn. Um den Mund herum und der unteren Gesichtshälfte linderte unversehrte Haut das Erscheinungsbild.

Er wirkte so frisch nach der letzten O.P. nur ein wenig aufgedunsen, dass jedoch würde sich nach ein paar Tagen geben.

Er fing meinen forschenden Blick auf und lächelte. Es war nicht sein altes bekanntes umwerfendes Lächeln aber es verlockte zum Zurücklächeln, ja ich hatte mich längst an Ihn gewöhnt. Ich lächelte automatisch zurück, fühlte mich ertappt und wendete verlegen meinen Blick ab.

„Liebes, du antwortest gar nicht", sagte Günter und strich mir über die Wangen, „was beschäftigt dich so, dass du uns vergisst?"

„Ach, ich muss immer wieder an früher denken, als hier noch kein Garten, sondern nur Wildnis war, jetzt ist alles so schön hier, ich danke dir für alles".

„Nicht dafür, die meiste Arbeit hast du doch selbst geleistet Liebste", sagte er und küsste meine Hand die ich nach ihm ausgestreckt hatte.

Unser Leben zu dritt war zur Gewohnheit geworden. Justins Lebensraum begrenzte sich nur auf unser Grundstück.

Ich bemerkte eine immer stärker werdende Unruhe an Ihm.

Eines Tages sagte er: „Ich muss allmählich meine Angelegenheiten regeln, Bankgeschäfte und Eigentumsverhältnisse, alles ist im Unklaren".

„Es ist schon fast September, bald ist ein Jahr vergangen seit aeh,- seit man mich zuletzt gesehen hat, vermutlich glaubt man mich gar nicht mehr unter den Lebenden".

„Ich habe nicht vor, wieder in meine Zeit zurück zu gehen, ich meine um dort wieder zu leben, wohl aber um meine Eigentümer und Finanzen zu ordnen, das Erbe für meine wenigen Nachkommen zu sichern".

„Später irgendwann werde ich auch meiner Tochter unter die Augen treten müssen, später!"

„Hier will ich meinen Lebensabend verbringen, hier in dieser beschaulichen ruhigen Zeit".

„Aber Justin, was redest du von Lebensabend, du bist noch lange keine 50 Jahre, du stehst in der Mitte deines Lebens, du hast noch viele Jahre vor dir".

„Ich bin ein Außenseiter, ich werde nie mehr ein normales Leben führen können, ich habe mein Selbstwertgefühl eingebüßt, fühle mich minderwertig, neben dir könnte ich wieder etwas Selbstbewusstsein aufbauen".

„Es stört mich nicht im Geringsten in deinem Schatten zu stehen, das hat mich nie gestört, ganz im Gegenteil, doch jetzt habe ich das Bedürfnis mich hinter dir zu verkriechen, in deinem Schatten Schutz zu finden, lach mich nicht aus liebste

Carla!"

„Das ist nicht zum Lachen", sagte ich ernst.

„Ich verstehe dich und kann deine Gefühle nachvollziehen".

„Ich hoffe aber das gilt nur begrenzt solange deine Situation noch neu ist, ich werde dir natürlich nach Kräften zur Seite stehen die nächste Zeit, wenn es dein Selbstwertgefühl stärkt werde ich dir gerne behilflich sein deine Angelegenheiten zu regeln und dich auf deinen Wegen begleiten in deine Zeit".

„Ich werde mit dir wieder in die Öffentlichkeit gehen, wenn es Günter erlaubt, du kannst dich nicht ewig vor der Außenwelt verstecken und dich hier verkriechen".

Im September begleitete uns Justin nach langen Ausflüchten zum ersten Mal auf das Schlösschen zu einer Verlobungsfeier, als ein angeblicher Verwandter von mir.

Dort war man so taktvoll ihn nicht permanent anzustarren, man akzeptierte Ihn als Gast.

Der erste Schritt war gegangen.

„Na war es sehr schlimm?", fragte ich am nächsten Morgen nach dem Frühstück, „es hat doch gar nicht wehgetan".

„Doch es hat geschmerzt, hier drin", er zeigte auf seine Brust, „es war aber erträglich, hier wo mich keiner von früher kennt".

„Du kannst mich hier doch von nun an öfters begleiten und mir die schweren Körbe tragen als mein persönlicher Diener", sagte ich lachend.

„Dein Diener bin ich gerne, das bin ich doch schon immer gewesen", antwortete er, ebenfalls lachend.

So kam es das Justin mich auf allen meinen Wegen und auf den Marktplatz begleitete. Er trug einen Hut von Günter und eine alte Joppe.

Die einfachen ungebildeten Leute im Dorf starrten den seltsamen Fremden mit dem narbigen Gesicht unverhohlen an, wie sie jeden Fremden ausgiebig begafften.

Alles was neu war, erweckte ihre Neugierde und Misstrauen.

Ein entwaffnendes Lächeln von mir genügte jedoch, um Sie einzuschüchtern, so dass sie verlegen ihre Augen wieder abwendeten.

Auf dem Heimweg wischte sich Justin erschöpft und genervt den Schweiß von der Stirn.

„Wow", sagte er, „das wäre erstmal überstanden".

„Jetzt kann es nur noch besser werden", sagte ich schmunzelnd und hakte mich bei ihm ein.

Günter hatte nichts dagegen einzuwenden, solange ich seine freie Zeit ausschließlich ihm widmete, das tat ich natürlich gern.

Wir waren noch immer verliebt wie am ersten Tag, turtelten, neckten und küssten uns bei jeder sich bietenden Gelegenheit aber wir spielten auch Karten und andere Gesellschaftsspiele zu dritt in der Stube oder auf der Terrasse.

Justin war wieder okay. Er unternahm erste Wanderungen alleine, in die nächste Umgebung, die Dorfbewohner kannten ihn bereits, er war zu jedermann freundlich, zog höflich seinen Hut, er hatte schnell gelernt und sich angepasst.

Ich glaube, dass er bei diesen Streifzügen auch das berüchtigte Freudenhaus im nächsten Ort aufsuchte. Bisweilen blieb er stundenlang fort, ich fragte ihn nie nach seinen Unternehmungen.

Im neuen Jahr wollte er endlich in seine Zeit reisen um seine Angelegenheiten zu regeln.

Bei uns war er mittellos, ein geduldeter Gast der von uns durchgefüttert wurde. In Wahrheit jedoch war er gut betucht, ein Millionär glaube ich.

Wir haben nie über Geld gesprochen, er schien, über nicht zu versiegende Mittel zu verfügen, konnte sich alles Erdenkliche leisten.

Weihnachten feierten wir wie fast jedes Jahr auf dem Schloss mit der Familie zusammen. Als da waren die vielen Töchter des Grafen mit Gatten und zahlreichen Kindern.
Zu der großen Silvesterfeier jedoch wollte uns Justin nicht begleiten, ich hatte volles Verständnis für seine Beweggründe. Er verbrachte den Abend bei uns in der Stube vor dem großen Flachbildschirm.
Ich hingegen lernte viele glitzernde Gestalten des Hochadels und andere hochrangige Persönlichkeiten kennen. Jedoch hatte ich vielmehr das Gefühl selbst der Mittelpunkt der illustren Gesellschaft zu sein, warum auch immer, ich war kein Filmstar noch hatte ich etwas Besonderes geleistet.
Ich bemerkte, dass ich ganz penetrant von den pubertierenden Söhnen des Ur- Ur Onkels angestiert wurde.
In zwei Jahren, wusste ich, würde der jüngere von beiden der Graf Otto seine Verlobung mit Marianne der kleinen Pummeligen mit den rötlichen Löckchen bekannt geben.
Damit war Günters Existenz gesichert.
Seine Urgroßmutter Marianne würde Einzug in das Schloss halten und bald wird ein Sohn, nämlich Günters Großvater gezeugt und das Licht der Welt erblicken und somit der Grundstein für Günter selbst gelegt werden.
Dann war die Zeit gekommen für meine Rache an dem falschen Onkel den ich zutiefst verachte und abgrundtief hasse.
Dort sitzt er der bösartige, hinterhältige Kerl freundlich lächelnd, der von allen verehrte Landesvater.
Ich habe Justin noch gar nicht alles erzählt, dass der Alte, allein Schuld an dem ganzen Elend war, das er über alles

gebracht hat oder doch?

Ich werde noch einmal mit ihm darüber sprechen müssen, auch er soll wissen wer an seinem schlimmen Schicksal die alleinige Schuld trägt, ja er muss alles wissen!

„Liebste, du bist wieder weit fort, was geht in deinem hübschen Köpfchen vor", fragte Günter und streichelte meine Hand.

"Er wird büßen eines Tages für alles was aus seiner verbrecherischen Tat entstanden ist, das Scheusal".

„Ja er darf nicht ungestraft davonkommen, habe auch ich jahrelang gedacht, aber uns geht es doch jetzt gut, was bringt uns jetzt noch Rache".

„Rache befreit von lästigen Erinnerungen, ich jedenfalls sinne auf Rache", sagte ich.

„So kenne ich dich gar nicht Liebste", sagte Günter verwundert, „du machst mir Angst".

Der Januar 1876 verging.

Es schneite schon wochenlang, die ganze Welt hatte sich verändert. Ich verbrachte viele Stunden am Tag mit Justin in der Küche. Er hatte wieder genau wie damals die Aufgabe des Kaminofenreinigers übernommen. Er fütterte die Hühner und Kaninchen, die Schweine hingegen mochte er nicht eingepfercht in düsteren Verschlägen sehen. Im Sommer wollte er einen neuen Stall bauen speziell für die Schweine.

Soll er nur machen.

Wir hatten viel Zeit zum Reden in diesen Winterwochen, es wurde früh dunkel.

Günter und ich hatten unseren Marsch um das Dorf vorverlegt. Wir stapften durch den Schnee, benutzten immer wieder unsere eigenen Spuren vom Vortag, doch sie waren zugeschneit und kaum noch sichtbar. Es war sehr anstrengend, gleichwohl wollten wir uns nicht von Regen, Wind oder Schnee unterkriegen lassen.

Wie schön war es dann, wenn wir erschöpft, wieder in der warmen Stube in das weiche Polster sinken konnten.

Justin wartete schon mit dem heißen duftenden Kaffee auf uns und hatte bereits den Tisch für drei Personen gedeckt und Karten bereitgelegt.

Er bewirtete uns wie ein Diener mit übertriebenen Posen.

Ich musste lachen und nötigte ihn, endlich Platz zu nehmen.

Wir spielten Rommee, gelegentlich auch Monopoly an den langen Winterabenden. Danach zog sich Justin zurück in seine kleine Wohnung unter dem Dach.

Dort hatte er mittlerweile auch einen moderneren Flachbildfernseher in seiner behaglichen Stube stehen, eine großzügige Spende von Günter.

Im März, wenn der Schnee geschmolzen ist wollte Justin den anstrengenden Aufstieg zu der Höhle wagen.

Die Zeit drängte, er hatte viel zu erledigen und wartete nun ungeduldig auf meine Zustimmung ihn zu begleiten.

„Ich werde morgen mit Günter reden", vertröstete ich ihn jeden Tag aufs Neue.

Ich schob feige die Aussprache mit Günter vor mir her, heute werde ich mit ihm sprechen, hatte ich mir schon morgens vorgenommen.

Ich wusste, dass es Ärger geben würde, ich konnte mich gut in seine Lage versetzen.

Wie würde ich an seiner Stelle reagieren?

Es war auf unserem Spaziergang als ich den Zeitpunkt gekommen sah, Günter meine Absicht zu unterbreiten.

Ich hatte mir genau zurecht gelegt wie ich es ihm schonend

beibringen würde. Nun aber kam ich ins Stottern, verhaspelte mich, denn mir war klar, dass ich unmögliches von ihm verlangte, zu viel Toleranz.

Plötzlich gelang es mir nicht mehr, mich klar auszudrücken. Er blieb ruckartig stehen und sah mich ungläubig an.

„Ich verstehe nicht ganz was du mir sagen willst, ich glaube mich verhört zu haben".

„Ist es etwa dein Wunsch mit Justin in die andere Zeit zu gehen, willst du mir das sagen?"

„Ich würde nur ein paar Tage, vielleicht eine Woche bleiben, Justin hat diversen Besitz, den er endlich veräußern will in Sachsen und Niederbayern, wohin ich ihn begleiten müsste, er fühlt sich gestärkt durch meine Begleitung durch meine bloße Anwesenheit", sagte ich stockend.

„Bist du sein Kindermädchen, ist er nicht Manns genug seine Dinge selbst zu regeln?"

„Nein, er ist nicht mehr Manns genug, er hat Minderwertigkeitskomplexe und fürchtet sich vor der Öffentlichkeit, kannst du das nicht verstehen?"

„Ja schon", entgegnete er „aber warum musst ausgerechnet du ihn begleiten".

„Nein, das kommt gar nicht in Frage, das dulde ich nicht, du wirst brav zu Hause bleiben, das wäre ja noch schöner wenn ich dich mit einem anderen Kerl herumziehen lassen würde, was denkst du dir nur dabei", wetterte er.

Wie du meinst", sagte ich beleidigt, „ich sehe schon du traust mir nicht".

„Ja du hast recht, ich traue dir nicht, wie sollte ich auch, schließlich war er jahrelang dein Liebhaber".

„Ja er war mein Beschützer aus der Not geboren, ich brauchte ihn damals, als ich allein war, er war zur rechten Zeit am rechten Ort, er hat mir gutgetan, hat mich wiederaufgebaut und mich wieder lachen gelehrt, darüber hinaus hat er mir das Leben gerettet, ist für mich durchs Feuer gegangen".

„Hast du das vergessen, ich nicht, ich bin ihm auf ewig zu Dank verpflichtet".

„Du hast ihn doch schon hierher geholt in unser Haus, bemutterst ihn wie ein Kleinkind, was willst du denn noch alles für ihn tun, reicht das noch nicht?"

Wir hatten indessen unser Haus erreicht und schwiegen die letzten Meter.

Justin wartete schon mit dem Kaffee auf uns.

„Trinkt allein euren Kaffee, ich habe noch zu tun", sagte Günter und verließ die Küche Türknallend.

„Dicke Luft?", fragte Justin.

„Ja ich habe es ihm heute gesagt, er ist wütend, wie ich es befürchtet hatte, er erlaubt es natürlich nicht, ich kann dich also nicht begleiten Justin".

„Ist schon gut Carla, dann wird es eben nichts, vielleicht werde ich mich eines Tages aus eigener Kraft wieder unter das normale Volk wagen".

„Solange muss ich hier bei Euch wie ein Bettler leben, ein Bedürftiger der von eurer Gnade abhängig ist".

„Nun übertreib doch nicht gleich, du könntest überall eine Anstellung finden als Stallknecht zum Beispiel, ha ha".

„Du machst Witze Carla", sagte er ärgerlich.

„Ja du hast Recht", bestätigte ich grinsend, „aber du könntest als Sekretär arbeiten, dem Ur-Ur die Bücher führen, du würdest im Schloss deine Unterkunft beziehen dort gibt es natürlich keinen Strom und kein Wasser im Haus, ebenso wenig wie Toiletten und Bäder".

„Ich hab's, jetzt weiß ich den passenden Job genau das richtige für dich, du trittst die Stelle als Hofmeister an!"

„Aber ich habe nicht genügend Erfahrung in Dingen der Etikette".

„Ach mit Etikette hast du nicht viel zu schaffen, nein du müsstest hingegen die missratenden Söhne des Alten erziehen und unterrichten, das war mal meine Aufgabe als die Knaben etwas jünger waren".

„Ja und, hast du ihnen etwas beibringen können?"

„Nein nicht viel, es hat nicht recht funktioniert, es fehlte Ihnen wohl an Respekt, das war eine dumme Idee, halbwüchsige ungehobelte Grafensöhnchen von einer Frau erziehen zu lassen".

„Der Eine, der Otto, hat mich angehimmelt, der ältere aber, der Niclas, hat mich ständig provoziert, Kräfte gemessen, seine Grenzen ausprobiert, keine Art von Erziehung hat bei dem Bengel gefruchtet, ich erinnere mich, ihn einmal fürchterlich geohrfeigt zu haben, ich glaube er ist unverschämt gewesen, hat mich beleidigt".

„Viel genutzt hat es nicht, bis Günter ihm eines Tages eine ausreichende Abreibung verpasst hat, seitdem weiß er sich besser zu benehmen, du hast sie doch auch schon kennen gelernt!"

„Nicht kennen gelernt, ich habe Sie nur gesehen", entgegnete Justin.

„Früher beschäftigten die Adelshäuser einen Hofmeister für die Bildung und Erziehung der Söhne", erklärte ich.

Wir spülten das Geschirr. Günter ließ sich nicht blicken, erst zum Abendessen erschien er wieder als wäre nichts geschehen.

„Ich habe einen Bärenhunger Frauchen, was gibt es denn gutes?", fragte er und pflanzte sich an den Küchentisch.

Das leidige Thema wurde nicht heut und auch die nächsten

Tage nicht mehr erwähnt. Ich hielt mich soweit wie möglich von Justin fern um Günter nicht unnötig zu verärgern.

Der Mai zog ins Land

Justin lief in abgetragenen Kleidungsstücken von Günter herum, er sagte nichts, nahm es klaglos hin.

„Ist das denn nötig, das unser Gast wie ein Bettler aus dem Haus gehen muss, das wirft doch auch ein schlechtes Licht auf dich".

„Mein Gott, er ist wohlhabend, könnte sich alles leisten, wenn er an sein Geld käme, stattdessen muss er hier leben wie ein Bedürftiger!"

„Ja ich habe verstanden, geh in Gottes Namen mit ihm und regelt seine finanziellen Angelegenheiten, spiel sein Kindermädchen seine ständige Begleiterin, seine Vertraute und Gefährtin!", sagte er spöttisch.

„Du gibst also deinen Segen?", fragte ich nachdrücklich.

„Herr Gott nochmal ja, aber ich sehe es gar nicht gern, ich bin eifersüchtig, ist das nicht normal?"

„Ach Liebster, du brauchst nicht eifersüchtig zu sein, du bist doch mein Mann, nur dich will ich, dich brauch ich!"

„Ach ja, ist das so?", das gleiche hast du mir schon öfters gesagt und bist dennoch mit ihm fortgegangen, Gelegenheit macht Diebe, an passenden Gelegenheiten wird es Euch gewiss nicht mangeln!"

„Gelegenheiten gab es auch hier, wenn ich es gewollt hätte, meine Güte, was du nur wieder für Gedanken hast".

„Ja solche Gedanken plagen mich zuweilen, wenn sich zwischen euch beiden noch einmal etwas abspielen sollte, dann brauchst du gar nicht wieder zurückkommen, noch einmal werde ich dir nicht verzeihen, dann kannst du den Rest deines Lebens mit ihm verbringen".

„Mit dir will ich den Rest meines Lebens verbringen, dich liebe ich über alles, glaubst du das werde ich noch einmal aufs Spiel setzen?"

„Das will ich hoffen, denn auch dich will ich nicht verlieren Liebste".

Er schloss mich in seine Arme und drückte mich fest an sich, unsere Lippen fanden sich.

Ende Mai machten wir uns endlich auf den Weg in die neue Zeit. Günter begleitete uns bis zum Bahnhof im Neben-Ort.

Wir umarmten uns zum Abschied.

Ein letzter durchdringender Blick von ihm, begleitete mich auf die Reise.

Unser erster Weg führte uns zu Justins Haus ins Erzgebirge.

Das Haus war keine Brandruine wie wir befürchtet hatten, wir atmeten erleichtert auf.

Es war gelungen das Obergeschoss abzutragen und das Haus zu einem Bungalow umzugestalten.

Wir standen lange schweigend vor dem veränderten Gebäude bevor Justin mich an den Arm nahm und zu dem Blockhäuschen der Verwandten zog.

Er klopfte an der Tür, der Onkel öffnete, er war alt geworden obwohl keine 2 Jahre seit unserer letzten Begegnung vergangen waren.

Er freute sich sehr seinen Neffen wieder zu sehen.

„Kommt ins Haus Kinder", sagte er und geleitete uns in seine Stube, „ihr müsst leider mit mir allein Vorlieb nehmen, meine liebe Frau ist vor einem halben Jahr verstorben, sie hat immer gehofft dich noch einmal zu sehen Junge".

„Oh das tut uns leid, das muss sehr schlimm für dich gewesen sein Onkel", sagte Justin, „ich wusste gar nicht, dass sie krank war".

„Ach du weißt ja, wie sie war, ihr Befinden hat sie immer
zurückgestellt, sie hat sich immer nur für andere aufgeopfert,
warum hast du dich nie gemeldet?"

„Das war leider nicht möglich Onkel, ich habe sehr
zurückgezogen gelebt in einem Land ohne Telefon, ohne
Strom und Autos in einer anderen Zeit, erst jetzt konnten wir
dieses Land verlassen", entschuldigte sich Justin.

„Nanu, wo gibt es denn noch so ein Land, du warst wohl auf
einer einsamen Insel um dich zu erholen, du siehst gut aus
Junge, viel besser als damals und die schöne Frau ist auch
noch immer bei dir, wie ich sehe".

„Meine Hochachtung junge Frau", sagte er etwas verlegen und
tätschelte meine Schulter, „das hätte ich nicht gedacht, du hast
Glück im Unglück so eine Frau an deiner Seite zu haben, seid
ihr denn nun endlich verheiratet ihr beiden?"

„Noch nicht Onkel, ich muss erst meine Finanzen regeln",
antwortete Justin mit einem Seitenblick auf mich.
Wir tranken Kaffee und gingen anschließend in den
veränderten Bungalow.

„Wollt ihr hier wieder einziehen?, mich würde es freuen".

„Nein Onkel, nie wieder, du kannst das Haus vermieten oder
verkaufen, das Geld kannst du behalten für deine Kinder oder
Enkel".

„Ich werde wieder auf meine einsame Insel gehen, in die alte
Zeit mit dieser Frau, sie ist mein Schicksal", er nahm meine
Hand und drückte sie, „wir werden uns ein Hotelzimmer
nehmen Onkelchen, in diesem Haus könnte ich nicht mehr
leben, das verstehst du doch sicher?"

„Ja ich verstehe, aber ihr könnt gerne bei mir im Haus
übernachten, das Schlafzimmer oben wird nicht mehr genutzt,

seit ich alleine bin schlafe ich in der kleinen Kammer neben der Küche".

„Das ist gut gemeint Onkel", beeilte ich mich zu sagen, „aber wir haben uns bereits ein Zimmer im Ort gemietet".

Wir blieben zum Abendessen, tranken noch ein paar Gläschen Wein bei ihm und verabschiedeten uns zu vorgerückter Stunde.

Wir fanden zwei Zimmer in einer Pension und zogen uns bald zurück, jeder brav in sein Gemach.

Justin hatte es sich zur Gewohnheit gemacht täglich einen Hut zu tragen, tief in die Stirn gezogen, zudem trug er ständig eine große Sonnenbrille.

So fühlte er sich ein wenig vor den neugierigen abschätzenden oder mitleidigen Blicken der Passanten geschützt.

Gleich wohl erregte er in diesem Aufzug mit dem ungewöhnlichen Humphrey Bogart Hut viel mehr Aufsehen und zog gleichermaßen neugierige Blicke an.

Jetzt begann unsere Reise an die Orte seines Schaffens, dorthin wo er die meiste Zeit seines Lebens verbracht hatte.

Er würde vielen seiner alten Bekannten und Freunden wieder begegnen. Ich fühlte mit ihm, wusste von seiner Scheue vor diesen Begegnungen.

Er klammerte sich wie schutzsuchend an mich.

Wir suchten alle Orte auf an denen er einst als strahlender Partylöwe gewirkt hatte, trafen auf viele bekannte Gesichter, erlebten immer die gleichen Reaktionen von Befremden bis zur übertriebener Freundlichkeit oder gar Entsetzen bei seinem Anblick.

„Das ist jetzt meine Frau", hörte ich ihn sagen, wohl um von seinem eigenen Aussehen abzulenken.

„Wie kannst du so etwas sagen", rügte ich ihn später, „Günter könnte es erfahren, dass würde ein Donnerwetter geben".

„Eine Notlüge", sagte er zerknirscht, „aber du musst doch zugeben welche Wirkung es hat, man schaut nicht mehr mitleidig auf mich herab, mit dir als meine Frau könnte ich hier sogar wieder leben, aber ich habe ja mit meinem alten Leben abgeschlossen, Mitleid kann ich nicht ertragen".

Wir Nächtigten in Hotels, artig in getrennten Zimmern und eine Nacht, die vorletzte, schließlich in seinem Stadthaus in Würzburg.

Wir ließen uns Speisen von einem Partyservice bringen, ein paar alte Freunde von Justin kamen zu einem Abschiedsbesuch. Es wurde viel geredet ohne wirklich etwas zu sagen, keiner wagte ehrliche Fragen zu stellen.

Ich erkannte die Oberflächlichkeit der sogenannten Freunde und sehnte mich in meine Zeit nach meinen Günter zurück. Noch ein paar Tage, dachte ich, dann wird Justin hoffentlich alles geregelt haben.

Es wurde viel getrunken an diesem Abend. Ich war froh als sich die ersten Gäste verabschiedeten.

Justin hatte mich als seine Gattin vorgestellt, ich musste den ganzen Abend an seiner Seite glänzen und lächeln. Ich machte gute Miene zu bösen Spiel, musste seine Umarmungen und Küsse vor den anderen erdulden.

Wir spielten unser Stück vortrefflich.

Ich hätte mich gern zurückgezogen doch ich musste ausharren bis sich auch der letzte Gast verabschiedet hatte und wir allein in dem großen Haus waren.

„Das hast du gut gemacht Liebes", sagte er, nachdem die Tür hinter dem letzten Gast verschlossen war, „du bist eine gute Schauspielerin", murmelte er und umarmte mich.

„Ich bin müde ich würde jetzt gern zu Bett gehen", sagte ich und versuchte mich aus seinem Griff zu befreien, er packte mich jedoch noch fester.

„Sei nicht so abweisend", sagte er plump, „darf ich dich nicht mehr anfassen, du machst mich verrückt", raunte er mir ins Ohr und begann meine Schläfe zu küssen.

Ich wendete mein Gesicht zur Seite und versuchte ihn von mir zu stoßen.

„Hast du unsere vielen heißen Nächte vergessen, habe ich dich nicht immer gut bedient, bin ich dir jetzt nicht mehr gut genug mit einem narbigen Gesicht?"

Ihm war es gelungen mit dem Ellenbogen den Lichtschalter zu drücken.

Wir standen jetzt im Dunkeln, waren uns so nahe wie schon lange nicht mehr.

Ich roch sein Gesichtswasser, sein Deo.

Es war der gleiche Justin, derselbe Mann mit dem ich fast 2 Jahre lang zusammen gelebt das gleiche Kopfkissen geteilt hatte, nicht ein Krüppel oder ein Monster, sondern ein Mann, ein Mann der mir alles von sich gegeben mich über alle Maßen verwöhnt und mir die höchste Lust verschafft hatte.

Aber das war vor meiner Heirat, ist Vergangenheit, dachte ich.

„Wir sind allein, er wird es nie erfahren meine geliebte Carla", er drückte mit seinem Rücken die Schlafzimmertür auf und zog mich in den Raum.

Schon hatte sein Mund den meinen gefunden, seine Hand riss meine Bluse auf die andere zerrte an meiner Hose.

Plötzlich hatte er hundert Hände die versuchten in leidenschaftlicher Eile mich zu entkleiden. Er stieß mich auf das Bett.

Jetzt erst gelang es mir mich zu befreien.

Atemlos murmelte ich: „Ich habe nicht die Absicht mit dir zu schlafen, ich dachte das war klar zwischen uns, ich werde jetzt

gehen und mir eine andere Bleibe suchen, morgen hole ich meine Sachen", sagte ich und lief zur Tür hinaus.
„Nein ich werde gehen", rief er mir nach, „bleib doch um Gotteswillen hier, mitten in der Nacht, ich gehe ins Gästezimmer der Schlüssel steckt im Schloss du kannst dich also vor meiner Scheußlichkeit in Sicherheit bringen", sagte er gekränkt und verließ in blinder Wut das Zimmer.
Ich werde nicht schwach werden, dachte ich, als ich in Unterwäsche unter die Daunendecke schlüpfte, meine Güte wie soll das jetzt weitergehen, überlegte ich noch vor dem Einschlafen.

Justin hatte sich fürchterlich aufgeregt nach diesem nächtlichen Vorfall und kaum schlafen können. Noch in der Dunkelheit hatte er sich auf den Weg zu einem abgelegenen Kiosk gemacht um frische Brötchen und Konfitüre möglichst ungesehen zu ergattern.
Jetzt lief er ruhelos durch das Haus, wusste nicht wie er ihr entgegentreten, sich verhalten sollte.
Er lauschte auf Geräusche von oben, er hatte nicht die Absicht sich zu entschuldigen. Es war ein natürliches männliches Verlangen gewesen er war schließlich noch im besten Alter. Wie soll man auch neben so einer reizvollen, rassigen, verführerischen Frau kalt bleiben. Wie hatte er seine Gefühle bisher unterdrücken und verbergen können.
Er runzelte die Stirn, am besten wäre eine totale Trennung von ihr, dass jedoch würde er niemals fertigbringen, nein niemals würde ihm das gelingen.
Sie hatten den ganzen Abend über ein Ehepaar gespielt, oh wie haben ihm die Bewunderung und der Neid der anderen gutgetan und die gespielte Situation ihn erregt. So war die

Zurückweisung umso schlimmer für ihn, die Ernüchterung brutaler, was hatte er sich denn erhofft?

Jetzt hörte er sie die Treppe herab hüpfen. Sie war immer in Eile bei ihrem Temperament, gleich würde sie ihm gegenüberstehen und ihm ins Gesicht sagen das sie gehen würde eine Trennung für immer, gleich, noch in der nächsten Stunde, sie würde ihn allein lassen, hier in dieser feindlichen Welt.

Er blieb mitten im Raum stehen, erwartete das niederschmetternde Urteil.

Er starrte auf die Tür, die Tür wurde in aller Eile geöffnet.

„Ach hier bist du Justin, sicher hast du schon den Tisch gedeckt und mit dem Frühstück auf mich gewartet, ich habe mal wieder zu lange geschlafen, wo hast du denn gedeckt ich habe Kaffeedurst", sagte ich und ergriff seinen Arm.

Er geleitete mich in das kleine Speisezimmer, während ich den Kaffee einschenkte, sagte ich beiläufig, ohne ihn dabei anzusehen.

„Versuch das nie wieder Justin, Verderb es nicht mit uns, ich bin keine Dirne!"

„Oh nein, das bist du bestimmt nicht liebste Carla", sagt er aufatmend, „doch du lässt mich noch immer die Luft anhalten in deiner Nähe".

„Es gibt immer noch Momente in denen ich nicht fassen kann, dass du meine warst, jede Nacht in meinen Armen an meinem Herzen gelegen bist, deinen köstlichen Körper ganz nahe zu einem Leib mit meinem vereint, deine Schenkel"…

„Schweig", rief ich und sprang von meinem Stuhl auf.

„Genug jetzt, lass die Vergangenheit ruhen!"

„Warum sollte ich, ganz im Gegenteil, ich werde sie immer am Leben erhalten, davon zehren, was habe ich denn sonst für

Frauen"?

„Welche schöne Frau wird noch bei mir liegen, nur noch bezahlte Liebesdienerinnen, man ekelt sich vor meinem Körper als hätte ich Lepra oder die Pest".

„Du übertreibst mal wieder lieber Justin, an deinem Körper ist weiß Gott nichts auszusetzen, aber für mich bist du nicht bestimmt, ebenso wenig wie ich für dich, wohl aber kannst du mein guter treuer Freund sein, mein Vertrauter".

Ich nahm seine Hand und drückte sie.

Er sandte mir einen langen durchdringenden undeutbaren Blick und nickte heftig.

„Ich werde dein aufrichtiger Freund sein, für immer und ewig!", schwor er mir mit Tränen in den Augen.

„Also auf ewige Freundschaft", sagte ich wie von einer Last befreit.

„So ist es gut, nun können wir viel offener miteinander umgehen".

Wieder nickte er als Antwort, doch in seinen Augen las ich etwas anderes.

Abends besuchten wir noch eine Gesellschaft, saßen inmitten von Justins kleinem Freundeskreis, redeten ungezwungen wie früher. Justin sprach angeberisch über die Vorzüge des Ehelebens. In diesen Stunden spielten wir das perfekte jungvermählte, noch verliebte Ehepaar.

Es war nur ein Spiel, eine Vorführung, eine Posse, unser letzter Abend in dieser Zeit.

Am nächsten Tag saßen wir bereits im Zug, wir fuhren nach Hause.

Ehe wir den Hang hinauf stiegen suchten wir noch das große Center auf.

Justin geriet in einen wahren Kaufrausch, endlich konnte er

über seine Finanzen verfügen.

Er hatte alle seine Besitztümer und Gesellschaftsanteile veräußert, war unermesslich reich, ich hatte keine Ahnung über welch hohe Summen er verfügte.

„Justin denk doch daran, dass wir das alles den Berg hinauf schleppen müssen", mahnte ich ihn.

„Ach, was wir heute nicht mitnehmen können holen wir morgen", sagte er gut gelaunt.

Heute gibt es ein Festessen, wir feiern meine Ankunft in ein neues Leben, jetzt bin ich endlich angekommen".

Wir plagten uns vollbeladen den Berg hinauf, dreimal die lästige Klettertour, sowie den unangenehmen Trip durch die Höhle vollziehen.

Zum Glück war es noch nicht so warm an diesem Junitag, die Sonne hatte sich noch nicht hinter den Wolken hervorgewagt.

Wir deponierten den größten Teil der neuen Waren in der kleinen Höhle. Sicher würde Günter bei deren Abtransport behilflich sein.

Ich freute mich unheimlich auf Günter.

Sogleich als wir das alte Land betraten zog ich mein Handy aus der Tasche um die geliebte Stimme zu hören und unsere Rückkehr anzukündigen.

„Ich bin es Liebster", sagte ich kehlig lachend, „wer sollte es auch sonst sein?"

„Oh Liebste, wie sehnsüchtig ich darauf gewartet habe, endlich wieder deine erotische, dunkle geliebte Stimme zu hören, ich eile dir auf der Stelle entgegen".

Schon wenige Minuten später, sah ich ihn schemenhaft durch die Bäume auf uns zukommen. Ich ließ alles fallen um ihm entgegen zu eilen, er öffnete seine Arme weit um mich aufzufangen.

Ich flog in seine Arme, wir vergaßen die Umwelt, spürten nur uns alles andere war unwichtig. Endlich vermochten wir uns zu lösen und fanden wieder in die Wirklichkeit zurück.

Justin stierte uns entgegen und konnte seine Augen nicht von uns wenden, er war stehen geblieben und stand nun wie erstarrt.

„Es gibt viel zu schleppen", sagte ich mit einem Blick auf Justin.

„Geh du nur nach Hause Liebes, koch uns einen guten Kaffee, ich werde mich mit Justin um die Waren kümmern!", sagte Günter und gab mir einen abschließenden Kuss.

Er schaffte mit Justin zusammen auch die letzte Fuhre den Berg hinab.

Kurz vor dem Tor stellte er Justin die skurrile Frage!

„Du willst also wirklich in Zukunft hier abhängen?"

„Ja das will ich, genau wie du", entgegnete Justin.

„Ich habe hier mein Lebensglück gefunden, du hingegen jagst nur einem vergangenen Traum hinterher, ich kann dich nur warnen Junge, die Frau ist für dich tabu, du wirst sie niemals anrühren meine Kleine", zischte er gefährlich.

Sie waren unterdessen in der Diele angelangt.

Eine knisternde Spannung lag in der Luft.

Ich hielt den Atem an und ging durch die offene Küchentür den beiden entgegen.

Ich schüttelte den Kopf, hatte ich das eben wirklich gehört?

Ich hatte vorsorglich auf der geschützten Terrasse den Tisch gedeckt.

Die Küche war mittlerweile vollgestellt mit Paketen, Taschen und großen Kisten, wir würden Stunden brauchen um für alles den passenden Platz zu finden.

Die Männer schleppten die nagelneuen, supermodernen

Elektrogeräte die schmale Treppe zu Justins Wohnung herauf, dort würden sie den halben Abend beschäftigt sein, die kleinen Räume waren schnell vollgestellt.

„Du kannst ja gerne ausziehen, wenn es dir zu eng ist", sagte Günter provozierend.

„Ich habe nicht gesagt, dass es mir hier zu klein ist", antwortete Justin, im Gegenteil, ich finde es recht gemütlich, genau richtig für eine Person".

„Ich werde dir von jetzt an Miete zahlen und deine Frau bekommt ein anständiges Kostgeld von mir, du brauchst dich nicht aufzublasen wie ein Pfau, ich habe nicht die Absicht deine Kleine, wie du sie nennst, unsittlich zu berühren".

„Mir ist schon klar, dass ich gegen dich keine Chance habe, vielmehr möchte ich in Frieden bei euch leben als Freund, soweit das möglich ist".

„Zudem will ich hier nicht länger untätig in den Tag hineinleben und meine Zeit vertrödeln, das Nichtstun liegt mir nicht, ich möchte noch etwas Nützliches schaffen, eine Marktlücke, etwas das es hier noch nicht gibt, vielleicht kannst du mir bei einem Neustart behilflich sein?"

„Ja schön und gut, aber warum muss das ausgerechnet hier sein, in meinem Haus?"

„Oh, du betonst es schon deutlich genug, mein Haus, meine Frau, mein Land, du bist ein Angeber, Doktor Graf", sagte Justin abschätzig.

„Ich soll ein Angeber sein?", entrüstete sich Günter.

„Ich habe niemals angegeben, weder mit meinen Titeln noch mit meinem Stand, ich führe ein bescheidenes Leben mit meinem Engel, meiner Königin also was hast du mir vorzuwerfen?"

„Ich will dir nichts vorwerfen, wie käme ich dazu, ich weise dich lediglich darauf hin, dass du ein Angeber bist, du protzt nicht mit deinen Titeln noch mit deinem Reichtum, du protzt mit deiner Frau!"

„Ja und?, habe ich nicht allen Grund dazu und du, musst du deinen Neid so offen zeigen?", rief er leidenschaftlich.

Justin antwortete nicht gleich, dieser Ausruf hatte ihn schwer getroffen, er überlegte eine Weile bevor er antwortete.

„Du hast Recht mit dieser Frau zu prahlen, ich habe es selbst getan, aber vor mir sollst du es nicht tun nach dem ich sie verloren habe ist es schon schlimm genug für mich".

„Nun ist sie deine Königin aber sie ist trotzdem meine Freundin geblieben".

„Freundin", äffte Günter ihm nach, „nur eine Freundin die dich berät und dir gelegentlich auf die Schulter klopft, das glaubst du doch selber nicht".

„Genauso ist es aber", erwiderte Justin, „ich bin ihr treuerster Freund und ich sehe sie als ehrliche kritische Freundin".

Er glaubte es in dem Moment, da er es sagte wirklich, er wollte es so sehen.

Ich suchte Jonny in seiner Hütte, die Tür stand offen doch das Haus war leer, ich rief nach ihm, bekam aber keine Antwort.

Ich verließ das Haus wieder und ging ein Stück tiefer in den noch nicht ganz urbar gemachten halb verwilderten Garten.

Dort sah ich Ihn die jungen Kartoffel Pflänzchen anhäufen, ich wusste nicht das er Kartoffeln angebaut hatte, jetzt hörte er mich rufen und wendete sich zu mir um.

„Junge Gräfin", sagte er und verbeugte sich, „sie wünschen?"

„Bring doch bitte den großen Grill auf die Teerrasse, wir machen heute Abend ein Barbecue, um 8 Uhr kann es losgehen, hast du alles parat"?

„Ja junge Gräfin, ich habe genug Holzkohle".

Ich hatte leckeres Grillgut eingekauft. Grillen hebt die Stimmung, man vergisst den Alltag für ein paar Stunden und verträgt sich besser, hoffentlich, dachte ich in Gedanken an die beiden Streithähne.

Ich stieg die Treppe der Mansardenwohnung empor, als die Männerdebatte verstummte, das kann nur eins bedeuten, ich war mal wieder Thema des Disputs.

Beide sahen mir aufmerksam entgegen.

„Na Jungs, gelingt alles zu Eurer Zufriedenheit?"

„Na ja, heute wird das nichts mehr, mit der neuen Technik komm ich mehr klar", sagte Günter.

„Ja wen wundert's, du bist ja auch einer von gestern", lästerte Justin.

„Jonny hat den Grill schon angeheizt, wir wollen heute Abend ein bisschen feiern", sagte ich und ließ die beiden allein.

Der Himmel hatte sich wieder aufgeklärt, die grauen Wolken hatten sich verzogen es war wärmer geworden als ich draußen den Tisch deckte.

Ich hatte Salate und eine pikante leichte Joghurtsoße bereitet für die Doraden die Jonny soeben in den verschließbaren Grill gelegt hatte.

Die Stimmung war tatsächlich ausgezeichnet, jeder tat sein bestes zum Gelingen eines fröhlichen Abends.

Des Weiteren hatte ich Garnelenspieße vorbereitet.

Justin öffnete eine Flasche edlen Wein, der Abend sollte sein Einstand werden wofür wusste er selber noch nicht, das würde sich finden.

Alle machten eifrig Vorschläge für ein einträgliches Geschäft, eine Marktlücke, etwas Neues.

Wir redeten uns in Eifer, spannen Luftgespinste, jedoch die ideale Lösung fanden wir an diesem Abend noch nicht.

Die Stimmung war ungewöhnlich gelockert, ja fast heiter, nicht so verkrampft wie unsere Zusammentreffen des vergangenen Jahres.

Justin gewann spürbar sein Selbstwertgefühl zurück, er war nicht mehr abhängig von Günters Wohlwollen, fühlte sich ihm ebenbürtig, na ja nicht ganz.

Günter war hier eine Respektperson, alle sahen zu ihm auf wie zu einem Übermenschen mit geheimen mystischen Kräften, ein höheres Wesen mit heilenden Händen.

Meine Gedanken verirrten sich weiter.

Das Gespräch war in Stocken geraten.

Justin hatte Mühe sich aufrecht zu halten, kein Wunder angesichts der Alkoholmengen die den Weg durch seine Kehle genommen hatten.

Er verließ als Erster die Runde und zog sich grinsend zurück.

Günter griff nach meiner Hand.

„Komm Liebste, endlich habe ich dich für mich allein, ich habe lange auf dich gewartet", sagte er mit rauer Stimme und zog mich mit sich.

„Diese Sommernacht gehörte uns, sie war zum verschlafen zu schade".

Justin überlegte hin und her. Einmal wollte er eine Geldanleihe, eine Art Kreditanstalt eröffnen, verwarf den Gedanken jedoch bald wieder.

Er wollte nicht an einem Schreibtisch sitzen den lieben langen Tag, wollte aktiv sein.

Ein anderes Mal schien ihm die Herrenbekleidungsladen passender.

„Du willst eine elegante Herrenbekleidung präsentieren"?

„Du verschreckst deine Kundschaft, besonders die Damen, die

Gattinnen deiner Kunden werden in Ohnmacht fallen, wenn sie dich sehen, aber nicht vor Wonne, na ja ich bin ja in der Nähe um sie wieder zu beleben", sagte Günter grinsend.

„Du bist ein Scheusal Günter", rügte ich ihn, „wie immer übertreibst du maßlos".

„Ach der glaubt wohl er ist immer noch der Schönste", lästerte Günter weiter.

„Du bist taktlos und gemein", schimpfte ich und gab ihm einen Klaps auf den Arm, „gewiss gibt es auch Frauen die auf narbige Männer voll abfahren".

„So wie du vielleicht?" Platzte er heraus, selbst erschrocken diese unpassenden Worte soeben gesagt zu haben.

„Oh das war dumm von mir daher geplappert, verzeiht mir diesen Fo-pa!"

Nach zehn weiteren Tagen des Überlegens, sagte Justin eines Morgens, als er zum Frühstück in die Küche kam.

„Ich hab's, ich weiß jetzt was ich machen werde, ich habe die halbe Nacht überlegt".

„Ja was denn?", fragten wir neugierig.

„Einen Zweiradladen, Zweiräder aller Epochen, von 18 Hundert bis Mitte 19 Hundert, was sagt ihr dazu".

„Zudem werde ich auch Reparaturen übernehmen so habe ich immer etwas zum Basteln".

„Eine gute Idee", sagte ich, „genau das richtige für dich Justin".

Auch Günter nickte zustimmend.

„Das ist bitter notwendig, hier in unserer Gegend sind die Leute noch kaum damit vertraut, was sehr verwunderlich ist, zumal ja keine Busse, Taxen oder sonstige Fahrzeuge hier verkehren".

„Es haben ja längst nicht alle Pferde und Wagen auf dem

Lande, die wenigsten besitzen eine Kutsche, also müssen sie meilenweite Märsche machen für einen Einkauf oder einen Verwandtschaftsbesuch".

„Mir ist auch schon aufgefallen, dass die Leute noch sehr rückständig sind hier auf den abgelegenen Dörfern".

„Ja das ist wahr", bestätigte ich.

„Ich werde jetzt Nägel mit Köpfen machen", sagte Justin, „hast du ein kleines Stück Land auf deiner Riesenranch für mich übrig Alter?"

„Gleich neben dem Tor möchte ich meine Werkstatt und Lagerhalle mit einem Büro errichten, ich zahle dir jeden Grundstückspreis, was immer du verlangst!"

„Hier auf meinem Grundstück?", warum nicht direkt im Dorf?"

„Aus zwei Gründen, erstens, hier bin ich direkt am Zeitkanal und kann ungesehen Fahrräder aus allen Zeiten beschaffen, ihr werdet sehen die Leute werden von weit her kommen um die skurrilen Räder zu bestaunen".

„Vom Bestaunen allein kannst du nicht existieren", sagte Günter, „davon wird die Kasse nicht klingeln, meinst du das Geschäft wird auch rentabel und einträglich sein?"

„Ach warum muss alles immer rentabel sein, soll ich mir etwa auch hier wieder ein Imperium aufbauen".

„Wozu, ich habe mehr als genug, mehr als ich jemals verbrauchen kann und hier habe ich keine Erben die mein Werk fortsetzen und sich in meinem Wohlstand sonnen können".

„Ja gut und was ist der zweite Grund?", beharrte Günter auf seine Frage.

„Das ist ganz simpel, ich will nicht alleine wohnen, ich bin ein geselliger Typ oder bin ich dir zuwider?"

„Nein nein, das ist schon in Ordnung du geselliger Typ",
brummte Günter, „dann werde ich dich jetzt in Gesellschaft
meiner Gattin lassen".
Er gab mir einen Kuss, zwinkerte mir zu und verließ die
Küche. „Meine Arbeit ruft".

Ich hatte zwei Jahre das Schlösschen der neuen Zeit nicht
mehr aufgesucht, dort waren noch immer meine kostbaren
Büchlein, die Aufzeichnungen aus unserem Leben unter
wertvollen Kacheln verborgen, ich wollte sie endlich hier im
Hause haben auch Günter sollte sie lesen.
Er hatte ein Recht darauf von seinem eigenen Leben zu
erfahren, die vielen Jahre durch Höhen und Tiefen mit mir.
Was wusste er schon?
Eigentlich kannte er mich kaum, wusste nichts von seinem
erwachsenen Sohn Wolfgang, hatte keine Ahnung von
Hermanns Beziehung zu mir.
Wäre es nicht besser er würde es nie erfahren, überlegte ich.
Entweder er erfährt alles oder gar nichts, bleibt weiter im
ungewissen.
Es ist aber leider nicht möglich das er nur das erfährt was ich
als passend für ihn erachte, konnte ich ihm aber so viel gelebte
Jahre vorenthalten?
Längst hatte ich wieder etliche 100 Seiten vollgeschrieben seit
meiner Ankunft hier, das Leben geht weiter.
Die Zeit mit Justin war verloren, alle meine Aufzeichnungen
verbrannt als hätte es diese Jahre nie gegeben.
 Ich hatte nicht vor, sie nachzuschreiben, wozu?
Vergangen, vergessen, dachte ich, doch in meinem Kopf
würden sie immer bleiben.

Ich hörte Hammerschläge und beugte mich aus dem Fenster.
Auf dem Hof in der Nähe des Tores herrschte emsiges Treiben.
Justin hatte einen Bautrupp beauftragt, das Gebäude nahm
Formen an, es wurde größer als ich gedacht habe.
Die Arbeiter waren fleißig unter den strengen Blicken des
Bauherrn, sie schafften mehr als 10 Stunden täglich,
gleichwohl wurden sie fürstlich von Justin entlohnt.
Nirgendwo sonst hatten sie bisher solch dicke Lohntüten
erhalten und stolz ihren Familien präsentieren können, das
bedeutet warme Winterschuhe für alle Kinder und einen feinen
Mantel mit Zobelpelz und möglicherweise noch einen feschen
Hut dazu für die Gattin.
In zwei Wochen ist Sommerpause dann werde ich mit Günter
das Schlösschen der neuen Zeit aufsuchen, ich freute mich
schon, endlich wieder mit ihm die kleine Wohnung zu teilen,
gleichzeitig trübte ein ungutes Gefühl meine Vorfreude.
Ich klappte mein Büchlein zu, jetzt musste ich mich beeilen,
die Männer würden bald hungrig zum Essen erscheinen.
Ich putzte eilig das Gemüse und suchte die passenden Töpfe
und die Pfanne aus dem Schrank.
Die Kuchen waren fertig gebacken und würden in drei Stunden
zum Kaffee abgekühlt sein.
Günter verabschiedete seinen letzten Patienten, schlüpfte im
Gehen aus seinem Kittel und verschloss die Tür hinter sich.
Aufatmend verharrte er einen Moment vor der Tür bis er mich
erblickte, ich hatte schon vor dem Haus auf ihn gewartet.
Sogleich fiel die Belastung von ihm ab, ein Ruck ging durch
seinen Körper seine Gesichtszüge lockerten sich und die
Augen strahlten, leichtfüßig setzte er seinen Gang fort ich lief
ihm entgegen.
Sah nicht die versonnenen Blicke der Maurer und Zimmerleute

die in ihrer Arbeit innehielten um sich dieses Schauspiel nicht entgehen zu lassen.

Wir trafen uns auf halben Wege und fielen uns in die Arme, er hob mich hoch und wirbelte mich im Kreise bis wir schwindelig wurden, schwindelig vor Glück.

„Jetzt habe ich endlich genug Zeit für dich meine Kleine!", murmelte er ganz dicht an meinem Ohr, „jetzt gibt es nur noch uns beide".

Wir gingen engumschlungen in den Garten und setzten uns für ein paar Minuten auf die Bank unter dem Kirschbaum.

„Ich habe ein Festessen für uns vorbereitet mein Schätzchen", sagte ich schmunzelnd, „komm ins Haus, komm Liebster bevor alles kalt wird", sagte ich und faste nach seiner Hand.

Er setzte sich an den Küchentisch und schaute mir beim Hantieren mit Töpfen und Schüsseln zu.

Immer wenn ich bei meiner Arbeit in seine Nähe kam strich ich ihm über die Schulter, musste ihn immer wieder berühren.

Er hatte noch immer eine unglaubliche Anziehungskraft auf mich, es knisterte noch immer, wenn er sich im Raum befand.

Ich beugte mich über den Tisch um das Fleisch abzustellen, er ergriff meine Arme und zog mich zu sich herunter.

„Oh wie ich dich liebe, ich könnte schreien vor Glück", sagte er und küsste mich zärtlich.

Wir hörten Schritte auf dem Flur und fuhren wie ertappt auseineinander.

„Oh ich störe wohl?", sagte Justin und blieb an der Tür stehen.

„Nein, nein du kommst gerade richtig, komm setz dich Justin du hast doch sicher großen Hunger", sagte ich etwas verlegen.

Zwei Tage später saßen wir im Taxi das uns zum Schlösschen bringen würde.

Ich fühlte Besorgnis in mir aufsteigen als wir in den Schlosshof einfuhren.

Wie würde der Portier reagieren, wenn ich in Günters Begleitung das Schlösschen betrat, was würde er sagen? Besaß er genügend Taktgefühl zu schweigen?

„Ach der Herr Graf beehrt uns mal wieder", sagte er nur und beeilte sich Günter die Reisetasche abzunehmen.

Er griff nach dem Schlüsselbund und lief uns pflichteifrig die Treppe voraus, um die Tür unserer Wohnung zu öffnen.

„Ich wünsche einen angenehmen Aufenthalt", sagte er, verbeugte sich und ging.

Ich hatte vorsorglich unser Abendessen in meiner Tasche verstaut, so brauchten wir an dem heutigen Abend das Haus nicht mehr verlassen.

Als Günter schlief, beeilte ich mich die gewissen Fliesen an dem alten prächtigen Kachelofen zu lockern und zu entfernen, ich atmete erleichtert auf, die Bücher waren noch da ich nahm sie an mich und versteckte sie in das Seitenfach meiner Tasche, endlich hatte ich sie wieder bei mir.

Am nächsten Tag machten wir uns fein, um im Ort unser Lokal für ein Mittagessen aufzusuchen.

Der Ort war zur Hauptsaison überfüllt von Touristen so wurden wir nicht gleich von Fotografen und Reportern belästigt die uns heikle Fragen stellen würden doch wie würde es morgen oder übermorgen sein?

Als wir jedoch das Schloss wieder betraten druckste der Portier herum.

„Ich habe eine Frage, wenn der Herr Graf erlauben, also aeh,- es ist ein wenig heikel, sie dürfen mich nicht für aufdringlich halten aber die Leute reden viel".

„Nun, weiß ich nicht wie ich Madame anreden soll, nachdem

bekannt geworden ist, dass Sie die"…er wand sich verlegen, „nun ja, dass Sie die Gattin des anderen Herrn ist!"
„Wie bitte, was redest du da für einen Unsinn, sie ist selbstverständlich meine Gattin!", sagte Günter ungehalten und zeigte auf seinen Ehering.
„Muss ich mich jetzt auch noch ausweisen und rechtfertigen in meinem eigenen Hause, wer verbreitet solche Lügen?"
Ich war schon weitergegangen, blieb jetzt aber auf der Treppe stehen und sah mich erstaunt um, als Günters Stimme immer lauter wurde. Ich hörte das Wort:
„Meine Gattin" und war sogleich alarmiert, nun beeilte ich mich in unsere Zimmer zu gelangen, ich wollte keine öffentliche Szene als neuen Gesprächsstoff für die Klatschmäuler denn ich wusste aus Erfahrung das im Schlösschen gelauscht wurde.
Bevor ich die Tür hinter mir schließen konnte war sie schon von Günter festgehalten, er schloss sie hinter sich.
„Was hast du mir dazu zu sagen", herrschte er mich an, „die Leute zerreißen sich schon die Mäuler, du hast mich zu einer Lachnummer gemacht", wetterte er.
„Justin hat es erfunden, um seinen Freunden zu imponieren", sagte ich eingeschüchtert.
„Ach ja, Justin hat es also gefallen dich als seine Ehefrau auszugeben und du, hat es dir auch gefallen?, vermutlich habt Ihr auch im Ehebett geschlafen, oder habt ihr euch gar wirklich getraut und seid ein Paar in dieser Zeit", brüllte er zornesrot im Gesicht.
„Nein Liebster nein, so war es nicht, wir waren kein Paar, wir haben immer getrennt geschlafen, wir haben es immer nur gespielt vor den anderen, es war nichts zwischen uns das musst du mir glauben, wir sind nur Freunde!"

Günter stand bedrohlich vor mir.

„Schlag mich, wenn du mir nicht glaubst, es wäre ja nicht das erste Mal das du mich prügelst!"

„Was redest du da, ich habe dich niemals geschlagen, obwohl du es manchmal verdienst hättest, was treibst du nur hinter meinen Rücken, wie kann ich dir noch glauben", er schüttelte verständnislos den Kopf.

„Ich gebe zu, es war sehr dumm von uns, Justin hat mich als seine Gattin vorgestellt und ich habe dazu geschwiegen, ein paar Worte unüberlegt gesagt und nicht mehr rückgängig zu machen, so mussten wir die Rolle weiterspielen".

„Es war nicht allein Justins Schuld, ich hätte es richtigstellen müssen, aber es war ja in einer ganz anderen Zeit, dort spielte es keine Rolle, dachten wir".

„Und jetzt, da wir uns in eben dieser Zeit aufhalten, wie stehe ich nun da?"

„Du machst mich lächerlich, was bin ich, dein heimlicher Geliebter?"

„Beruhige dich doch Liebster", sagte ich besänftigend und umfasste ihn, „ist es denn so wichtig was die anderen von uns denken, ist es nicht viel wichtiger wie ich wirklich zu dir stehe?

„Ich bin deine Frau und nur dich liebe ich, verzeih mir diese Dummheit, sei wieder gut".

Er machte sich steif in meinem Armen.

„Ich soll dir immer und immer wieder verzeihen", sagte er, „aber irgendwann ist es genug, du bringst das Fass zum überlaufen".

Ich löste meine Arme von ihm.

"Ich verstehe", sagte ich gekränkt, „du fürchtest nur um deinen Ruf, dir geht es hauptsächlich um deine Mannesehre, ich denke es ist am besten wenn wir uns erstmal trennen".

„Ich werde deine Tasche packen, dann kannst du noch heute abreisen, ja lauf weg von mir, vielleicht bin ich noch da, wenn du irgendwann in den nächsten Tagen oder Wochen wiederkommen solltest, wenn du dich beruhigt hast", sagte ich leise und ging zur Tür.

„Ja ich werde gehen", entgegnete er, „und zwar jetzt gleich", er wendete sich um und verließ die Wohnung.

„Bleib hier Liebster", flüsterte ich, als die Tür hinter ihm längst zugefallen war, „bleib hier, verlass mich nicht".

Ich brach in Tränen aus und eilte an das offene Fenster.

Ich sah ihn mit schnellen Schritten über den Hof gehen, jetzt geht er in den Ort und steigt in ein Taxi, er lässt mich tatsächlich allein hier zurück.

Doch er schlug eine andere Richtung ein, bald sah ich ihn als kleinen Punkt um den See laufen.

Würde er wiederkommen, wenn sein Ärger verraucht ist?

Oder ist er zutiefst gekränkt und kann mir nicht mehr verzeihen.

Ich wartete eine Stunde, zwei Stunden voller Unruhe.

Vermutlich ist er durch den Wald in das nächste Dorf gelaufen zum Bahnhof und hat den nächsten Zug genommen wohin auch immer, oder?

Ich war wieder ans Fenster getreten und sah hinaus in die Ferne, kein Mensch war zu sehen, er kam also nicht zurück.

Das konnte ich nicht kampflos hinnehmen.

Jetzt hielt ich die Warterei nicht länger aus und lief die Treppe hinab, die große Tür stand offen es war ja Sommer.

Nun schlug ich den Weg zum See ein, die andere Seite einem Impuls folgend.

Ich begann zu rennen als könnte ich die verlorene Zeit wieder einzuholen, atemlos erreichte ich die alte Hütte, hier wollte ich ein wenig verschnaufen.

Bevor ich die Tür öffnen konnte wurde sie von innen geöffnet. Günter stürzte mir entgegen, wir fielen uns in die Arme. „Liebste".

„Oh mein Liebster", flüsterte ich unter Tränen, „du bist hier, du hast mich nicht verlassen!"

„Wie könnte ich dich jemals verlassen", murmelte er und zog mich ins Innere der Hütte.

Später gingen wir engumschlungen den Weg zurück, wir verweilten immer wieder um uns zu küssen, wir hatten viel Zeit, es würde erst spät dunkel werden an diesem Sommerabend.

„Mach das nie wieder mit mir!", sagte ich, als wir unsere Zimmer betraten, „ich habe Todesqualen ausgestanden".

„Du hast mich zur Weißglut getrieben du kleine Hexe, aber mit mir Trottel kannst du ja alles machen".

Wir wollten noch ein paar Tage bleiben, wir würden uns nicht verstecken vor der Öffentlichkeit.

Am nächsten Tag schon hatten uns die Reporter entdeckt als wir Händchen haltend das Restaurant verließen, bald darauf wurden wir von allen Seiten bedrängt.

„Was wollt ihr wissen?", fragte Günter gut gelaunt und zog mich fest in seinen Arm.

„Sie ist noch immer meine Gattin und wird es auch bleiben".

„Aber gab es da nicht den anderen, den Industriellen mit dem Narbengesicht?"

„Das war nur ein Dreh für einen Film, offensichtlich gut gespielt", antwortete Günter, „nun belästigen sie uns nicht länger".

Sie hatten nun neuen Stoff den sie zu Genüge ausschmücken

konnten, sie schossen noch ein paar Fotos und gaben uns den Weg frei.

„Nun hast du deine Ehre wiederhergestellt", sagte ich, „jetzt wird alles wieder gut".

„Ich denke fürs erste genügt es, aber mit Justin habe ich noch ein Hühnchen zu rupfen!", sagte er.

„Ach lass doch, den armen Kerl, für ihn ist das alles schon schlimm genug, er braucht alle Kraft um sein Schicksal zu meistern, wozu brauchst du jetzt noch deine Rache?"

„Leider hat er auch meine Frau missbraucht, um sein kaputtes Leben zu meistern"!

„Missbraucht, welch ein hässliches Wort für ein bisschen Theaterspiel".

„Du meinst wohl eher Liebesspiel!"

„Nein davon ist nicht die Rede, es ist nie der Funke übergesprungen bei mir, auch vorher nicht, es war eine Zweckgemeinschaft, wir haben uns gegenseitig versorgt", sagte ich naiv.

„Mir ist schon klar womit er dich versorgt hat", bemerkte Günter ironisch.

„Nun lass die alten Geschichten endlich ruhen, es ist schon Jahre her".

Wir betraten die Halle des Schlösschens.

Es war still im Haus, Mittagsruhe, dachte ich.

„Ich vermisse den Hausmeister, den jungen Deutschen, ach er ist ja auch schon 50 Jahre, wie schnell die Zeit vergeht, sicher ist er gerade in Urlaub".

Der Portier hörte meine Bemerkung.

„Nein Frau Gräfin", belehrte er mich, „leider musste ich ihn entlassen und mit ihm auch noch zwei Mädchen, wir müssen Einsparungen vornehmen die Zeiten sind schlecht wir haben nicht mehr genügend Mittel zur Verfügung, man hat uns die Zuwendungen stark gekürzt".

„Schon vor Jahren hat man den Grafen im Rathaus zu sprechen gewünscht, es hat damals viel Querelen und Unstimmigkeiten gegeben".

„Der junge Graf Wolfgang hatte gemeint, nicht zuständig dafür zu sein und nur mit den Schultern gezuckt, mit derlei Dingen wollte er nicht belästigt werden".

„Graf Wolfgang", sagte Günter und ließ sich die Worte auf der Zunge vergehen, „mein Sohn Graf Wolfgang", wiederholte er schmunzelnd.

„Sie kennen also den jungen Grafen?"

„Ja, er kommt wohl zwei-dreimal im Jahr um nach dem Rechten zu sehen".

„Ja ja", sagte Günter zerstreut, „ich weiß von gar nichts, es ist eine Schande".

Er zog mich zur Treppe.

„Hast du nicht alles Geschehene aufgeschrieben Liebste".

„Hast du nicht von einem dicken Buch gesprochen, ich bin unwissend wie ein Säugling, lass mich doch bitte diese Bücher lesen, wo verwahrst du Sie?"

„Ich habe sie die ganzen Jahre gesucht, denn auch ich hatte ja keine Erinnerung mehr, als ich damals allein in das Jahr 1870 kam, wusste ich absolut nichts, außer meinen eigenen Namen, ich wusste noch nicht einmal wie alt ich bin, hatte kein Zuhause denn auch das war mir nicht bekannt".

„Ich kannte keinen Menschen hier, war vollkommen auf mich gestellt, heimatlos ohne Identität, Verblödet und Hoffnungslos irrte ich umher, ich wusste nur das ich dich liebe und suchen muss ohne zu wissen wer du bist und wo ich dich finden kann, das war eine grauenvolle Zeit".

„Wir sind uns dann auf dem Schloss bei Ur-Ur zum ersten Mal begegnet".

„Ja dort habe ich dich zum ersten Mal gesehen und wir haben uns im selben Moment erkannt, ohne uns zu kennen und uns auf der Stelle ineinander verliebt, erinnerst du dich an den Tag?"

„An den Tag werde ich mich immer erinnern, es hat mich umgehauen, als ich dich dort sitzen sah inmitten meiner Verwandten, ich kann das Gefühl gar nicht beschreiben, ich wusste einfach das du es bist die Frau die für mich geschaffen, für mich bestimmt war, gleichwohl, aber warst du die Gattin des Onkels".

„Wir mussten erst durch die Hölle gehen, viele Hürden überwinden, wie könnte ich dich je wieder gehen lassen!", sagte ich.

Wir saßen auf der Fensterbank dicht aneinander gekuschelt, immer wieder trafen sich unsere Blicke, es gab nur uns.

„Heute werde ich ins Rathaus gehen", sagte er am nächsten Tag, „es gibt einiges zu klären, irgendetwas ist dort schiefgelaufen, fehlgeleitet, sicher bereichern sich einige korrupte Beamten, auf Kosten anderer, seit unser guter alter Notar nicht mehr im Amt ist und unsere Angelegenheiten vertritt, vermutlich lebt er gar nicht mehr und wenn, dann müsste er schon über 80 Jahre sein".

„Ja ich entsinne mich noch gut an ihn", sagte ich, er war recht aufdringlich damals".

„Ja das war er wohl", bestätigte Günter, „aber er hat immer gewissenhaft unsere Angelegenheiten geregelt".

Günter machte sich mit einer dicken Aktenmappe auf den Weg.

Zum ersten Mal war ich wieder allein im Schlösschen.

Sogleich überfiel mich die Vergangenheit. Ich war allein ohne Hoffnung auf morgen, nie wieder möchte ich so eine trostlose Zeit erleben.

An allem Leid trug nur der Ur-Ur die Schuld, oh wie ich den Kerl hasse aber das war alles Vergangenheit, gleich würde mein Schatz wieder bei mir sein, nichts konnte uns mehr trennen!

Ich stand vor dem Spiegel kleidete mich um, machte mich schön für meinen Liebsten. Heut würden wir das Haus nicht mehr verlassen, ein einfaches Mahl aus der Schlossküche wird wie ein Festmahl sein, wenn wir nur zusammen sind.

Meine Bitterkeit war einer euphorischen Stimmung gewichen als ich Schritte auf dem Flur vernahm. Sie verhielten vor der Tür, die Klinke wurde zaghaft heruntergedrückt. Günter hat sicher eine Überraschung für mich, dachte ich und schmunzelte, ich legte die Haarbürste bei Seite und eilte ihm entgegen, die Tür öffnete sich und Wolfgang stand vor mir.

„Carla du bist hier?", sagte er erstaunt und zog mich in seine Arme, „ich habe nicht zu hoffen gewagt dich hier anzutreffen, wo ist Justin, bist du etwa allein?"

„Justin ist nicht hier", sagte ich abwinkend, „das mit Justin ist schon lange vorbei".

„Wie ist es dir seither ergangen, weißt du was aus Vater geworden ist"?

„Du musst mir alles erzählen", bat er und schob mich auf die Couch.

Er zog eine Flasche aus seiner Tasche, holte Gläser aus der Vitrine und setzte sich neben mich.

Ich erzählte flüchtig, ließ alles für mich kompromittierende aus und kam schließlich auf den verhängnisvollen Abend vor fast 3 Jahren zusprechen.

Diese Nacht allerdings schilderte ich in allen Einzelheiten, dramatisierte das fürchterliche Geschehen noch, um mein weiteres Verhalten zu rechtfertigen.

„Ich konnte ihn danach nicht alleine zurücklassen nachdem was ihm zugestoßen war", sagte ich anschließend.

„Wow, das ist ja entsetzlich was mit dem armen Kerl passiert ist, ich hatte zwar einen unbändigen Hass auf ihn, nun tut er mir nur noch leid, hast du ihn verlassen, weil er dir plötzlich zu unansehnlich war, wie hat er dich damals rumgekriegt"?

„Er muss dich doch um den Finger gewickelt haben, ich nehme nicht an, dass er dich wieder entführt und dich mit List und Tücke von hier fortgelockt hat, was hat er was ich nicht habe, ach ist ja auch egal, wie lange hat Vater sitzen müssen wegen dir oder sitz er immer noch"?

Er sprach schnell, stellte viele Fragen zugleich, ließ mir keine Zeit zum Antworten, wollte offenbar die Wahrheit gar nicht hören, die Ungewissheit war gnädiger.

„Du lebst also doch noch mit ihm zusammen, oder wie soll ich das verstehen, wo lebt ihr, in welcher Zeit"?

„Vermutlich ist er den ganzen Tag nur am Nörgeln, du musst ihm den Rotz von der Nase wischen und brauchst jetzt eine Auszeit, ich kann dir gerne dabei behilflich sein".

„Aber warum sagst du, es ist vorbei mit euch, ihr seid doch verheiratet, wie ich sehe trägst du einen Ehering"!

„Lüg mich nicht an und verhöhn mich nicht wieder, irgendwann ist es mehr als ich ertragen kann, mach dich nie wieder lustig über mich, ich könnte dich umbringen"!

Ich sah zur Seite direkt in seine Augen.

„Du wirst niemals jemanden töten und mich schon gar nicht", sagte ich leise und lachte kehlig.

„Ich hatte fast vergessen, dass du eine Circe bist, wer einmal in dein Netz geraten ist"...

Er packte mich und drückte mich fest an sich.

„Bleib bei mir", sagte er eindringlich und versuchte mich zu küssen.

„Du hast Recht, ich bin verheiratet", sagte ich, „aber nicht mit Justin, wie könnte ich Justin heiraten, wenn ich Günter, deinen Vater liebe!"

Wolfgang löste ruckartig seinen Griff und sprang auf.

„Du bist zu ihm zurückgegangen, er hat dich wieder aufgenommen der Trottel, dich, eine Hure, so tief ist er gesunken", sagte er voller Verachtung.

Ich schlug mit aller Kraft zu.

„Was sagst du mir da ins Gesicht, eine Hure nennst du mich, ich soll eine Hure sein, eine käufliche Liebesdame für alle Männer zu haben".

Meine Stimme bebte vor Zorn und Empörung, ich schlug ein zweites Mal zu.

Ihm gelang es meine Handgelenke zu fassen und festzuhalten.

„Ja schlag mich, ich habe es nicht anders verdient, wie konnte ich so etwas sagen, kannst du mir jemals wieder vergeben?"

„Verschwinde", sagte ich mit sprühenden Augen, „verlass das Haus, ich will dich nicht wiedersehen, nie mehr, geh mir aus den Augen du Scheusal".

Er hielt meine Hände fest um weiteren wütenden Attacken von mir zu entgehen.

Plötzlich änderte sich sein Gesichtsausdruck, seine Blicke bohrten sich in meine, seine Lippen näherten sich und pressten sich auf meine Lippen.

Ich packte seine Haare und versuchte ihn von mir zu reißen.

„Du Miststück, du Luder, du Hexe", murmelte er, als er von mir abließ um Luft zu holen.

Er hörte nicht, dass die Tür geöffnet wurde und Günter hinter ihm stand.

Er hielt noch immer meine Handgelenke umklammert, ich konnte mich nicht befreien.

„Was geht hier vor", donnerte plötzlich eine Stimme im Raum, „auch wenn du Wolfgang bist, möchte ich dir raten die Finger von meiner Frau zu lassen, sonst wirst du meine Fäuste zu spüren bekommen Bürschchen!"

Wolfgang war erschrocken zusammengezuckt und löste augenblicklich seinen Griff, er fuhr herum zu dem Mann der es wagte so mit ihm zu reden.

Jetzt standen sie sich gegenüber, Vater und Sohn.

Sie maßen sich kampflustig einen kurzen Moment dann gingen sie zögernd auf einander zu und umarmten sich, wortlos, zunächst, bis Wolfgang ungläubig hervorbrachte.

„Du bist mein Vater?, aber wie ist das nur möglich, du bist kaum älter als ich".

„Ja ich habe mich gut gehalten wie du siehst", entgegnete Günter grinsend.

Der Bann war gebrochen, sie lachten beide und klopften sich freundschaftlich auf die Schultern.

Ich hatte mich spontan zurückgezogen und sah den beiden aus dem Nebenzimmer zu, nun da sich alles zum Guten gewendet hatte schloss ich die Tür sie sollen sich ungestört beschnuppern, sich neu kennen lernen können.

Heute Abend würden wir zu dritt unser Restaurant aufsuchen.

„Ich wusste gar nicht mehr das ich noch einen lebenden Sohn habe und gleich einen Erwachsenen, wie alt bist du Junge, Ende 40?

„Schön wär's", antwortete Wolfgang, „ich habe die Mitte 50 bereits überschritten".

„Ah ja, wir haben damals einen gewaltigen Zeitsprung zurück gewagt und dadurch alles vergessen hat Carla mir eingebläut, ich selbst weiß nichts mehr von den ganzen Jahren".
„Aber Carla hat doch immer Buch geführt, sie hat alles aufgeschrieben soviel ich weiß", sagte Wolfgang.
„Ich allerdings weiß noch alles, ich könnte dir eine Menge erzählen, auch Carla habe ich tagelang alles berichten müssen, damals hatte sie ihre Bücher noch nicht wiedergefunden".
Ich stand mit einem vollbeladenen Tablett in der Tür und hatte die letzten Sätze mitgehört.
„Wie ich sehe habt ihr schnell Frieden geschlossen ihr beiden", sagte ich lachend, während ich Gebäck und Geschirr auf dem Tisch verteilte.
„Ja, aber du lässt in Zukunft die Finger von meiner Kleinen Junge", sagte Günter und stieß dem Sohn den Ellenbogen in die Seite, „was hast du dir nur dabei gedacht?"
„Ich hatte keine Ahnung, dass ihr wieder zusammen seid", entschuldigte sich Wolfgang.
„Mit wem sollte Sie denn sonst zusammen sein als mit mir", prahlte Günter, „sie ist meine Frau".
„Okay, jetzt weiß ich es ja, ich dachte sie wäre alleine".
„Aber warum hast du so hässliche Dinge zu ihr gesagt, ich habe alles gehört, du hast sie beleidigt!"
„Ach es ist über mich gekommen, ich wusste das sie mit Justin zusammen aeh, - na ja die beiden sind zusammen fortgegangen, ich will jetzt nichts ausplaudern, vermutlich weiß du das gar nicht".
„Ich weiß es und es ist einzig mein Problem, das geht dich nichts an, also halt dich in Zukunft bedeckt".
„Jetzt entschuldige dich bei ihr".
„Ja es tut mir aufrichtig leid wenn ich dich gekränkt haben

sollte Carla, ich hätte das nicht sagen dürfen", sagte er zerknirscht.

„Ist schon gut Wolfgang, nun lasst uns das Thema wechseln, wie ist es dir ergangen die letzten Jahre was machen die Kinder?"

„Allen geht es prächtig, ich besuche sie regelmäßig jede Woche einmal und meine Wenigkeit, bei mir gibt es keine Höhen und Tiefen, jeden Tag der gleiche Trott, doch, etwas hat sich geändert, es gibt jetzt ein Gasthaus im Ort, stellt euch das vor, bei uns im Dorf"!

„Die Speisen sind mäßig, nichts Besonderes, aber man wird satt und speist in Gesellschaft, ich suche es jeden Abend auf bevor ich zu Hause vor dem Fernseher einschlafe, wenn ich ehrlich bin ist es ein elendes Leben das ich führe".

„Jeder ist seines eigenen Glückes Schmied".

„Ach wie ermutigend diesen weisen Spruch mal wieder zu hören von dir, kannst du dich denn nicht an mich erinnern Vater", fragte Wolfgang, „das ist ein unheimliches Gefühl, so eine starke dominante Persönlichkeit wie du, ist plötzlich völlig unwissend dumm wie Brot, ha, ha man könnte dir jetzt jeden Quatsch einreden Alter", bemerkte er grinsend.

„So unwissend wie du glaubst, ist er längst nicht mehr, ich habe ihm schon lange das wichtigste erzählt", sagte ich.

„Ihr redet über mich, als wäre ich ein zurückgebliebenes Kind", beschwerte sich Günter.

„Hat Carla denn endlich ihre Lebensaufzeichnungen gefunden?", fragte Wolfgang, „du musst sie unbedingt lesen Vater, du wirst staunen wie oft sie dir…ach lassen wir das Gerede du wirst es ja selbst erfahren".

„Was meinst du damit Junge?", fragte Günter, hellhörig geworden.

„Nichts Besonderes, nur eben das übliche, wie solche Klassefrauen wie Carla eben sind, sie hat es ja auch nicht leicht".

„Du sprichst in Rätseln, du könntest ein wenig konkreter werden!"

„Ich werde mich hüten, ich habe schon viel zu viel gesagt, lass uns zu dritt einen erfrischenden Gang machen, ihr Lieben!", schlug er stattdessen vor.

„Wie lange wollt ihr bleiben, es ist so schön wieder mit Vater und Stiefmutter unter einem Dach zu wohnen", sagte er spöttisch und grinste mich dabei vielsagend an.

Wolfgang musste bald feststellen, dass er in seinem Vater keineswegs einen naiven unwissenden Partner gefunden hatte. Günter gewöhnte sich schnell an den Sohn, es fanden stundenlange Gespräche statt, wir fühlten uns für ein paar Tage fast als Familie. Vater und Sohn entdeckten viele gemeinsame Interessen, wir sprachen über Begebenheiten die wir alle zusammen durchstanden hatten, ließen sie wieder zum Leben erwachen. Günter war ein guter Zuhörer, er speicherte alles Gehörte in seinem Hirn, es hatte ja alles stattgefunden und er war Teil davon.

Niemals wurde so viel geredet wie in diesen drei Wochen doch auch diese schöne Zeit fand ein Ende.

Ein letztes Mal suchten wir zu dritt unser Lokal auf, liefen ein letztes Mal um den See. Wir bestiegen zu dritt ein Taxi welches uns 45 Kilometer zu unserem Zauberberg brachte dort gingen wir noch einmal zusammen in das Center um uns mit frischen Lebensmittel einzudecken und bestiegen gemeinsam den Hang auch die Höhle betraten wir zusammen nicht ohne uns vorher überschwänglich verabschiedet zu haben.

Hier fand unser Beisammensein ein jähes Ende.

Wir strebten alle das gleiche Ziel, dasselbe Haus jedoch in verschiedenen Zeiten.

60 Jahre lagen nun zwischen uns als wir aus der Höhle traten. Günter und ich verweilten noch einige Zeit auf dem kleinen Felsen vor der Höhle, wir mussten diesen Wahnsinn erst einmal verkraften.

Günter ging neben mir tief in Gedanken versunken.

„Warum lebt der Junge in einer anderen Zeit, warum kann er nicht bei uns leben?", sagte er plötzlich.

„Er lebt in seiner realen Zeit, wir waren es die diese Zeit verlassen haben aus verschiedenen Gründen, wir konnten dort nicht länger bleiben, die Vergangenheit hat uns eingeholt".

„Das verstehe ich nicht", sagte Günter stirnrunzelnd.

„Dort ist das Jahr 1937, zu dieser Zeit hat deine Mutter längst Einzug im Schlösschen gehalten, stell dir vor du würdest ihr über den Weg laufen"?

„Deine Schwester ist schon geboren, sie ist wohl 3 Jahre alt und du selbst wirst in zwei Jahren zur Welt kommen, du kannst dort also nicht mehr sein du kannst dich nicht mehr frei bewegen!"

„Ich verstehe, du hast Recht, dort kann ich nicht mehr leben aber warum ist Wolfgang dort allein geblieben, warum hat er uns nicht begleitet?"

„Ach das ist unmöglich denn Wolfgang wiederum kann hier nicht leben, hier gibt es ihn schon als kleinen Buben, du hast ihn doch schon oft gesehen".

„Er ist 1863 geboren im Hause seines Ziehvaters Hermann, er ist 13 Jahre, ein hübscher aufgeweckter Junge, hast du das nicht gewusst?"

„Ich habe es geahnt", entgegnete er, „so ist es also wahr!"

„Ja Liebster, unser Eingriff in die Zeiten hat uns diesen

Schlamassel beschert, Wolfgang kann niemals unsere Zeit betreten und du solltest nicht die Seine betreten, wenn du vernünftig bist".

„Ja man kann nicht alles haben, auch uns sind Grenzen gesetzt".

„Ich habe meinen Sohn gefunden und gleich wieder verloren", sagte Günter traurig, du musst mir alles über ihn erzählen was ich noch nicht weiß, Liebste".

„Schade das du dein Büchlein noch nicht gefunden hast, ich würde so gern alles wissen, nicht nur das wenige was ihr mir erzählt habt, was waren das für Andeutungen die Wolfgang gemacht hat?"

„Ach der wollte sich nur wichtigmachen, er war verärgert, dass ich ihn zurückgewiesen habe".

„Ja ich glaube auch, dass er ein wenig verliebt ist in dich, sagte er nachdenklich, ja auch er".

Justin trat uns auf dem Hof entgegen, sichtlich erfreut uns zu sehen, es gab ein großes Hallo.

„Komm Justin", sagte ich und strich ihm über den Arm, „lass uns eine Tasse Kaffee zusammen trinken, später kannst du uns dein Wunderwerk zeigen, ich sehe schon du hast eine Menge geschafft in den 4 Wochen".

„Ich warte nur noch auf den Glaser", sagte er später als wir sein Bauwerk betrachteten, „dann erst beginnt meine eigentliche Arbeit".

„Ich hoffe Günter wird mir auf der Suche nach den passenden Zweirädern behilflich sein".

„Wir werden in verschiedene Zeiten gehen müssen Günter!"

„Ja freilich werde ich dich begleiten, wenn es meine Zeit zulässt", versprach Günter, „wir beginnen am besten im Jahr 1900".

Es war soweit. Die Glaser hatten ihr Werk vollendet.
„Wir haben noch nie so viel Glas auf so wenig Raum
verbracht", sagten sie abschließend.
Justins Laden war fertig gestellt, die Männer hatten sich auf
den Weg gemacht.
Zu allererst wollten sie in das Jahr 1900 reisen.
Ich saß in der Küche und hatte meine kostbaren Büchlein vor
mir ausgebreitet, ich überlegte, es würde mir nur Ärger
bringen würde ich sie Günter zum Lesen anbieten.
Dennoch müsste er die Wahrheit erfahren, besser jetzt als
später, dachte ich, er würde ja doch alles eines Tages erfahren.
Jetzt noch nicht, dachte ich, es trübt nur unsere vertraute
Beziehung, daraufhin verwarf ich den Gedanken wieder,
Günter die Bücher zum Lesen anzubieten.
Entschlossen packte ich meine Kleinode zusammen und
verbarg sie in dem alten Versteck.
Hermann musterte mich stets neugierig.
Auf meinem Weg an seinem Haus vorbei stand er meist an der
Straße als warte er auf eine Erklärung. Ebenso der junge
Wolfgang, ein prächtiger Knabe mit braunen Haaren wie sein
Vater.
Ebenfalls begegnete ich den beiden wöchentlich auf dem
Marktplatz, sie sahen mich so merkwürdig als würden sie mich
kennen und sich an mich erinnern, das ist doch gar nicht
möglich, dachte ich.
Einmal schon hatte mich Hermann angesprochen, etwas
verlegen fragte er ob es nicht sein könnte das wir uns schon
einmal begegnet sind, irgendwann vor langer Zeit.
„Schon möglich", sagte ich kurz angebunden, „vielleicht in
einem anderen Leben".
„Die Frage war ernst gemeint Madame, aber Sie machen sich

über mich Lustig", entgegnete er ernst.

„Die Antwort war auch ernst gemeint", antwortete ich lachend, „es ist durchaus möglich, dass wir uns in einem anderen Leben schon begegnet sind!"

Vater und Sohn sahen sich verständnislos an und zuckten mit den Schultern.

Was für ein hübscher Kerl, nicht nur der Sohn, dachte ich, auch der Ältere von beiden, der Hermann, erschien mir so jung, so frisch, eine angenehme Erscheinung.

Warum hatte er keine Frau, war er zu anspruchsvoll, oder…

Ich wendete mich rasch ab und ließ die jungen Männer stehen, ich würde mich auf kein ernsthaftes Gespräch mit Hermann oder Wolfgang einlassen, denn ich wusste aus der Erfahrung, dass es schlimme Auswirkungen haben würde, gleichwohl kam es mir wie Verrat vor, den jungen Wolfgang einfach zu ignorieren.

Ich überlegte weiter, würde trotzdem alles genauso ablaufen, weil es vorbestimmt war?

Würde Wolfgang später nach seinem Medizinstudium in unser Haus kommen und bei Günter die Praxis zu erlernen, um selbst ein guter Arzt werden zu können?

Konnte ich vorsorglich etwas dagegen unternehmen, in die Vergangenheit und somit in die Zukunft einwirken und sie verändern.

Aber hat Günter nicht ein Recht darauf seinen eigenen wenn auch unehelichen Sohn kennen zu lernen, er kannte ihn ja bereits.

Ich sah mich noch einmal um, konnte dem Drang nicht wieder stehen wollte diesen köstlichen Anblick in mir aufnehmen.

Zum Anbeißen süß der Bengel, mit Günters Augen und Gesichtszügen nur viel weicher und zarter man möchte Ihn in den Arm nehmen ans Herz drücken.

Es rührte mich zutiefst Sie dort stehen zu sehen, sie würden mich mit den Augen verfolgen bis ich um die nächste Ecke verschwunden bin.

Ich grübelte den ganzen Heimweg, je mehr ich versuchte eine Lösung zu finden desto mehr verwirrte mich die heikle Angelegenheit.

Ich werde in Zukunft diesen Weg auf den Wochenmarkt meiden solange Justin mich nicht begleiten kann, keiner wagt mich dann anzusprechen, ein jeder hält Ihn dann für meinen Leibwächter oder Diener.

Der Herbst war ins Land gezogen, Justin hatte seinen Laden eröffnet.

Vor dem Tor hing neben Günters Schild mit den Sprechzeiten ein großes buntes Werbeplakat, von Justin selber angebracht. Jeder aus dem Dorf der den Doktor aufsuchte und dass taten im Laufe des Jahres fast alle Bürger, also hatten auch diese auffälligen Plakate gesehen und es weitererzählt.

Alle wollten nun diesen neuen ungewöhnlichen Laden sehen. Zunächst war es nur Neugierde die uns die Gaffer massenweise in den Hof trieb, doch es kamen auch immer mehr ernsthafte Interessenten.

Eigentlich war es zunächst nichts weiter als ein Geldumtausch mit Verlust für Justin. Die Reichsmark hatte einen viel hören Wert gegenüber dem Euro.

So konnte er nur lächerlich geringe Beträge für seine Fahrräder verlangen.

Zunächst hatte er nur wenig Verwendung für die hiesige Währung. Alle seine Einnahmen wanderten unverzüglich auf die Bank, seine Gewinnquote allerdings kümmerte ihn wenig.

Er war mit seiner neuen Aufgabe zufrieden hatte nun eine sinnvolle Beschäftigung und genügend Zerstreuung.

Er hatte keinen eigenen Haushalt, lebte weiterhin unter unserem Dach, teilte mit uns den Küchentisch und alle Mahlzeiten.

Da er nicht an einem gut florierenden Geschäft interessiert war hatte er seine Öffnungszeiten gegenteilig denen Günters eingerichtet, so konnte er Stundenlang bei mir in der Küche sitzen, seine gesamte freie Zeit bei mir verbringen, mich weiterhin auf den Markt und allen anfallenden Wegen begleiten.

Wenn Günter frei hatte, stand er geschäftig in seinem Laden, er hatte alles gut eingefädelt und gut durchdacht.

Er half mir bei der Haus und Gartenarbeit, machte sich unentbehrlich, war immer zur Stelle, wich nicht von meiner Seite, seit geraumer Zeit gingen wir auch zusammen in das Center.

„Komm nimm meine Hand und geh mit mir", sagte er schmunzelnd und reichte mir seine Hand, Worte aus einem uralten Schlager von 2013 oder 14 etwa.

Unsere Hände griffen, verknoteten sich ineinander, so gingen wir den Hang hinauf in die andere Zeit.

Wir waren ja Freunde!

Wir erledigten unsere Einkäufe und tranken noch ein Tässchen Kaffee im Restaurant.

„Wir müssen uns beeilen", sagte ich dann meistens, „Günter schließt bald seine Praxis, dann wird er mich suchen", ich griff nach seiner Hand.

„Du bist unheimlich sexy, wie du gehst und dich bewegst, alle schauen dir hinterher, man sollte es dir gar nicht sagen, denn du scheinst es nicht einmal zu bemerken", sagte er und musterte mich von der Seite.

„Ach was kümmern mich die anderen", sagte ich lächelnd, „ich habe einen guten Mann und einen lieben treuen Freund", antwortete ich und drückte seine Hand.

Mittlerweile war er mir Freund, Diener und Vertrauter, so wie ständiger Begleiter.

Wir berieten den Gartenplan für das kommende Jahr, lösten alle möglichen Probleme, vergrößerten mit Hilfe von Jonny die Ställe und zäunten ein Freigehege für die Schweine ein.

Er präsentierte mir stolz seine neuesten Modelle und ausgefallenen Errungenschaften.

Günters freie Zeit verbrachte ich ausschließlich mit ihm.

Weihnachten und Silvester verlebten wir auf dem Schloss.

Im nächsten Jahr zu Pfingsten brachte Otto, der zweite Sohn des alten Grafen zum ersten Mal seine zukünftige Braut ins Haus, Weihnachten des Jahres sollte Verlobung sein und im Sommer 1879 würde dann vermutlich die Hochzeit stattfinden.

Jetzt schien es an der Zeit, Justin alles zu erzählen.

Wir saßen in der Küche bei einer Tasse Tee zusammen, draußen war es zu heiß.

Ich hatte die Fenster vor der brennenden Sonne abgedunkelt.

Ich begann mit dem gewissen Abend an dem das Verhängnis seinen Lauf nahm.

„Nur dieses Scheusal, dieser despotische eingebildete Graf ist an allem schuld, auch an deinem Schicksal, denn alles wäre anders gekommen".

„Wir hätten nicht in dem Haus im Erzgebirge gelebt und du wärst noch unversehrt, makellos, hättest noch dein umwerfendes Lächeln und, ach was soll's, es ist nicht rückgängig zu machen".

„Ja das mag wohl sein, aber dann hätte es ja auch nicht die schönen Jahre gegeben, nun gut auf das Feuer hätte ich gern verzichtet das mich so entstellt hat".

„Es hat alles verändert, mein ganzes Leben, aber genauso schlimm ist es was das Scheusal dir angetan hat, was hast du nicht alles erleiden müssen liebste Carla, man hätte den Schurken nicht so einfach davonkommen lassen sollen".

„Oh, der wird noch seine gerechte Strafe bekommen, ich habe durchaus vor, mich zu rächen, wenn die Zeit reif ist, bald ist es soweit, ich habe schon so lange gewartet nun kommt es auf ein oder zwei Jahre nicht mehr an".

„Wenn es soweit ist, werde ich dir zur Seite stehen, du kannst immer auf mich zählen".

„Ich habe mich entschlossen, mich noch einige Male unter das Messer zu begeben, also eine weitere Hautverpflanzung, was hältst du davon liebste Carla?"

„Was soll ich dazu sagen, wenn es dir nötig erscheint und dich zufrieden macht solltest du diesen Weg noch einmal gehen aber nicht wegen mir, ich habe mich längst an dein interessantes Aussehen gewöhnt!"

„Interessant nennst du meine Fratze, also ich muss schon sagen, du hast einen makabren Geschmack", sagte er kopfschüttelnd.

„Wann wirst du gehen?"

„Im neuen Jahr, im März habe ich den ersten Termin", antwortete er.

Wir hatten uns mit Körben und Taschen ausgestattet und stiegen wieder einmal den Hang empor zum Großeinkauf in das Center.

Auf dem Rückweg kurz vor der Höhle bemerkte Justin den Verlust seiner Brieftasche.

„Wo habe ich sie nur verloren", rätselte er, „ich fürchte ich muss den Weg noch einmal zurückgehen, alle meine Papiere und Girokarten befinden sich darin, geh du nur schon nach Hause, ich werde allein zurückgehen!"

„Was denkst du von mir", sagte ich erbost, „selbstverständlich werde ich dir bei der Suche behilflich sein".

Wir stiegen also den Hang wieder hinunter.

„Ich habe deine Bücher entdeckt, deine, unsere Lebensaufzeichnungen die du angeblich nie gefunden hast, alle diese Zeugnisse unserer gemeinsamen Vergangenheit hast du sorgfältig vor mir verborgen, wolltest sie mir vorenthalten".

„Du bist böse, ich müsste dich jetzt verachten und"…, er stockte, sprach den Satz nicht zu Ende, sondern ergänzte: „Ich bin sehr enttäuscht von dir, nicht nur, weil ich jetzt erfahren habe, das du auch mit dem Hermann ein Verhältnis hattest, vielmehr, weil du mich belogen und mir nicht vertraut hast, gibt es keine innige Bindung mehr zwischen uns, bist du ihm jetzt näher als mir?"

„Wie meinst du das", fragte ich verwundert.

„Ich habe euch durch das Fernglas gesehen, schon öfters, ihr habt Händchen gehalten und hattet euch offensichtlich viel zu erzählen".

„Du hast uns mit dem Fernglas beobachtet"?

„Ja ich war ungeduldig, habe dich zurückerwartet, willst du mir etwa ankreiden das ich ungeduldig auf dich warte"?

„Nein, natürlich nicht, wir haben uns heute verspätet, weil wir den ganzen Weg zurückgehen mussten, Justin hatte seine Brieftasche verloren".

„Da musstest du unbedingt mitgehen, kann er keinen Schritt alleine gehen ohne dich?"

„Freunde helfen sich gegenseitig", sagte ich trotzig.

„Oh wie schade das ich nicht dein Freund bin, sondern nur dein langweiliger Mann", sagte er zynisch.

„Ich bin also nicht mehr dein Vertrauter, oder bin es nie gewesen, was bindet dich noch an mich?"

„Oh Liebster, wie kannst du so etwas sagen, ich bin dir engverbunden für alle Zeit, habe dir immer alles erzählt nur diese verdammten Bücher habe ich dir vorenthalten aus Angst du könntest mich verurteilen, nun verurteilst du mich, weil ich sie dir nicht gezeigt habe".

„Schief gelaufen, nun muss ich damit leben, du kannst mich verachten aber ich werde dich immer lieben so lange ich lebe".

„Herr Gott, glaubst du ich liebe dich plötzlich nicht mehr, ich stehe für alle Zeit in deinem Bann, unrettbar verloren, für immer dein Sklave, aber nicht dein Spielball", sagte er und ging, schloss einfach die Tür hinter sich, die Schritte verhalten in der Diele.

Das war eigentlich unsere Zeit, wir würden unseren Gang um das Dorf machen, jedoch er ging allein unseren Weg.

Unsere berauschende Liebe lag vorerst auf Eis, war abgekühlt und einer freundlichen Höflichkeit gewichen.

Wir gingen wieder unseren Weg gemeinsam, uns an den Händen haltend, doch der heiße Strom floss nicht mehr durch unsere bloße Berührung, strömte nicht mehr von einem zum anderen.

Sehr schnell vergaßen wir unseren kleinen Zwist wieder und alles war wieder wie vorher, oder?

Günter las wochenlang in den Büchern und stellte viele Fragen. Er fand die vielen Fotos und zeigte sie Justin.

„Das bist du?, gar nicht wieder zu erkennen, unglaublich was ein Feuer so anrichten kann".

Justin griff nach den Fotos, doch schon nach einem kurzen Blick auf den göttlichen, strahlenden Adonis, warf er sie ärgerlich von sich und stürzte frustriert aus dem Zimmer.

Günter hatte all die vielen Seiten sorgfältig gelesen und die Bücher danach weggeschlossen, vermutlich sollte das die Strafe für mich sein.

Ich habe sie nicht wiedergefunden, wenn erst einmal Gras über die ganze Angelegenheit gewachsen ist, wird er sie mir wieder aushändigen, dachte ich.

Wieder einmal machten wir uns fein für die Weihnachtsfeier auf dem Schlösschen.

Günter verschloss die vielen Knöpfe am Rücken meines Kleides und schmückte meine Frisur mit glitzernden Spangen, passend zu meinen Ohrgehängen.

„Ich bin happy, dass ich dich an meiner Seite habe", sagte er und küsste zärtlich meinen Nacken.

„Auch ich bin glücklich an deiner Seite sein zu dürfen, wir sind Glückskinder, manchmal kann ich es gar nicht glauben das wir nun für immer beisammen sein dürfen", entgegnete ich und schlang meine Arme um seinen Hals.

„Komm meine einzige, meine bessere Hälfte, du wirst wieder den Saal zum Leuchten bringen und wie immer die Schönste sein".

Jonny wartete schon in der angespannten Kutsche, Justin begleitete uns.

Wir tanzten Schmuse Fox nach Walzerklängen, unsere Augen versenkten sich ineinander, wir hörten keine Musik mehr und blieben schließlich stehen, ich umfasste seinen Körper ganz fest und legte meine Wange an seine Brust, hörte sein Herz schlagen, spürte den Strom der in mich floss, wir waren Eins, würden es immer bleiben.

„Ich könnte niemals mehr sein ohne dich Liebster", flüsterte ich, überwältigt von meinen eigenen Gefühlen.

„Wir sind zwei Hälften die zueinander gehören, allein sind wir nur halb", hauchte er mir ins Ohr, er legte seine Arme um mich und senkte sein Gesicht, berührte mit seinen Lippen meine Schläfe.

So standen wir minutenlang der Welt entrissen.

Merkwürdige Geräusche schreckten uns aus unserer Versunkenheit.

Zaghaftes Klatschen zunächst, welches zu einem brodelnden Applaus heranwuchs, ließ uns verwirrt die Augen öffnen und in die Wirklichkeit blicken.

Wir standen noch immer auf der Tanzfläche, jedoch allein, die Musiker hatten eine Pause gemacht, nun amüsierte man sich über uns.

Wir lächelten verschämt in die Runde und hatten nun Eile der Bühne zu entkommen.

Wir sahen belustigte aber auch entrüstete, neidische Blicke auf uns gerichtet.

Auch Justin starrte uns an, er hatte gewiss nicht mitgeklatscht, offensichtlich fand er es gar nicht lustig was sich seinen Augen bot.

Wir hörten einen unflätigen Zwischenruf, plötzlich war es totenstill im Raum!

Wir entdeckten den Störenfried, Niclas der älteste Sohn des alten Grafen, Günter verhielt seinen Schritt.

„So ein Spruch kann ja nur von dir kommen", sagte er laut in scharfem Ton, „du bist ein armer Wurm, du dauerst mich".

Alle Gäste starrten den Grafen-Sohn an.

Der Angesprochene senkte verlegen seinen Kopf und

beschäftigte sich mit dem Füllen seines Glases.

Die Musiker betraten wieder das Podest und veränderten augenblicklich die Stimmungslage.

Das Jahr 1979 hatte begonnen.

Wir saßen an langen Winterabenden in der gemütlichen Stube neben dem knisternden Kachelofen.

Über uns hörten wir stetige Schritte und laute Musik.

„Er ist unruhig, seine Zeit rückt immer näher", sagte ich.

„Welche Zeit?"

„In 10 Tagen hat er einen neuen Termin, ich möchte jetzt nicht in seiner Haut stecken", entgegnete ich.

„Nein, das möchte ich weiß Gott auch nicht, was werden sie machen, können sie ihm seine alten Züge wieder modellieren?"

„Das glaube ich kaum, dafür brauchte es vermutlich mindestens 15 O.P. oder noch mehr".

„Da er nicht vor hat auf seinen alten Freundeskreis zu stoßen, wird ihm nicht der Sinn nach Perfektion stehen und die vielen langwierigen Eingriffe, sie müssen die Haut ja von anderen Stellen entnehmen, vermutlich von seinem Allerwerteten, denke ich".

„Also hat er bald ein Arschgesicht", witzelte Günter und lachte.

„Ich drücke ihm beide Daumen, dass er etwas ansehnlicher wird und nicht mehr als Kinderschreck und Buhmann durchs Leben gehen muss".

„Du übertreibst mal wieder mein lieber Gatte, ich hoffe du meinst nicht wirklich was du sagst".

„Nein, natürlich nicht, in Wahrheit finde ich ihn recht attraktiv, als Frau würde ich mich sogleich in ihn verlieben", sagte er grinsend, sprang auf und lief um den Tisch.

„Du Scheusal, du nimmst mich nicht Ernst, bist albern und gemein, na warte Bürschchen", sagte ich und lief hinter ihm her, ich holte ihn ein.

Er griff meine Hände und zog sie um seinen Hals.

„Strafe mich", sagte er schmunzelnd, „küss mich zu Tode, jetzt gleich".

Wir begleiteten Justin auf dem Weg in seine Zeit, er nahm sich ein Mietauto, winkte noch einmal kurz und entschwand unseren Blicken.

„Vielleicht kommt er gar nicht mehr wieder", sagte ich, auf die leere Straße blickend.

„Wäre das so schlimm?", fragte Günter.

„Na ja ich habe mich so an ihn gewöhnt, als gehöre er mit zur Familie, du nicht auch?"

„Nicht unbedingt, ich könnte gut auf ihn verzichten".

„Wenn er nicht wieder kommt ist es auch in Ordnung, dann hat er sein Glück in seiner Zeit gefunden und ich brauche mich nicht mehr schuldig und verantwortlich für ihn fühlen, dann ist das Kapitel Justin abgeschlossen".

„Wir werden uns gewiss nicht langweilen ohne ihn, oder sehe ich das falsch", bemerkte Günter, „schließlich gab es auch eine Zeit vor ihm".

„Wir haben uns doch noch nie mit einander gelangweilt mein Liebster!"

„Hier gibt es noch ein Kino im Ort, natürlich nicht zu vergleichen mit den Hallen von früher mit harten Klappstühlen nein, dieses Kino hat mehr Ähnlichkeit mit einer Bar, du sitzt bequem in einem Polstersessel, es gibt Tische und Kellner servieren Getränke und kleine Snacks, hast du das gewusst Schätzchen"?

„Lass uns eine Vorstellung besuchen, wenn wir schon mal hier sind, wir waren noch nie zusammen in einem Kino, danach kehren wir in eine Nachtbar ein und zum abrundenden Abschluss leisten wir uns eine Suite im besten Hotel des Ortes, morgens lassen wir uns dann das Frühstück ans Bett bringen".
„Nein wir werden uns gewiss nicht langweilen meine Kleine".
Wir ließen uns bedienen und verwöhnen, speisten auch zu Mittag im Hotel, suchten noch das Center auf und kehrten nach einem feinen Abendessen zufrieden in unsere Zeit zurück.
Wir hatten ja den guten alten Jonny der sich um unsere Tiere kümmern würde.
Günter heizte rasch den großen Kachelofen an und wir ließen den Abend auf dem Sofa kuschelnd ausklingen.
„Erinnerst du dich an unsere Insel Liebster, wenigstens ein kleines bisschen?
„Ja, wir sind ausgewandert damals, ausgestiegen aus dem ewig gleichen Trott des Lebens, wir hatten unsere Traum-Insel gefunden, weit ab von allem Trubel, fern der lauten hektischen Welt ohne Kriege und Computer Wahn".
„Wir waren glücklich und zufrieden, dort wollten wir alt werden, ich glaube wir lebten dort noch mehr als 30 Jahre, ernährten uns von Fisch, Gemüse und exotischen Früchten bis das furchtbare Unglück geschah!"
„Über dreißig Jahre?, sagst du, dann müssen wir ja uralt gewesen sein, ich glaube ich entsinne mich tatsächlich, ich sehe den endlosen Strand vor mir, das blaue Meer auch unser Häuschen ganz deutlich und ganz besonders die schöne Frau an meiner Seite, wir waren immer zusammen, fingen Fische in einer Reuse und brieten sie unter freiem Himmel".
„Du Schwindler, das ist ja gar nicht möglich, denn für dich

war es wirklich ein voriges Leben, du bist ja dort gestorben, brutal ermordet von den aufständischen Rebellen, unseren Kidnappern, sie haben uns gefangen genommen als wir uns einer Reisegruppe angeschlossen hatten, allein hätten sie uns sicher nicht überfallen".

„Die ersten Wochen waren wir noch alle zusammen dann haben sie Männlein und Weiblein getrennt, die Männer haben sie dann nach und nach erschossen, bis keiner mehr übrig war, auch mit den aufsässigen jungen Frauen wurde ebenso verfahren, nachdem sie geschändet wurden".

„Du hast mich allein zurückgelassen, ich wurde Wahnsinnig, erinnere mich kaum noch an den Fortgang und unserer Befreiung, ich wollte nicht mehr weiterleben ohne dich, wurde apathisch".

„Vermutlich entsinne ich mich auch nur an das Gelesene aus deinem Büchlein, oder an das was du mir erzählt hast".

„Aber ich habe dir kaum etwas von dieser Zeit erzählt Liebster und eine Aufzeichnung über diese Zeit existiert gar nicht".

„Du willst diese Insel noch einmal mit mir aufsuchen?"

„Ja, nur für ein paar Wochen im nächsten Sommerurlaub!"

„Ja warum nicht, doch diesmal werden wir nicht allein durch den Busch streichen wie die Eingeborenen, sonst könnte uns das gleiche Schicksal wieder einmal ereilen, wir wussten ja damals noch nicht, dass sich die Rebellen dort verschanzt haben".

„Nein diesmal werden wir einen Flug mit Rückfahrkarte buchen Liebes, wir werden noch viele Jahre miteinander haben", sagte Günter und schloss mich fest in seine Arme.

Der Sommer klang aus.

Justin war schon 5 Monate fort, zu Anfang habe ich ihn mehr vermisst als ich mir selber eingestehen mochte. Nie hätte ich es für möglich gehalten, dass er mir so fehlen würde, auch nach 5 Monaten hatte ich mich noch nicht gänzlich an das Alleinsein gewöhnen können.

Ich war sicher, ihn bei seinen alten Freunden zu wissen. Möglicherweise hat er indessen den gewissen Grad zwischen abgrundtiefer Hässlichkeit zum interessanten Panoptikum-Kuriosum erreicht.

Vermutlich war er längst wieder Mittelpunkt rauschender ausschweifender Partys, wurde als eine Art Veteran gefeiert und hochgejubelt. Soll er nur, er hat ja so viel gelitten und nachzuholen, dachte ich gönnerhaft.

Doch insgeheim nahm ich es ihm übel, mich allein gelassen zu haben, fühlte mich gekränkt. Mein Freund hat mich verlassen, Vertrauensbruch, Verrat, dachte ich grimmig.

Der August brachte statt großer Hitze nur noch Regen.

Der Himmel war wolkenverhangen, trübe, wie meine Stimmung.

Günter war ins Schloss gerufen worden in seiner Funktion als Doktor, er ahnte schon warum und machte sich mit der ansässigen Hebamme auf den Weg nicht etwa um einem neuen Leben auf die Welt zu helfen sondern um die Jungfräulichkeit der Braut festzustellen und zu beglaubigen.

Natürlich war sie keine Jungfrau mehr, was keiner besser als der Bräutigam wusste.

Vater, Sohn und die allgegenwärtige Tante warteten geduldig auf das Ergebnis.

Die Braut selber indes duldete mit geschlossenen Augen, schamhaft, mit verbissenem Gesicht diese Prüfung an intimster Körperstelle.

Die Hebamme zog ihre Hand zurück und schüttelte den Kopf, das konnte alles bedeuten, gleichwohl war es das Ergebnis ihrer Untersuchung.

Ihr und dem Doktor war es egal, sie würden bestätigen was erwartet wurde.

Feierlich betraten nun der Doktor und die Hebamme das Zimmer der Wartenden.

Beide nickten freundlich und beglückwünschten den Bräutigam sowie den Schwiegervater zu der reinen Jungfrau.

„Eine Lachnummer", sagte ich, „warum wird diese alte Sitte noch immer aufrechterhalten?"

„Sie wird nicht länger aufrechterhalten, du wirst sehen mit dem Ableben des Alten werden auch die ganzen alten Sitten mit aussterben, um vieles aber wird es schade sein!"

„Erzähl weiter Liebster".

„Nun ja, der Moral der Keuschheit und Jungfräulichkeit der zukünftigen Gräfin war Genüge getan.

Bald darauf trat auch die Braut mit hochrotem Gesicht zu den anderen.

Der alte Graf klopfte nun dem Sohn gönnerhaft auf die Schulter und gab dem Diener ein Zeichen die Champagnerflasche zu öffnen, alle erhoben ihr Glas und prosteten sich befreit, lachend zu.

Jetzt konnte die Hochzeit geplant werden.

Die Hochzeit fand wenige Monate später mit allem erdenklichen Prunk in der Dorfkirche statt und setzte sich später im reichlich geschmückten Schlosssaal fort.

Der gesamte Hochadel war eingeladen.

Ich hatte eigens zu diesem Anlass mit Günter einen exklusiven Modesalon aufgesucht und ein reizendes Kleid mit passendem Schmuck und Hütchen erstanden.

Es hing bereits im Schrank.

Ich hatte mit Jonny den ganzen Nachmittag im Garten

gearbeitet, es gab viel zu tun, nach dem Umgraben der Beete mussten noch die Büsche und Bäume beschnitten werden, die Äpfel, Pfirsiche und Brombeeren abgeerntet, eingelagert oder gleich verbraucht werden.

Ich verstaute das Gartenwerkzeug im Schuppen und verweilte wie jeden Tag ein paar Minuten, vor Justins nun ungenutzten Laden, ehe ich ins Haus ging, alles war noch so, wie er es vor Monaten verlassen hatte.

Irgendwann würde Günter das herrenlose Gebäude abreißen lassen, dann sind fast alle Spuren von Justin beseitigt, dachte ich, bis auf die Spuren in der Mansardenwohnung in der noch immer seine Kleidung im Schrank auf ihn wartete.

Ebenso die vielen neuwertigen Elektrogeräte die in den Räumen verteilt waren.

Auch hier verbrachte ich geraume Zeit in Gedenken an die vergangenen Jahre versunken, um Staub zu wischen und zu lüften.

Günter hatte heute Abend-Sprechstunde.

Ich stieg die Treppe wieder hinab und begab mich in die Küche um ein leckeres Abendessen zu bereiten. Ich deckte den Tisch und schob den Nudelauflauf in den Ofen. Ich beugte mich aus dem Fenster um in den Warteraum sehen zu können. Nur noch zwei Patienten warteten dort, doch ein weiterer betrat den Hof, zögernd näherte er sich und sah zum Küchenfenster hinauf.

Ein Mann wie alle anderen mit Hut und großer Tasche, das ist kein Patient, das ist Justin, erkannte ich.

Er hatte mich bereits gesehen und beschleunigte seinen Schritt, plötzlich hatte er es sehr eilig.

Ich eilte aus der Küche und traf in der Diele mit ihm zusammen.

Er lächelte mich an, ja er lächelte tatsächlich, sein Gesicht war keine hässliche Fratze mehr, das war fast wieder der alte Justin, ich sah ihn ungläubig an.

„Lässt du mich noch ins Haus, liebste Carla", sagte er, „oder muss ich jetzt zwischen meinen Fahrrädern schlafen?"

„Justin, du bist es wirklich", sagte ich und breitete meine Arme aus.

Er ließ sein Gepäck fallen und drückte mich fest an sich.

„Endlich bin ich wieder zu Hause" sagte er befreit aufatmend.

„Komm herein mein Freund, komm in die Küche setz dich auf deinen alten Platz", sagte ich mit brüchiger Stimme und löste mich verlegen aus seinen Armen.

Nun beeilte ich mich, ein weiteres Gedeck aufzulegen und trug die Speisen auf.

Justin war wieder da, es hatte ihn nach Hause gezogen zu mir.

„Mein Gott war das eine öde Zeit, nur der Gedanke an dich, hat mich diese endlosen Monate durchhalten lassen, ich wollte dir nicht länger meine hässliche Visage zumuten".

Ich überhörte die letzten Sätze, ging auf die leidenschaftlichen Äußerungen nicht ein.

„Du hast dich sehr verändert", sagte ich stattdessen, „du siehst gut aus!"

„Na ja, ich sehe nicht mehr zum Fürchten aus denke ich, ich kann mich wieder unter das Volk trauen, aber gut aussehen ist etwas Anderes".

„Es freut mich natürlich diese Worte aus deinem Munde zu hören, das gibt mir neuen Mut weiter zu machen, das Leben hat mich auf eine Probe gestellt, außerdem wartet mein Laden auf mich".

„Ich wollte den Schuppen schon abreisen lassen", sagte

Günter, der unbemerkt eingetreten war, „willst du nun bleiben oder bist du nur auf Besuch?"

„Ich dachte hier ist nun mein zu Hause", antwortete Justin, „aber, wenn ich hier nicht mehr gern gesehen, werde ich natürlich wieder gehen".

„Nein so war das nicht gemeint", sagte Günter, „ich habe nur nicht mehr mit dir gerechnet, der Laden gehört natürlich dir!"

„Und die Wohnung unter dem Dach, die soll ich jetzt also räumen?"

„Na ja nicht gleich, aber du solltest dich bei Gelegenheit nach einer anderen Bleibe umsehen Junge".

„Okay, dann werde ich meinen Laden aufstocken, wenn dir das recht ist", entgegnete Justin beleidigt".

„Jetzt reicht es aber", sagte ich und knallte ärgerlich den Topf auf den Tisch, „empfängt man so einen Freund?"

„Ha, mein Freund ist er jedenfalls nicht und deiner ist er schon gar nicht, er ist nur scharf auf dich, merkst du das denn nicht Liebes, er will dich nur rumkriegen, er glaubt er könne dich wieder haben wie damals!"

Justin war zusammen gezuckt bei diesen hässlichen Worten. Jetzt sprang er auf, warf polternd seinen Stuhl um und stapfte wortlos aus der Küche, sein Essen blieb unberührt.

„Du bist unmöglich Günter", sagte ich, „musste das unbedingt sein?"

„Ja unbedingt, einmal musste die Wahrheit gesagt werden".

„Aber so ist es nicht, du täuscht dich, er ist wirklich nur ein Kumpel und Freund für mich".

„Das glaubst du doch selber nicht, der wartet nur auf eine passende Gelegenheit, auf einen Streit zwischen uns etwa oder eine längere Abwesenheit meinerseits".

„Ach du bist ein ewiger Pessimist, Liebster, du siehst alles zu schwarz".

„Wir werden sehen", entgegnete er, „auf jeden Fall will ich ihn nicht hier im Hause haben, zu den Mahlzeiten kann er meinetwegen weiterhin erscheinen", äußerte er, keinen Widerspruch duldend.

„Aber du zweifelst auch an mir, traust mir nicht, ich liebe nur dich und keinen anderen".

„Das mag wohl sein, aber du bist unstet und abenteuerlustig, ja es ist wahr ich traue dir nicht, Justin steht immer zwischen uns, er wird unsere Ehe zerstören, alles ist nur eine Frage der Zeit".

„Ich fasse es nicht was ich von dir höre, das sind also deine Gedanken, wenn ich in deinen Armen liege, mein armer Schatz, so denkst du von mir!"

Ich war mit einem Satz an seinem Stuhl und umfasste ihn.

„Ich werde dich auf ewig lieben, dich nie betrügen und niemals einen anderen aeh, begehren", sagte ich feierlich, hob mein Kinn und bedeckte sein Gesicht mit vielen kleinen Küssen.

Später als Günter vor dem Fernseher saß, schlich ich mich mit dem verschmähten Abendessen von Justin die Treppe zu der Mansardenwohnung hinauf.

Ich klopfte artig an die Tür und brauchte nicht lange warten.

„Oh liebste Carla, du sorgst dich um mich, komm setzt dich auf die Couch!"

„Nein ich kann nicht bleiben, aber wir sehen uns ja morgen zum Frühstück, dann können wir in Ruhe über alles reden".

Ich lief schon wieder die Treppe hinunter, Günter hatte die Stubentür offen gelassen um jedes Geräusch wahrnehmen zu können. Ich huschte in die Stube auf den Platz an seiner Seite und wurde sogleich liebevoll empfangen.

Justin schmückte sich zeitgemäß mit dem für eine große Feier üblichen hohen Hut, ich musste schmunzeln, zum ersten Mal sah ich ihn mit solch einem gewaltigen Hut, einem Zylinder.

Günter hatte sich in eine prächtige Uniform des 17. Jahrhunderts gezwängt denn das war Vorschrift an dem besonderen Tag, der Hochzeit des Rang 2. Grafen, zukünftigen 1. Grafen und Landesvater.

Auch er erstrahlte in Gardeuniform mit reichlich Lametta versehen, Orden für die er nichts hat leisten müssen.

Auch der alte Graf, so wie ein Großteil der hohen männlichen Gäste schmückte sich in prachtvoller Uniform.

Ich hatte nie vorher eine prunkvollere Hochzeit erlebt.

Die Eheschließungen der vielen Töchter des Grafen waren mir schon übertrieben pompös erschienen, doch dieses Fest konnte am Zaren Hof nicht glanzvoller aufgezogen worden sein, nicht nur ich staunte mit offenem Munde.

Justin an meiner rechten Seite stehend war sichtlich ergriffen, was er bestenfalls aus nachgespielten Filmen kannte, nun selbst zu erleben, er würde ein Teil des Geschehens aus ferner Vergangenheit sein.

Er selbst war nie bei der Armee gewesen, umso mehr beeindruckten ihn jetzt die Paraden der ebenfalls in farbigen Festtagsuniformen marschierenden Armee des Kaisers Soldaten, der Reiterei mit geschmückten Pferden.

Leider reicht mein Wissen nicht, all diese Pracht gebührend zu beschreiben.

Ein einmaliger Augenschmaus bot sich unseren Blicken.

Ich kann mich nicht erinnern dergleichen jemals gesehen zu haben, ich war fasziniert.

Günter indes amüsierte sich über meine sprachlose Ergriffenheit, er drückte liebevoll meine Hand, ich schaute zur

Seite auf den prächtigen Mann neben mir, in diesem Moment erschien er mir wie ein Märchenprinz, er strahlte mich an als wüsste er meine Gedanken.

Ein Tusch aus Trompeten und Trommeln, ohrenbetäubend, brachte den Höhepunkt.

Der Hochzeitszug setzte sich in Bewegung, zog sich gemächlich durch die Dorfstraße und durch ein Spalier von Schaulustigen, das gesamte Dorf stand am Straßenrand, keiner wollte sich das besondere Ereignis entgehen lassen.

Endlich war die langweilige Zeremonie in der Kirche überstanden, die hohen Gäste stürmten wie eine Schaar übermütiger Kinder den Speisesaal, es klang wie in einem Klassenzimmer bevor es der Lehrer betrat.

Der Lehrer war in diesem Falle der Graf, er betrat die Bühne um eine lange ermüdende Rede zu halten. Keiner wagte durch störendes Geschwätz aufzufallen.

„Lasst uns nun den kulinarischen Gelüsten frönen", dröhnte seine Stimme abschließend.

Endlich wurden die großen Flügeltüren geöffnet und eine Schlange von Dienern strömte nun mit Schüsseln und Platten in den Saal.

Das schönste vom Tag begann, essen, essen so viel hineinpasste, von allem musste gekostet werden.

Jeder war mit seinem Besteck beschäftigt, so fiel es kaum jemanden auf, dass ein alter Mann in einem Rollstuhl in den Saal gelangte, geschoben von einer jungen Frau mit hübschem Puppengesicht, jedoch fade und ausdruckslos.

„Lass das, spiel dich nicht so auf, ich kann alleine fahren, geh gefälligst ein Stück hinter mir", hörte ich den Grauhaarigen böse zischen.

Ich sah zur Seite und erkannte ihn sofort.

Bei näherem Hinschauen sah man, er war noch gar nicht so alt, höchstens Ende der 50.

Eine schmalzige Welle fiel ihm in die Stirn, wie früher immer. Er blickte streng in die Runde, sah zum Fürchten aus, niemand durfte es wagen eine Miene bei seinem Anblick zu verziehen.

Seine Augen hatten mich noch nicht erfasst, ich wusste augenblicklich was ich zu tun hatte.

Das ist er, der Großfürst der uns hetzen ließ wie wilde Tiere, er war es der ein Kopfgeld auf mich ausgesetzt hat, der wagt es tatsächlich sich hier blicken zu lassen!

„Ich werde ihm einen Denkzettel verpassen, den er nie vergisst", flüsterte ich Justin ins Ohr.

„Der war es also der dich einst gekauft hat, schon recht betagt der Fürst, was wollte der mit dir?"

„Oh er war noch recht stattlich, damals hatte er noch schwarze Haare, nun sieht er Mitleid erregend aus aber mein Mitleid erregt er nicht, ich vergesse nicht was er uns angetan hat!"

„Aber es ist doch Rechtens, besitzen zu wollen, was man ehrlich erworben hat", antwortete Justin.

„Daraus mach ich ihm auch keinen Vorwurf, die Zeit danach war es, die ihn zur Bestie gemacht hat, er hat uns erbarmungslos jagen und verfolgen lassen, Günter wurde gefangen genommen wie ein Schwerverbrecher, gefoltert und gequält".

„Hätte er mich damals auch bekommen, wäre ich noch heute eingesperrt irgendwo tief im Norden Russlands, an der Newa, würde ich in einem Turmzimmer hocken!"

„Oh, das wäre ja fürchterlich und nun willst du dich rächen, ich werde dir beistehen und tun was ich kann".

„Was flüstert ihr beiden pausenlos, habt ihr Geheimnisse?", fragte Günter, der links neben mir saß.

„Ich habe ihm den russischen Fürsten gezeigt!"

„Was sagst du, den russischen Fürsten?", fragte er ungläubig.

„Ja dein Peiniger, er ist hier".

„Unmöglich, wie konnte der Alte den einladen, wenn wir hier sind", sagte er aufgebracht, „ich dachte der ist schon lange unter der Erde, wo sitzt er?"

„Da schau, der weißhaarige dort im Rollstuhl ist es!" Günter war aufgesprungen.

„Bleib ruhig", sagte ich und hielt ihn am Arm.

Der Graf hatte indessen den ungeladenen Gast im Rollstuhl entdeckt und sich von seinem Platz neben dem Brautpaar erhoben, er strich sich nervös über die Stirn und näherte sich eilig dem einstigen Freund.

Jetzt beugte er sich über ihn und sprach aufgeregt gestikulierend auf ihn ein.

Schließlich verließen Beide den Raum durch die Hintertür, die junge Frau folgte ihnen wie ein Hündchen.

„Ist das seine neue Frau?", fragte Justin.

„Ich glaube nicht!", antwortete ich.

„Was mag ihn hierhergetrieben haben, warum muss er ausgerechnet heute hier erscheinen?"

„Ich glaube er ist verwandt mit der Braut, vermutlich haben die Brauteltern Ihn eingeladen, sie haben ja keine Ahnung, keiner hier hatte eine Ahnung von seinen damaligen Machenschaften", sagte ich.

„Er wird seinen Fauxpas schnell einsehen und bald wieder verschwinden", meinte Günter.

„Ja vermutlich", stimmte ich ihm zu, ohne es selber zu glauben.

Günter hatte sich beruhigt und wieder neben mir Platz genommen.

Bald war er in ein intensives Gespräch mit seinem anderen Tischnachbar vertieft.

Nach etwa einer halben Stunde sah ich den Ur-Ur allein zurückkommen, er setzte sich wieder auf seinen Platz als wäre nichts geschehen.

Jetzt war meine Chance gekommen.

Ich vergewisserte mich, dass Günter meinen Fortgang nicht bemerkte und entfernte mich unauffällig, nicht ohne Justin zu zuflüstern: „Folge mir in ein paar Minuten".

Auf dem gepflasterten Hof sah ich sogleich die fürstliche Nobelkutsche stehen.

In ihr ein Diener des hohen Herrn und die junge Frau wartend zur Abreise bereit, der andere Diener stand gelangweilt bei den Pferden.

Ich zog mein Hütchen tief ins Gesicht um nicht von Ihnen erkannt zu werden und lief um das Schloss herum in den angrenzenden Park.

Dort sah ich Ihn!

Er saß bockig in seinem Stuhl, nicht fassend abgewiesen zu sein, er der große mächtige Fürst, von einem niederen abgetakelten Grafen der Tür verwiesen.

Eigentlich wollte ich Ihn nur heftig ohrfeigen, ihn demütigen und lächerlich machen vor seinen Untergebenen und der jungen Frau, doch jetzt bot sich mir eine andere Art von Rache.

Ich näherte mich ihm lautlos und schob ihn in Richtung des Sees.

„Verschwinde, ich brauche keine Krankenschwester", sagte er böse.

Ich schob den Rollstuhl unbeirrt weiter, es kostete mich alle Kraft das Gefährt über den unebenen Weg zu befördern.

„Was soll das du blödes Weib, hast du nicht gehört was ich gesagt habe", schimpfte der Fürst.

Ich sah mich um, Justin hatte das Schloss ebenfalls verlassen und näherte sich uns mit weit ausholenden Schritten.

„Ich habe nicht vor dich zu verhätscheln Hoheit, Ferdinand"!

„Ich habe etwas ganz Anderes mit dir vor, du Tyrann".

Sein Kopf fuhr herum, jetzt erst erkannte er mich.

„Du, meine entführte Prinzessin".

Seine Augen weiteten sich in ungläubigem Staunen.

„Ja ich, jetzt ist die Zeit für mich gekommen, um mit dir abzurechnen".

Justin hatte uns indessen eingeholt.

Zu zweit rollten wir nun den laut zeternden Fürsten in schnellem Tempo dem See entgegen.

Nach etwa einem Kilometer schoben wir ihn vom Weg ab, ins hohe Rohr, dort baute ich mich vor Ihm auf.

„Was hast du zu deiner Entschuldigung vorzubringen du Bestie, glaub nicht das ich Mitleid für dich empfinde nach dem, was du uns angetan hast!"

„Was habt ihr mit mir vor, wollt ihr mich ersäufen?", fragte er ängstlich.

„Ja das sollten wir tun aber wir werden dich nur in den Dreck werfen, so wie du meinen Günter in den Sumpf gestoßen hast, Justin pack Ihn!"

Justin zerrte den Fürsten aus dem Stuhl, packte ihn unter den Achseln und zog ihn noch ein Stück tiefer in die sumpfige Erde, das Rohr verdeckte ihn!

Ich gab dem Stuhl einen Stoß, er rollte in den See und verschwand glucksend, nur ein paar blubbernde Wasserblasen hinterlassend.

Wir sahen uns nicht mehr um, liefen bis zum Ende des Sees

und auf der anderen Seite wieder zurück.

„Ich kenne einen geheimen Weg, dort können wir unbemerkt wieder ins Schloss gelangen", sagte ich außer Atem.

Wir erreichten die Rückseite des Gebäudes und gelangten durch die verborgene geheime Tür ungesehen wieder ins Schloss, wir stiegen die vielen Kellerstufen hinauf und befanden uns im Erdgeschoss.

Dort führte uns die Treppe weiter herauf zur zweiten Etage, wir erreichten die getarnte Tapetentür, Justin drückte sie mit der Schulter auf und wir befanden uns in dem Turmzimmer nicht weit von unseren Räumen entfernt.

„Du musst schnell wieder hinuntergehen und dich unter die Gäste mischen", flüsterte ich ihm zu, „aber deine Schuhe, sie sind ganz dreckig!"

„Was nun?", fragte er.

„Ich werde dir rasch welche von Günter holen", antwortete ich.

Sie waren ihm etwas zu groß, aber das war nun egal.

„Geh jetzt schnell", sagte ich ungeduldig und schob ihn in Richtung der Freitreppe.

Auch meine Schuhe waren verdächtig beschmutzt, zum Glück hatte auch ich ein zweites Paar eingepackt.

Ich legte mich auf die Couch und wartete auf Günter, irgendwann würde er nach mir suchen.

Die Zeit wollte nicht vergehen, ich lauschte und vernahm nach einiger Zeit Schritte auf dem Flur.

Sie gingen an der Tür vorbei und verklangen, schließlich schlief ich ein.

Günter rüttelte mich wach.

„Warum verschwindest du, ohne etwas zu sagen, ich habe dich überall gesucht!", sagte er vorwurfsvoll.

„Ich wollte euch nicht stören, ihr wart so in euer Gespräch vertieft und ich hatte entsetzliches Kopfweh, sicher von der dröhnenden Marschmusik und dem Tusch für das Brautpaar, ich dachte mir platzt das Trommelfell!", entschuldigte ich mich.

„Ist dir jetzt besser Liebes?", fragte er mitfühlend.

„Ja es geht so".

Du weißt gar nicht was in der Zwischenzeit passiert ist, der Fürst ist verschwunden, wie vom Erdboden verschluckt, wie kann das sein?, er kann doch gar nicht laufen", sagte er.

„Sicher ist er entführt worden um ein Lösegeld zu erpressen!", entgegnete ich ungerührt.

„Hat Justin was damit zu tun, ihr habt doch etwas ausgeheckt!"

„Vielleicht", sagte ich schulterzuckend, „es ist besser, wenn du nichts davon weißt Liebster, der Verdacht würde als erstes auf dich fallen, geh nur wieder rasch hinunter und helfe bei der Suche nach Ihm, ich komme später nach, ich werde mich noch ein wenig frisch machen".

„Ich hätte es mir denken können, dass du deine Hände im Spiel hast, du bist eine Hexe".

„Ja ja", sagte ich, „aber geh jetzt".

„Wie du meinst", sagte er und ging zögernd.

Die Gäste feierten, unbehelligt von diesem Zwischenfall weiter, man wollte sich vergnügen.

Einzig der Ur-Ur raufte sich die Haare, was würde dieses schlimme Geschehen für ein Licht auf sein Haus werfen, wenn es öffentlich bekannt und ausgeschlachtet würde.

Er ging unruhig auf dem Hof umher, sollte er die Gendarmerie benachrichtigen?

Nein heute nicht mehr, erst wenn die Gäste abgereist waren, einen Skandal konnte er nicht gebrauchen.

Günter und Justin indes beteiligten sich aktiv an der Suche, so wie die halbe Dienerschaft, die hohen Gäste mussten ja gebührend bewirtet werden.

Es war schon fast dunkel, als man den gelähmten Fürsten zwischen dem hohen Rohr im Sumpf liegend fand, die Hunde hatten ihn aufgespürt, der jedoch schwieg verbissen, man hätte ihn betäubt, er wisse von nichts.

„Ihr wart das also", bemerkte Günter, zwei Tage später auf der Heimfahrt.

„Wir wollten dich nicht damit hineinziehen, dein Ruf muss untadelig bleiben", entgegnete ich.

Später zu Hause erzählte ich ihm den ganzen Vorgang in allen Einzelheiten.

Er schüttelte ungläubig den Kopf.

„So etwas hätte ich dir gar nicht zugetraut Liebste, dein Feind möchte ich nicht sein".

„Du hast meinen Hass auch noch nie zu spüren bekommen, ich kann ebenso sehr hassen wie lieben, auch der Alte wird seine Strafe noch bekommen, ihn werde ich töten".

„Du machst mir Angst Liebes, tue das nicht ich bitte dich, du bekommst dafür Lebenslänglich oder musst fliehen, aus dieser Zeit!"

„Keine Bange, ich werde mich nicht erwischen lassen, zudem ist es noch lange nicht so weit, erst muss der kleine Günter auf der Welt sein".

„Oh der wird schon in einem Jahr das Licht der Welt erblicken", entgegnete Günter, „mach nichts Unüberlegtes, nichts was uns trennen könnte meine Kleine, ich könnte es nicht ertragen ohne dich leben zu müssen", sagte er eindringlich und schloss mich in seine Arme.

Wieder einmal nahte Weihnachten.

Noch hatte sich nichts geändert bei uns im Hause.

Justin wohnte noch immer unter dem Dach bei uns.

Sein Geschäft lief gut, besser als wir es für möglich gehalten hatten.

Wir feierten gemeinsam im Schloss in das Jahr 1880.

Hermann lief mir nicht mehr über den Weg, wohl aber begegnete er uns regelmäßig auf dem Marktplatz, gelegentlich auch in Begleitung des jungen Wolfgangs.

Er wagte es nicht mehr mich anzusprechen, denn ich ging nie alleine, Justin war stets an meiner Seite, er begleitete mich auf allen meinen Wegen.

Der Frühling und Sommer verging.

„Wir werden den einsamen Wolfgang an seinem Geburtstag im November mit einem Besuch überraschen", sagte ich eines Tages zu Justin, „was hältst du davon?"

„Wenn es dich glücklich macht, liebste Carla, werde ich dich gerne begleiten, doch was sagt dein Gatte dazu?"

„Oh der wird sich freuen etwas Neues von seinem Sohn zu erfahren", antwortete ich.

„Ich darf Günter nicht verärgern, er wird mich aus dem Hause werfen er kann mich sogar des Grundstücks verweisen!"

„Unsinn", sagte ich, „du hast deinen Grund und Boden reell erworben".

„Ohne Vertrag und Notarielle Beglaubigung, nur mit Handschlag ist es nicht bindend".

„Aber Günter steht immer zu seinem Wort, das kann ich dir versichern, er ist kein Halunke".

„Nein das meine ich nicht, er könnte mir zum Beispiel die Kaufsumme zurückerstatten und mich vom Hof jagen wie einen Dieb!"

„Du siehst Gespenster, so etwas würde er niemals tun".

„Ja er ist edel von Geburt, wie der alte Graf", lästerte Justin.
„Du willst ihn doch nicht etwa mit dem Alten vergleichen, ist
er vielleicht ein Intrigant, hinterhältig und verlogen?"
„Nein das ist er nicht, er sagt immer das was er denkt, auch
wenn es manchmal sehr beleidigend ist, ja du siehst ihn
natürlich mit einer rosaroten Brille, dich vergöttert er".
„Ich weiß sehr wohl, dass er ein Ekel sein kann und dich nicht
besonders mag, aber wie würdest du dich an seiner Stelle
verhalten?"
„Ich hätte ihn wahrscheinlich schon umgebracht", antwortete
er grinsend.
Der November verstrich, wir hatten unseren
Überraschungsbesuch aufs nächste Jahr verschoben.
Im Schloss hatte ein neuer Erdenbürger Einzug gehalten. Ein
kleiner Junge war geboren, Günter hatte ihm auf die Welt
geholfen.
Er strahlte zufrieden als er spät abends angeheitert nach Hause
kam.
„Du musst schon entschuldigen Schätzchen, aber dieses
Ereignis mussten wir gebührend begießen, der Erbprinz ist
geboren", sagte er feierlich, „mein Großvater hat das Licht der
Welt erblickt, ich werde ihn lieben wie einen eigenen Sohn,
nein wie einen Großvater", verbesserte er sich grinsend.
„Du bist ja ganz aufgewühlt Liebster, komm lass uns noch
zusammen ein Gläschen auf Ihn erheben, wie gut das morgen
Sonntag ist".
„Du wirst ihn Weihnachten sehen", sagte er noch kurz vor dem
Einschlafen, „du wirst begeistert von ihn sein".
Ich war begeistert, auch für mich war der Kleine ein
besonderes Baby, nicht nur, weil er sehr goldig, sondern der
Großvater von Günter war.

Ich kannte seinen gesamten Lebensweg, wusste alles was ihm widerfahren würde und hatte schon seinen Grabstein gesehen. Ach wie kurz und vergänglich doch ein Menschenleben ist, dachte ich seufzend als Günter längst neben mir schnarchte. Morgen bei Tageslicht werde ich den Kleinen aus seiner Wiege nehmen und ihn herumtragen, ich will ihn in meinen Armen spüren.

Am zweiten Weihnachtstag saß uns der frisch gebackene Großvater, der Ur-Ur gut gelaunt gegenüber, auch er sah nur gute Eigenschaften in dem ersten Enkelsohn und schwärmte von Ihm über alle Maßen.

Auch wenn du dich noch so nett und Onkelhaft verstellst, ich weiß von deiner Boshaftigkeit, glaub nicht ich werde es jemals vergessen, du wirst nicht mehr lange lachen, das nächste Weihnachtsfest wirst du nicht mehr erleben, dachte ich voller Hass auf ihn, ich hatte längst einen Plan. Später erzählte ich Justin davon.

Endlich war es soweit. Günter hatte seine Praxis geschlossen. „Sommerpause", sagte er aufatmend, „nun bin ich für alles bereit, jetzt werden wir also in die Südsee reisen".

Wir waren wieder auf unserer Insel.

Wir hatten eine spätere Zeit für unsere Reise gewählt, die Rebellen waren längst ausgerottet. Ein Gouverneur wachte jetzt über die Insel, er hatte für alle Fälle einen Trupp schwer bewaffnete Soldaten.

Sie patrouillierten regelmäßig die abgelegenen Gebiete und den unwegsamen Busch.

„Ich möchte als erstes den Gouverneur begrüßen", befahl Günter unserem Fahrer.

„Oh ich glaube der ist zurzeit auf dem Festland, aber seine

Familie wird sie sicher gerne willkommen heißen, ich werde sie natürlich hinfahren".

Eine protzige weiße Villa tauchte bald hinter den Bäumen auf, umgeben von einem schmucken schmiedeeisernen hohen Zaun.

Ein Wachmann schritt uns entgegen.

„Wen darf ich bitte melden?", fragte er höflich, während das Tor schon von Innen geöffnet wurde und eine junge gepflegte Frau uns entgegen stolzierte.

„Wir bekommen so selten Besuch", sagte sie lächelnd, „ich bin die Tochter, darf ich Sie willkommen heißen auf unserer Insel".

Sie werden sicher einen erfrischenden Drink nicht ablehnen, kommen sie ins Haus meine Lieben".

Welche Ähnlichkeit, dachte ich verblüfft.

Wir betraten die kühle Halle, eine dralle schwarzhaarige Exotin in weißer Schürze, offensichtlich eine Eingeborene, eilte uns entgegen.

„Maria, bereite den Herrschaften rasch einen Lunch, darf ich Sie jetzt in den Salon bitten".

Sie bat uns Platz zu nehmen und machte sich an der Bar zu schaffen.

„Ich habe mich noch gar nicht vorgestellt", sagte Günter als sie sich zu uns an den Tisch setzte.

„Graf von Elzen, das hier ist meine reizende Gattin und wie ist ihr werter Name?

„Ich muss ja wissen, bei wem ich zu Gast bin!"

„Ich habe den Namen meines Vaters behalten trotz zweier Ehemänner", sagte sie lachend, „mein alter Herr ist viel unterwegs, er erledigt alle unsere Einkäufe auf dem Festland noch selbst".

„Wir kennen den neuen Gouverneur noch nicht", sagte Günter, „darum würden wir gern seinen Namen erfahren".

„Oh entschuldigen Sie wie dumm von mir, Schering ist sein Name, Justin Schering, er hat die Insel gekauft vor drei Jahren".

„Er hat mich hierhergeholt, seitdem führe ich dieses Haus für Ihn, dort ist ein Foto von ihm, falls Sie ihn doch kennen sollten".

Sie griff nach einem Foto von einem Regal und reichte es mir.

„Das ist Justin unser Freund", rief ich aufgeregt, „er hat bei uns gewohnt, schau Günter!"

„So sieht also seine Zukunft aus, hierher würde er sich zurückziehen!"

„Ich dachte eher Sie kennen ihn aus der Vergangenheit", sagte sie verwirrt.

„Ja natürlich, ich habe mich ungeschickt ausgedrückt", entgegnete ich.

„Sie kommen mir bekannt vor Gräfin, mir ist als hätte ich Sie schon einmal gesehen vor langer Zeit, mein Junge war damals noch ganz klein".

„Mein Daddy hat damals stolz seine neue Flamme präsentiert, eine scharfe Braut, ich war neidisch und eifersüchtig damals, jetzt bin ich alt und Sie sind noch immer die Schönheit von damals".

„Aber was redest du für ein dummes Zeug Kindchen, du bist jung und hübsch, ich hingegen werde langsam alt".

„Ha,- sie haben sich kaum verändert, wie haben Sie das nur gemacht"?

„Ich habe so viele Fragen an die Zeit als meinem Daddy dieses furchtbare Unglück zugestoßen ist, das war doch Ihre Zeit, sie waren doch damals bei ihm, wie konnte so etwas

Fürchterliches passieren"?

„Danach habe ich ihn 17 Jahre nicht gesehen, in der langen Zeit hatte ich zwei Ehemänner und habe zwei Mädchen geboren, mein ganzes Lebensglück diese beiden, mein Sohn ist 20 Jahre unterdessen, er studiert Jura und ist kaum noch ein Teil unserer klein gewordenen Familie".

„Vor zwei Jahren noch, haben wir täglich zu sechst an dem großen Tisch gesessen, mein zweiter Gatte ist umgekommen, bei einem Helikopter Absturz, der Junge hat sich entschlossen sein Studium eine halbe Tagesreise von hier entfernt zu beginnen".

„Mein Daddy hatte ja damals diesen schlimmen Unfall, sie wissen es ja am besten, danach hat er sich zurück gezogen auf diese einsam gelegene Insel wie sie sehen, aber auch hier ist er nicht zufrieden, er ist ruhelos, trauert noch immer der Vergangenheit nach, Sie haben ihn ja damals verlassen!"

„Ach Kleines, es war alles ganz anders als Sie denken, aber warum musste es denn unbedingt diese Insel sein?"

„Das kann ich Ihnen auch nicht beantworten, auf jeden Fall können meine beiden kleinen Mädchen hier eine herrliche freie unbeschwerte Kindheit verbringen, sie sind sehr glücklich auf dieser Insel, dort spielen Sie, an dem kleinen künstlichen Teich den Daddy hat anlegen lassen".

„Ach wie entzückend, das Ebenbild der reizenden Mama!" schmeichelte ihr Günter.

„Ja wirklich süß die beiden kleinen Engelchen", bestätigte ich.

„Tja", sagte sie gedankenverloren, „mein Leben ist jetzt langweilig geworden, es kreist nur noch um diese beiden Herzchen, ich spiele schon mit dem Gedanken, in ein paar Jahren wieder auf das Festland in die Stadt zu ziehen, dort könnten die Mädchen dann eine gute hohe Schule besuchen aber noch dürfen sie die totale Freiheit genießen".

„Ach ich bin eine schlechte Gastgeberin, ich langweile Sie mit meinen eigenen Angelegenheiten aber ich habe sonst keinen anderen zum Reden".

Wir verabschiedeten uns bald und ließen uns von Ihrem Chauffeur zu unserem Bungalow bringen.

Die Sonne versank blutrot im Meer als wir aus dem Wagen stiegen.

Günter verweilte wortlos ergriffen und genoss diesen umwerfenden Anblick, ich zog ihn weiter, er betrachtete interessiert unser Anwesen.

„Hast du es dir so vorgestellt Liebster?", fragte ich.

„Nein, so schön nicht, so weit hat meine Vorstellungskraft nicht gereicht, hier ist das Paradies, hier werden wir in Zukunft jeden Sommer verbringen mein Schätzchen!"

„Justin wird uns also eines Tages verlassen um hier zu leben", sagte ich später zu ihm als wir barfuß den Strand entlangliefen, „alles fügt sich von selber".

„Ja es sieht so aus, als ob ich dich bald für mich allein haben werde", antwortete er.

„Aber du hast mich doch schon immer allein, Liebster", gurrte ich ihm ins Ohr und zog ihn auf den warmen Sand.

Unsere Anwesenheit auf der Insel hatte sich rasch herumgesprochen, bereits am nächsten Tag traf unser alter Diener und die Haushälterin ein und übernahmen wie selbstverständlich ihren alten Job als wären wir nie fortgewesen.

Wir hatten nun genug Muße die Insel zu durchstreifen und uns an der herrlichen Natur zu erfreuen. Wir setzten uns auf eine Anhöhe unter Palmen, von dort hatten wir einen herrlichen Blick über die halbe Insel und auf unser Haus.

„Warum ist der Justin soweit in die Zukunft gegangen, um seine Tochter aufzusuchen, 17 Jahre, das verstehe ich nicht", sinnierte Günter.

„Er glaubte wohl, Sie wäre mit über 40 Jahren reifer und eher bereit ihm auf diese einsame Insel zu folgen, als mit 25 Jahren und mit vielen Flausen und Träumen im Kopf, denke ich, sie ist ja auch mit Ihm gegangen".

„Pech war nur für sie, dass ihr Lebenspartner sie schon so früh verlassen hat, nun sitz sie dort alleine und langweilt sich zu Tode".

Wir rechneten jeden Tag mit dem Besuch von Justin, das wird eine große Wiedersehensfreude, dachte ich. Jedoch wir sahen Ihn nicht mehr.

„Vermutlich ist er bei irgendwelchen Verhandlungen aufgehalten worden", meinte Günter.

Nach vier Wochen war diese schöne Zeit vorbei, wir packten unsere Koffer und brachen zu einem letzten Besuch auf, doch wir trafen nur Dienstboten an, was war geschehen?

Wir würden es nie erfahren.

-Justin- Sie sind also hier, dachte Justin, sind mir endlich in die Falle gegangen, lange genug habe ich ja gewartet.

Heute Abend noch bringe ich meine Familie auf das Festland, die Tochter muss ja nichts von meinem Vorhaben erfahren.

Morgen dann ist es endlich so weit, ich kann es gar nicht erwarten.

Ich werde den Kerl festnehmen, in Handschellen abführen lassen wie einen Schwerverbrecher und Ihn dann im Kerker verrotten lassen, niemand wird je nach Ihm suchen.

Er wird um sein Leben flehen, vielleicht werde ich Erbarmen zeigen und ihn am Leben lassen, vielleicht.

Er hatte einen ganzen Trupp Soldaten, brutale Gesellen, zusammengetrommelt, um das Haus des angeblichen Rebellen zu stürmen.

„Er gibt sich gerne als Graf aus, ist aber ein gesuchter Terrorist, er plant hier ein Attentat auf mich, auch die Frau gehört zu seiner Tarnung, sie spielt nur seine Ehefrau".

„Nehmt den falschen Grafen gefangen, aber Vorsicht, er ist sehr gefährlich, wenn er Widerstand leistet macht von der Schusswaffe Gebrauch, auch die Frau bringt Ihr gefesselt zu mir, ich werde schon mit Ihr fertig werden".

„Den Verräter, aber schafft ihr in den Kerker wo er hingehört".

Er befahl voller Genugtuung den Männern, den Bungalow gnadenlos zu stürmen. Endlich war es so weit, er hatte seine Rache.

Endlich konnte er den lästigen Rivalen aus dem Weg räumen, hier hatte er die Macht.

Nie wieder musste er vor Ihm kriechen und sie würde wieder Ihm selber gehören.

Die Maschine setzte zum Start an und erhob sich majestätisch in die Luft.

Verdammt, verdammt ich bin wieder einmal zu spät, dachte er als er den Stahlvogel aufsteigen sah.

Er hatte die Männer aufgehetzt das Haus zu stürmen und den gefährlichen Verbrecher gefangen zu nehmen ohne Gnade, ebenso die Frau.

Er selbst war zu feige sich zu zeigen, wollte und konnte dem verzweifelten Gebaren der geliebten Frau nicht beiwohnen.

Er verbarg sich sicher in dem wartenden Jeep.

Jetzt sah er den Flieger aufsteigen und ahnte seine Niederlage.

Die Männer kamen Kopf schüttelnd aus dem Hause zurück.

Er ballte wütend resignierend die Fäuste, das Gesicht hassverzehrt, keiner sah es, er würde der ewige Verlierer bleiben, aber Sie würden ja wiederkommen, irgendwann. Seine Zeit würde noch kommen, er brauchte nur zu warten.

Es war ein merkwürdiges Gefühl, Justin in unserer Küche wieder anzutreffen, nichts ahnend von seiner Zukunft auf der Insel.
Wir haben deine Tochter und Enkel dort gesehen, deine Enkel von denen du noch nichts weißt, war ich versucht ihm zu sagen, doch er hätte es nicht verstehen können, es war ja die Zukunft, es war ja noch nicht geschehen.
Er stand vom Tisch auf, gutmütig lächelnd kam er uns entgegen um uns freundlich zu begrüßen.
„Ihr war lange fort", sagte er, „ich dachte schon euch wäre etwas Schlimmes zugestoßen wie schon einmal auf der Insel".
„Was soll uns schon geschehen!", antwortete Günter.
„Schön, dass ihr wieder da seid!", sagte Justin und sah nur mich an, damit meint er nur mich, dachte ich.
Wir standen uns verlegen gegenüber, eine unangenehme Stille entstand, niemand wusste etwas Vernünftiges zu sagen.
„Hast du denn deine Tochter noch einmal aufgesucht?", fragte ich Justin am nächsten Morgen, „ich meine als du die 5 Monate in deiner Zeit warst?"
„Oh nein, das habe ich nicht über mich gebracht, ich wollte mich ihr nicht so zeigen mit diesem Gesicht, sie soll mich so in Erinnerung behalten wie sie mich gekannt hat".
„Hast du sie wenigstens angerufen oder ihr einen Brief geschrieben?"
„Ja natürlich habe ich sie angerufen, sie wird wieder heiraten, sie war überglücklich".

„Jetzt habe ich endlich den Richtigen gefunden Daddy, du kommst doch zu meiner Trauung und Hochzeitsfeier!"
„Ich werde versuchen zu kommen, aber ich kann es dir nicht versprechen Kleines", sagte ich ihr.
„So ein Familientreffen mit alten Bekannten der Mutter meiner Tochter und so weiter ist völlig ausgeschlossen, kommt auf keinem Fall in Frage für mich, gleichwohl habe ich ein schlechtes Gewissen deswegen".
„Es ist hart nicht zur Hochzeit des eigenen Kindes gehen zu können", sagte ich.
Abends spielten wir zu viert Karten auf der Terrasse während der Grill abkühlte.
Der Herbst kam und ging. Weihnachten 81 folgte.
Ich freute mich den kleinen Gräflichen Günter wiederzusehen, der mittlerweile seinen ersten Geburtstag gefeiert hatte und vermutlich auf unsicheren Füßen an der Hand des Kindermädchens umher tippelt.
Das Jahr 1882 hatte begonnen, es wurde Zeit für mein Vorhaben.
Ich hatte mit Justin schon öfters über mögliche Gelegenheiten und Vorgehensweisen
diskutiert, hatte mich jedoch nicht festgelegt, der Moment muss passen.
Wir waren auf dem Weg zum Marktplatz, ich hatte mich bei Justin eingehängt.
Wir begegneten Wolfgang. Er war mittlerweile ein junger Mann geworden, schlaksig mit noch kindlichen weichen Gesichtszügen, doch die Augen blickten schon fast so wie die seines Erzeugers.
Ich konnte nicht wie sonst an ihm vorbeigehen, er grüßte höflich und war erstaunt, dass ich meine Hand nach ihm

ausstreckte und seine ergriff.

„Wie geht es Junge, was macht die Bildung?", fragte ich lächelnd. „Ich habe gehört du willst studieren, Medizin" fügte ich hinzu, als er nicht antwortete.

„Was hat dir die Sprache verschlagen Bengel, antworte der Gräfin gefälligst!"

Regte sich Justin auf.

Der junge Wolfgang wurde rot bis in den Haarwurzeln und begann kaum hörbar zu stammeln.

„Aber das weiß doch keiner, ich habe noch niemanden gesagt das ich Medizin studieren werde, wie können Sie das wissen?"

„Ich weiß es eben", sagte ich, „ist schon gut Junge, du wirst deinen Weg machen, wirst ein großer Doktor werden wie dein Vater", ergänzte ich vieldeutig lächelnd, nickte ihm noch einmal zu und wendete mich abrupt um, gab ihm keine Gelegenheit zum Nachdenken, noch zu antworten.

„War das jetzt gut und nötig diese Worte zu gebrauchen", tadelte mich Justin, „was weiß das Jungchen denn von seinem biologischen Vater"?

„Jetzt wird er beginnen, sich Gedanken zu machen, als erstes wird er mit seinem vermeintlichen Vater reden!"

„Ich habe etwas ins Rollen gebracht, das war meine Absicht, vielleicht klärt sich nun alles von selber, das war ein Wink mit einem Zaunpfahl, der Junge soll schließlich wissen wer sein wirklicher Erzeuger ist!"

„Dieser Hermann mag zwar ein intelligenter Mann sein, aber er ist ein Träumer, er wird die Wahrheit nicht sehen wollen".

„Der Junge wird schon für die Wahrheit sorgen, er wird jetzt nicht mehr lockerlassen", entgegnete ich.

„Warum kann nicht alles so bleiben wie es ist, soll er doch in dem Glauben leben,

Hermann wäre sein Vater, warum musst du diese Lawine lostreten Carla", sagte Justin ärgerlich.

„Vielleicht hast du Recht, möglicherweise bin ich es die die Zukunft verändert hat, alles wäre anders gelaufen ohne mein Einwirken, mein Gott, nur ich allein bin an allem schuld, Justin, glaubst du das auch?"

„Nein, oh nein, du trägst nicht allein die Schuld liebste Carla, Günter ist es gewesen, er hätte dieses Kind niemals zeugen dürfen".

„Er existiert nun aber mal", gab ich zu bedenken, „soll man ihm auf ewig seinen richtigen Vater vorenthalten?"

„Ja unbedingt, alles würde anders verlaufen und sich nicht immer wiederholen, hast du daran noch nie gedacht?"

Ich schwieg nachdenklich.

„Aber wir wollten uns ja über ein anderes Thema unterhalten", warf Justin ein, „du wolltest mir deine Pläne auseinander legen Carla, was hast du also vor?"

Ich erläuterte ihm mein eventuelles Vorhaben nur halbherzig, denn mein Hass auf den Alten hatte sich im Laufe der Jahre verringert.

Eigentlich würde eine Schocktherapie genügen, dachte ich insgeheim.

Ich weiß nicht mehr wie oft der Alte sich bei mir entschuldigt und auf Vergebung gehofft hat, aber geschehen ist geschehen. Man könnte Ihm auflauern, ein paar Peitschenhiebe oder einige deftige Ohrfeigen als Strafe würden genügen, ganz ungeschoren sollte er nicht davonkommen, doch das behielt ich für mich.

Ich werde ihn in seinem Stall überraschen, dachte ich weiter, ich allein würde es hinter mich bringen.

„Ach lass es gut sein Justin, lass uns die ganze Angelegenheit vertagen", beendete ich das Thema.

Wir waren an unserem Hoftor angelangt.

„Vergiss alles was ich gesagt habe liebster Justin".

Wie immer im letzten Moment vor dem öffnen, packte er mich blitzschnell und drückte mir einen feuchten Kuss auf den Mund.

Ich tat entrüstet wie immer, worauf er mich belustigt musterte und grinste.

Ebenso schnell wie er mich gepackt hatte, löste er sich wieder von mir, spöttisch lächelnd.

Artig und gesittet betraten wir nun Günters Imperium, er konnte uns sehen.

Wir waren mittlerweile vertrauter als ich es mir eingestehen wollte, na ja, wir waren eben Freunde.

Wir trugen die Körbe in die Küche.

Justin half mir sie zu leeren und die Lebensmittel in die Schränke zu ordnen, er kennt sich besser aus als Günter in unserer Küche, dachte ich und begann mit den Vorbereitungen für das Mittagsessen.

Ich hantierte mit Töpfen und Pfanne, Justin nahm von mir Teller und Besteck entgegen und deckte wie selbstverständlich den Tisch. Ein eingespieltes Team.

Günter betrat die Küche, seine Augen suchten mich sogleich, sein Blick traf mich, ein Strahlen breitete sich in seinem Gesicht aus.

Mein Gott wie ich diesen Mann liebe, aber den anderen mag ich auch sehr, ich brauche Sie beide, dachte ich und das Herz strömte mir über.

Noch vor Weihnachten sollte die letzte Verlobung auf dem Schloss stattfinden.

„Sie ist noch viel zu jung", sagte ich.

„In der Tat, sie ist gerade erst 15 Jahre", bestätigte Günter, „aber das bestimmt der Alte allein, da habe ich kein Mitsprachrecht, wir sind natürlich eingeladen wir drei".

„Also, ich hätte Lust auf eine kleine Feier", meldete sich Justin zu Wort, „nur warum muss das ausgerechnet im Dezember sein, ich werde jedenfalls den Wagen nicht kutschieren, das muss Jonny übernehmen".

„Soll es heute passieren, du weißt schon was ich meine", flüsterte mir Justin ins Ohr.

„Vielleicht, wenn es heute passt", sagte ich, als wir auf Günter und Jonny warteten.

Die Pferde waren eingespannt, die Kutsche stand bereit zur Fahrt, Günter hatte etwas vergessen und eilte noch einmal ins Haus.

Wir standen mit Jonny wartend am Tor vor der Kutsche.

„Heute ist der Alte also dran, mach keinen Alleingang liebste Carla, ich bitte dich, der Schuss könnte nach hinten losgehen, der Alte ist gefährlich, verspreche es mir!"

„Okay, ich werde nicht unüberlegt handeln, das verspreche ich dir".

Jonny spitzte die Ohren, Günter kam und die Fahrt ins Schloss konnte beginnen.

Wir begrüßten die Verwandtschaft und ganz besonders die Kindhafte junge Braut.

„Ich wünsche dir alles Gute Evchen", sagte ich und drückte sie herzlich.

Der Ur-Ur reichte mir wie immer mit unterwürfigen Dackelblick die Hand.

Ich jedoch übersah sie, so wie ich seine Person übersah, als wäre Er nicht vorhanden.

Keiner aus der Familie konnte sich einen Reim auf mein

eisiges Verhalten machen, einzig der Leibdiener des Alten schien eingeweiht in diese alte Geschichte, denn er sag gelangweilt zur Seite, ich vermutete gar seine Beteiligung.

Sei es drum!

Wir aßen, tranken, vergnügten uns bei Tanz und netten Gesprächen, wir lachten über zotige Witze und die Kaspereien der Kinder, indes ich den Alten nicht aus den Augen verlor. Ich sah auf die große Standuhr.

„Gleich geht er zum letzten Mal seine geliebten Pferde aufsuchen", hauchte ich Justin ins Ohr.

Nur wenige Minuten später erhob sich der Ur-Ur unbemerkt von den anderen Gästen.

Auch ich erhob mich, nur Justin sah es und warf mir einen vielsagenden Blick zu.

Ich lief durch die Halle, nur von einem Gedanken getrieben, bahnte ich mir einen Weg durch hin und her eilenden Dienstboten, keiner achtete auf mich.

Ohne zu überlegen überquerte ich den gepflasterten Hof, mein Ziel stand fest.

Die Stalltür war nur angelehnt, lautlos betrat ich die mit Stroh bestreute Viehunterkunft, griff die kurze dicke Knute von dem Haken neben der Tür und ließ sie laut durch die Luft pfeifen.

Der alte Graf drehte sich erschrocken um.

Wie ein Racheengel ging ich mit erhobener Hand langsam auf Ihn zu.

„Jetzt wirst du Deine Strafe erhalten, du Scheusal", zischte ich zwischen den Zähnen hervor und holte zu einem ersten Schlag aus.

Ich traf in drei Mal mit voller Wucht, während er nach einer Forke griff.

„Pass auf Carla!", hörte ich eine warnende Stimme hinter mir.

Ich traf Ihn ein viertes und fünftes Mal, als die Mistgabel auf mich zugeflogen kam.

Justin stieß mich blitzschnell zur Seite, ich fiel in einen Strohballen und stieß mit dem Kopf an einem Holzbalken, dann wurde mir schwarz vor Augen.

Mir war, als hörte ich noch einen Schuss, als Justin mich über den Hof trug.

Ich öffnete die Augen, war sogleich wieder in der Wirklichkeit.

„Oh Justin", sagte ich, „lass mich sofort wieder runter, es könnte uns jemand sehen, mir geht es wieder gut!"

Er setzte mich ab.

„Ich kann allein gehen", prahlte ich, ich taumelte ein paar Schritte über den Hof und musste mich am Türrahmen stützen.

„Geh durch den Hintereingang ins Schloss liebster Justin, keiner darf dich jetzt sehen", flüsterte ich, schlüpfe durch das geöffnete Portal und mischte mich unter die wimmelnden Dienstboten.

Jetzt hielt ich Ausschau nach dem Leibdiener des Grafen.

Er war der einzige der sich nicht mit schweren Tabletts abmühte, er lehnte lässig an einer Säule und bewachte den ganzen Trubel.

Ich rief Ihn bei seinem Namen.

„Mir ist gar nicht gut", klagte ich, „sei so gut Hannes und bring mich zu meinem Zimmer".

„Sehr wohl Gräfin", sagte er und reichte mir seinen Arm.

Er geleitete mich die breite Treppe hinauf, vor unserer Tür fragte er besorgt.

„Darf ich der Frau Gräfin einen Tee oder Cognac bringen lasse?"

„Ja, schick mir einen doppelten Cognac", antworte ich und öffnete die Tür die ich sogleich hinter mir verschloss.

165

Ich taumelte zur Couch und faste instinktiv an meinen schmerzenden Kopf, als ich meine Hand zurücknahm, sah ich, dass sie voller Blut war.

Ich erschrak, hatte ich nicht einen Schuss gehört, war ich etwa getroffen?

Nein ich war ja gestürzt und an einem Pfosten geknallt, aber wer hatte geschossen und auf wen?

Die ganze Aktion hatte nur wenige Minuten gedauert, sicher saß der Ur-Ur schon wieder zwischen seinen Gästen oder eher nicht, er wird jetzt seine Wunden lecken, seine Striemen.

Günter wird mich noch gar nicht vermissen, dachte ich, und drückte ein Taschentuch auf meine Wunde.

Ich erhob mich wieder um in den Spiegel zu sehen, aber mir wurde wieder schwarz vor Augen, ich sank zurück auf das Sofa.

Günter rüttelte mich wach.

„Was ist dir Liebste?", fragte er und reichte mir das Cognacglas.

Ich ergriff es mit zittrigen Fingern und trank es fast leer.

„Mir ist gar nicht gut", stammelte ich, „ich wollte frische Luft schnappen auf dem Hof und bin auf den glatten Stufen gestürzt, mein Kopf schmerzt, ich muss mir den Kopf aufgeschlagen haben".

„Zeig mal her", sagte er und entfernte das Tuch, „oh eine Platzwunde, sie muss genäht werden Liebste!"

„Ach Unsinn, sie muss nur desinfiziert werden Schätzchen", beschwichtigte ich, „dann ist alles wieder gut".

Aber ich habe meinen Arztkoffer nicht dabei".

„Was brauchst du deinen Koffer, Alkohol desinfiziert ebenso gut Liebster, ein hochprozentiger Obstbrand zum Beispiel", ich zog die Klingelschnur.

Günter verarztete mich aufs Beste, trug mich zu Bett und legte sich zu mir.

Es war noch nicht hell als heftig an die Tür geklopft wurde, Gustav, der Leibdiener des Grafen stürzte aufgeregt in unser Schlafgemach.

„Der Herr Graf", stammelte er erschüttert, „ich fürchte er ist tot, sie müssen sofort kommen Herr Doktor Graf".

Günter sprang aus dem Bett und schlüpfte hastig in seine Kleidung.

„Was ist geschehen", fragte er schläfrig den Diener.

„Ach ich bin ganz durcheinander, Sie müssen meine Aufregung verzeihen Herr Graf, aber so etwas habe ich noch nicht erlebt Graf Doktor".

Er hatte den Doktor mit bebenden Fingern am Arm ergriffen und führte ihn in den Stall.

„So habe ich ihn vor wenigen Minuten vorgefunden", jammerte der Diener, „sein Bett war leer und unbenutzt, sehr verwunderlich denn es ist Winter, darauf bin ich ihn suchen gegangen.

„In der guten Stube, auch in der Bibliothek war er nicht, schließlich habe ich ihn im Stall bei seinen Pferden gefunden, er ist schon ganz kalt".

„Ich weiß nicht wie er zu Tode gekommen ist, vielleicht ein scheuendes Pferd, der neue Hengst möglicherweise, ein Hufschlag unglücklich getroffen?"

„Ja schon möglich", sagte Günter verwirrt, während er sich neben den Leichnam kniete und sich über ihn beugte.

„Hier hast du also dein Ende gefunden du Halunke", grummelte er kaum hörbar.

Laut sagte er: „Ich stelle seinen Tot fest, auch die Todesursache werde ich herausfinden, bei unnatürlichem

Ableben allerdings muss ich Gendarmerie benachrichtigen, ich gehe aber davon aus, dass er einem Herzversagen erlegen ist".
Der Diener war hellhörig geworden, kam näher und beugte sich ebenfalls über den Grafen, seinem langjährigen Herrn und heimlichen Vater.
Seltsamer Weise empfand er keinerlei Rührung, der Alte hatte keine Nähe zugelassen, kein trautes Wort war je über seine Lippen gekommen, kein Zeichen der Vertrautheit.
Er seufzte und verlor ein paar Tränen des Selbstmitleids.
„Wusste er, das er ein Bastard des Alten ist?", fragte ich später.
„Derer gibt es noch mehr in der Umgebung verstreut, selbst hier im Hause lebt noch ein Ableger seiner vielen Eskapaden".
„Woher weißt du das alles?"
„Ich habe in diesen Gemäuern mit den dicken Mauern über 7 Jahre gelebt, ich weiß alles, kenne jeden Winkel besser als du!"
„Weißt du denn von dem Geheimgang, den verborgenen Türen, der Tapetentür etwa die zu einer steilen Treppe hinab führt, nur zwei Räume von unseren entfernt, weißt du auch wohin diese steile Treppe führt?"
„Ja natürlich, in einen modrigen muffigen Keller, stinkend wie eine Gruft, ein Verließ, daraus führen Stufen zu einer von außen nicht sichtbaren rostigen Eisentür hinter Jahrhundert altem Efeu verborgen".
„Im Jahr 2000 rankt dort noch immer Efeu, verbirgt noch immer den geheimen Zugang".
Der Diener zuckte vor einer Berührung des väterlichen alten Herrn zurück.
„Nein, ich kann Ihn nicht anfassen", jammerte er und hob die Hände, seine Stimme wurde immer heller, stieg die Tonleiter empor bis zum weibischen Kreisch-Ton, ein Eunuch, dachte

Günter und hielt sich die Ohren zu.

„Beherrsche er sich Kerl!", rief Günter im scharfen Ton.

„Schicke mir zwei Männer, nicht so eine Tunte wie du, sie sollen eine Bahre mitbringen".

„Wir haben keine Bahre im Haus!"

„Herr Gott, dann bringt eine Tischplatte oder eine Schranktür, beeil dich gefälligst, jammern und heulen kannst du später".

Bald darauf kamen drei Diener mit einem Tisch über den Hof gelaufen, zu viert trugen sie den schweren massigen Körper nun in das Haus.

„Lasst uns Ihn in die Bibliothek bringen Jungs, dort ist das beste Licht für eine genaue Untersuchung".

Sie betteten Ihn auf den großen Esstisch.

„Ihr könnt gehen, sicher habt Ihr im Hause etwas anderes zu tun, am Beginn eines Tages, geht also an Eure Arbeit".

Er schob die Männer ungeduldig aus dem Raum und schloss die Tür hinter Ihnen.

Günter knöpfte nun dem Leichnam die vielen Kleidungsstücke auf, Jacke, Weste, Hemd und das baumwollende Unterhemd, pellte Ihn wie eine Zwiebel, nun lag er bloß vor ihm.

Ein weicher weißer schwabbeliger Körper, ein alter Mann und dennoch keine 7 Jahre älter als er selbst.

Er sah die Striemen auf seinem Körper, kaum ausgebildet, sie müssen Ihm erst kurz vor seinem Tode zugefügt worden sein, aber davon stirbt man nicht, so ein Kerl, ein Urgestein wie der Onkel.

Er wendete Ihn auf den Bauch, tastete seinen Kopf ab und fand schließlich eine kleine Wunde, getrocknetes Blut klebte daran von Haaren verdeckt.

Er betrachtete sie genauer, eine Schusswunde in der Schläfe!

Wer hatte auf Ihn geschossen?

169

In ihm erwachte ein furchtbarer Verdacht.

Doch nicht etwa seine kleine Frau, um Gotteswillen, hatte sie ihre Warnungen Ihn zu töten, ihr Sinnen auf Rache wahrgemacht! Was sollte er jetzt tun?

Er raufte sich die Haare, unfähig Überlegungen anzustellen.

Es ist besser blind zu sein um weiterhin dieses erotische sinnliche Weib lieben zu können.

Aber er war Arzt und musste der Sache auf den Grund gehen, musste die Kugel finden und herausschneiden und zu einer bestimmten Waffe zuordnen.

Es durfte zu keiner Befragung durch die Polizei kommen, sonst könnte eine Festnahme erfolgen, er rieb sich grübelnd die Stirn.

Nein, er würde seine fatale Entdeckung auf jeden Fall für sich behalten.

Bei dem Gedanken -Sie- könnte es gewesen sein, schlug sein Herz bis zum Halse, sein Magen verkrampfte sich.

Gleichsam glaubte er sie nicht fähig eines heimtückischen Mordes, und wenn doch? Er musste diesen Mord vertuschen so lange ihn Zweifel plagten.

Mit viel Mühe gelang es ihm schließlich das festgetrocknete Blut zu entfernen. Er kämmte das verfettete Haar des Verwandten sorgfältig über die verdächtige Wunde und begann den leblosen Körper wieder anzukleiden, sollte die verdammte Kugel, für immer in seinem Kopf bleiben dachte er, während er die vielen Knöpfe wieder verschloss.

Die Tür sprang auf und seine Gattin stürzte aufgeregt in den Raum.

„Warum ist er tot?", rief ich außer mir, „ich versteh das nicht, woran ist er gestorben?"

Der Blick von Günter verschlug mir die Sprache, ich

schnappte nach Luft.

Er schüttelte langsam wiegend den Kopf, als wollte er etwas Böses ungeschehen machen.

Ich fand die Sprache wieder.

„Du glaubst doch nicht etwa das ich…das ich zu töten fähig wäre, hältst du mich für eine Mörderin?", rief ich empört.

„Ich weiß nicht was ich denken soll, hast du etwa damit zu tun, sage es mir, warst du dabei als es geschah, wo warst du wirklich gestern Abend, wer hat dir deine Kopfwunde beigebracht"?

„Sag die Wahrheit, jetzt auf der Stelle Carla!"

Er kam bedrohlich auf mich zu, packte, schüttelte mich und ließ abrupt von mir ab.

„Nein sag nichts, ich will es nicht wissen", murmelte er und wendete sich ab.

„Ja ich habe Ihn aufgesucht", gab ich zu, „gestern Abend, ich habe Ihm ein paar Hiebe mit der Peitsche verpasst, aber er war noch recht lebendig, als ich Ihn verließ, denn er hat mit einer Mistgabel nach mir geworfen und mich nur knapp verfehlt, ich habe einen Sprung zur Seite gemacht und bin dabei gestürzt, an einen Pfosten.

Zum Glück kam Justin in diesem Moment, sonst würde ich vermutlich an seiner statt dort leblos im Stall liegen, Justin hat mich aus dem Stall gezerrt und ins Haus geschafft".

„Auf dem Hof hörten wir dann einen Knall, es könnte auch ein Revolverschuss gewesen sein, ich war benommen von dem Schlag an den Kopf".

„Die Vermutung es hätte auch ein Schuss gewesen sein können kam mir erst heute Morgen, aber ich war mir natürlich nicht sicher".

„Wer von seinen Leuten sollte auf den eigenen Brötchengeber

schießen?"

„Er ist in der Tat erschossen worden, aber ich werde die Todesursache vertuschen, denn es würde zu einem Polizeilichen Verhör führen, er ist also an Herzversagen gestorben, sein Herz hat einfach aufgehört zu schlagen, er hat nicht gelitten".

„Er hat zwischen seinen geliebten Pferden seinen letzten Atemzug getan", teilte er später den Angehörigen mit, „er hatte ja schon lange eine Herzschwäche, zudem war er nicht mehr der Jüngste mit fast 70 Jahren".

Er wurde in der Halle aufgebahrt, dort konnten seine zahlreichen Kinder ihn gebührend betrauern.

Wir machten uns auf den Weg nach Hause.

Auf dem Heimweg vermieden wir geflissentlich das heikle Thema, aber es stand im Raum, spukte in unseren Köpfen.

Wer war der Todesschütze?

„Justin kann es nicht gewesen sein, er war ja bei mir als der Schuss fiel", sagte ich naiv zu Günter.

„So so, er war also mal wieder bei dir, er ist offenbar immer zur Stelle, wenn du Ihn brauchst, sicher war das alles von Euch abgesprochen und geplant und ich Trottel habe keine Ahnung".

„Genau", bestätigte ich, „und das ist gut so mein Liebster, auf dich darf kein Verdacht fallen!"

„Aber auf dich?" „Was hätte ich davon, wenn man dich statt meiner einsperrt, haben wir nicht schon genug unter den Trennungen gelitten?"

„Es ist ja alles gut gegangen, übermorgen ist die Beisetzung dann wird uns keiner mehr mit seinem Ableben in Verbindung bringen".

„Trotzdem hätte ich gerne gewusst wer wirklich für den Tod des Ur-Ur verantwortlich ist", sinnierte Günter.

Ich bügelte Günters und Justins schwarze Hosen, die Sakkos hingen frisch gebürstet in der Kammer.

Ich würde meinen schwarzen Seidenmantel und den Hut mit dem Tüllschleier tragen, so fühlte ich mich ein wenig vor neugierigen Blicken geschützt.

Ich zog den Stecker aus der Dose.

„Lass uns noch etwas an die frische Luft gehen Liebster", bat ich Günter, der schon zum dritten Mal in die Küche gekommen war.

Auf dem Hof trafen wir auf Justin und Jonny, wir gesellten uns auf ein Schwätzchen zu Ihnen, als von außen das Tor aufgestoßen wurde.

Drei Polizisten stürmten in den Hof.

„Was wollt Ihr hier?", rief Günter ärgerlich.

„Wir nehmen sie fest Herr Doktor, sie werden des Mordes an dem Grafen beschuldigt, bitte leisten sie keinen Widerstand, sonst müssen wir Gewalt anwenden".

„Wie bitte?", rief ich aufgebracht, „aber ich war es doch!"

„Ich war es", rief Justin, „nicht Sie".

„Nein Unsinn, ich bin es gewesen, mich müssen Sie festnehmen", rief Jonny.

Wir stellten uns alle schützend vor Günter.

Die Polizisten waren irritiert und ratlos.

„Was ist nun"?, fragte der Dienstälteste von den dreien.

„Wir werden freiwillig mitkommen aufs Revier Herr Wachtmeister", sagte ich entschlossen, „mein Gatte bleibt hier, er hat mit der Sache nichts zu tun".

„Ich werde euch begleiten", warf Günter ein.

Wir verließen zu siebt das Grundstück, marschierten gemeinsam auf die Polizeiwache.

„Soll das ein Witz sein?", fragte der Obersheriff wütend, einer kann es doch nur gewesen sein!"

„Ja ich war es!"

„Nein sie lügt, ich bin es gewesen", behauptete Justin.

„Dummes Zeug, sie können es nicht gewesen sein, denn ich war es der geschossen hat", rief Jonny alle übertönend.

„Ist das hier ein Tollhaus?", polterte der Oberscheriff, „ich werde jetzt jeden einzeln vernehmen, zuerst die Dame, also, wenn Sie mir jetzt folgen mögen Frau Doktor, was haben sie also zu sagen?"

„Na ja", begann ich zögernd, „ich gebe zu, dass ich dem Grafen ein paar Hiebe mit der Knute übergezogen habe, er hatte sich ungebührend betragen".

„Ich verstehe", entgegnete er, „aber es geht in diesem Falle um den Todesschuss, gnädige Frau, haben Sie Ihn nun erschossen?"

„Erschossen?, nein nicht erschossen, ich besitze keine Waffe, Herr Wachtmeister", erwiderte ich unschuldig.

„Ich vertue mit Ihnen nur meine Zeit hohe Dame, gehen sie bitte, sie stören nur meine Ermittlungen, aber eins möchte ich noch wissen, was hat der Herr mit dem Narbengesicht, Ihrer Meinung damit zu tun?"

„Ach der ist völlig harmlos, er hat mich vor den Attacken des Grafen bewahrt, als der mich mit einer Forke traktieren wollte".

„Wie bitte, was meinen Sie?"

„Ja, der hohe Graf schlug mit einer Mistgabel auf mich ein, Herr Oberpolizeirat, hier hat er mich getroffen", ich zeigte auf die kaum verheilte Narbe an meinem Kopf.

„Der Herr Schering hat mich aus den Stall gezogen und mich somit vor weiteren Schlägen bewahrt".

„Was sind das nur für Zustände dort im Schloss, wer hat nun wen angegriffen, wie soll ich das verstehen?"

„Ganz unter uns", sagte ich im Flüsterton, „der Graf hat mir schon immer nachgestellt, hat jede sich bietende Gelegenheit ausgenutzt, wenn Sie verstehen was ich meine, ich habe mich Ihm mit der Peitsche erwehrt, doch er hat mich mit der Forke gefügig machen wollen".

„Mein Gott das ist doch ganz einfach zu verstehen, unser Mieter, der Herr Schering kam zufällig dazu, er hat mich gepackt und mich aus dem Stall gezerrt, wer weiß was sonst geschehen wäre, als wir den Hof überquerten, haben wir dann den Schuss gehört".

„Sie haben also den Schuss gehört, warum haben sie das nicht gleich gesagt?"

„Na ja, es klang wie ein Schuss wir wussten es aber nicht genau".

„Ach interessant und wo hat sich ihr Gatte zu dem Zeitpunkt aufgehalten?"

„Mein Gatte hatte keine Ahnung, er war zu der Zeit im Festsaal, das kann wohl ein jeder bezeugen, erst viel später hat er Ihn verlassen, um nach mir zu suchen".

„Was hatten sie im Stall zu schaffen, so spät am Abend?"

„Der Graf wollte mir seinen neuen Hengst zeigen!"

„So so, seinen Hengst also wollte er ihnen zeigen", sagte er anzüglich.

„Sie benehmen sich ungebührlich, ich sollte mich über Sie beschweren", rief ich empört aus.

„Ja Entschuldigung, aber in Ihrer Nähe schweifen die Gedanken ab, es stimmt, was man über Sie erzählt, Frauen wie Sie, sind äußerst gefährlich für die Männerwelt, sie haben schon Kriege ausgelöst".

„Ach ja?", gurrte ich und fiel in ein perlendes Lachen.
Nur mühsam beherrscht versuchte er das Verhör fortzusetzen,
er wischte sich Schweißperlen von der Stirn und räusperte
sich.
Dieses Lachen jagt mir wonnige Schauer über den Rücken, ich
muss mich zusammenreißen, darf Sie nicht mehr ansehen,
dachte er und räusperte sich ein letztes Mal, bevor er seine
gewohnte Stimme wiederfand.
„Sie hörten also den Schuss hohe Dame, in Begleitung Ihres,-
Ihres aeh,- Hausfreundes oder was immer er ist".
„Er ist in der Tat ein Freund des Hauses", bemerkte ich, „um
Ihre Neugierde zu stillen Herr Rat".
„Warum sind sie und ihr Herr Begleiter nicht umgekehrt, um
nachzusehen?"
„Die Musik im Saal war so laut, es hätte ebenso gut ein
Paukenschlag sein können, wer denkt denn an solch einem
Abend an Pistolenschüsse Herr Kommissar?"
„Ja ist gut", murmelte er zerstreut und gab seinem
Untergebenen ein Zeichen, „begleite die Dame nach Hause, du
kannst meine Droschke anspannen lassen, aber bring sie, bring
sie fort von hier!"
Ich war aufgesprungen.
„Ich werde keinesfalls gehen, nicht ohne meinen Gatten", rief
ich außer mir.
Er winkte ab und sagte stattdessen.
„Bring mir den Doktor zum Verhör".
Ich hatte mich vor den Polizeiobermeister gestellt.
„Sie werden Ihm doch nichts anhängen Herr Schutzmann",
sagte ich und beugte mich dicht zu Ihm herunter, ich sah seine
Warzen auf den Hängebacken, er sah mit Hundeaugen zu mir
auf und streckte eine Hand nach mir aus, als die Tür geöffnet

wurde.

Mein Günter wurde in den Raum geführt.

„Sie haben schlechte Arbeit geleistet werter Herr Doktor, sie sind ihrem guten Ruf nicht gerecht geworden, wie konnten Sie eine Schusswunde übersehen, oder haben Sie es absichtlich übersehen?"

„Ich habe keine Schusswunde bemerkt, obgleich ich seinen Körper gründlich untersucht habe".

„Der Schuss hat den Grafen in den Kopf getroffen Doktor!"

„Ich hatte keinen Anlass nach einem Schuss zu forschen, habe seinen Hinterkopf lediglich nach eventuellen Beulen abgetastet, ich bin davon ausgegangen, dass er nach einem Herzanfall gestürzt ist, er war lange schon Herzkrank".

„Denken Sie bei jedem Toten automatisch an Mord Herr Oberrat?", warf ich ein, ich hielt meinen Kopf schräg und wartete auf die Antwort.

„Also Sie vielleicht Herr Kommissar, aber ein Landarzt ist kein Kriminalist, er setzt eine natürliche Todesursache voraus", sagte ich als ich keine Antwort erhielt, „woher sollte mein Gatte also wissen, dass er nach einer Schusswunde suchen muss?"

„Ja schon gut, den Stall haben Sie also nicht betreten Herr Doktor?", setzte der Scheriff seine Befragung fort.

„Gewiss doch, natürlich habe ich den Stall betreten, ich habe doch meine Pferde dort untergestellt, aber 4 Stunden vor dem ich meine Gattin nicht neben mir am Tisch sitzend fand".

„Wie gesagt, das war viele Stunden früher, als meine Pferde in den Stall geführt wurden".

„Wurde denn der alte Graf von keinen vermisst, ich meine an solch einem Abend, war es nicht die Verlobungsfeier seiner jüngsten Tochter?"

„Das kann ich nicht beantworten denn wir haben uns danach von den Feierlichkeiten zurückgezogen in unsere Gemächer".

„Sie sagen danach, was meinen Sie genau, mit danach?"

„Nachdem ich meine Gattin gefunden hatte, sie lag schon zu Bett mit einer frischen blutenden Kopfwunde, ich verarztete sie, darauf stieg ich auch ins Bett, bis wir früh am nächsten Morgen aus dem Schlaf gerissen wurden, wollen Sie nun auch noch wissen, ob wir nur artig geschlafen haben?"

„Nein Mann, das reicht mir, sie können jetzt gehen".

Günter tastete nach meiner Hand, „komm Liebes".

Ich nahm nicht seine Hand, sondern fasste unter seine Jacke um seinen Körper, ich wollte ihm jetzt ganz nahe sein, seine Wärme, seinen Herzschlag spüren, sein Blut pulsieren hören, seinen Geruch atmen.

Eng umschlungen verließen wir die Wachstube aus der mit lauter Stimme der Ruf nach Herrn Schering verlangte.

„Sie werden auch dich laufen lassen", flüsterte ich Ihm ins Ohr, „von uns war es keiner, sicher einer von den Bediensteten des Alten".

Justins Vernehmung ergab nichts.

„Ich war es!", gestand Jonny, Günters Diener, ich habe in Notwehr gehandelt, der Graf wollte meiner jungen Herrin etwas zu Leide tun, ich musste Sie beschützen und vor den spitzen Mistgabelzinken retten, er wollte Sie verfolgen und damit aufspießen wie einen Haufen Mist".

„Sie gestehen also den Mord an dem Landgrafen, wo ist Ihre Waffe und woher haben Sie den Revolver?"

„Ich habe Sie aus dem Waffenschrank des Grafen, dort ist sie auch jetzt!"

„Wir werden zusammen in das Schloss fahren, dann schilderst du mir den gesamten Vorgang".

Jonny wurde in eine Droschke verfrachtet, von jeder Seite gut bewacht.

Darauf wurde er in die Schlosshalle gestoßen, die Dienstboten standen gaffend Spalier, hämisch grinsend die meisten, doch einer löste sich aus der Reihe und lief gestikulierend den Gendarmen entgegen, Gustav.

„Ich war es!", „ich habe den Alten gerichtet, er hat es verdient, ich war es allein, nicht der dort, um Gotteswillen lasst Ihn frei, nehmt mich gefangen".

Er sagt das nur um mich zu decken.

„Ich" war es,- ich allein", brüllte er außer sich".

Tatsächlich wurde er sogleich gepackt und anstelle Jonnys jetzt durch die Halle in Richtung der Waffenkammer gezerrt.

Nun stand er etwas ratlos vor dem gläsernen verriegelten Schrank.

„Den Schlüssel habe ich weggeworfen", behauptete er.

„Aufbrechen", befahl der Oberscheriff.

Ein lautes Klirren erschütterte den Raum, der Waffenschrank war jetzt zugänglich.

„Welche Waffe hast du benutzt Bursche, nun los zeig sie mir!"

„Ich weiß es nicht mehr", stammelte der kindliche Mann eingeschüchtert.

„Er ist leicht beschränkt", flüsterte die Mamsell dem Oberpolizeirat ins Ohr, „der kann es nicht gewesen sein, er ist gutmütig und harmlos".

„Jeder erscheint vorher harmlos", brummte der Scheriff.

„Aber er hat Angst vor Blut und Kindergeschrei", entgegnete die Mamsell.

„Wie - was sagen Sie?, er hat Angst vor Kindern, oder ist es umgekehrt, die Kinder ängstigen sich vor Ihm?"

„Nein Herr Schutzmann, es ist wie ich sage!"

„Sie machen wohl Witze gute Frau".
„Es ist wahr", bestätigte der Leibdiener des Grafen, „er ist tatsächlich ein wenig irre im Kopf, seit dem schlimmen Erlebnis damals!"
„Das wird ja immer toller!", wetterte nun der Oberste genervt, „was soll das für ein Erlebnis gewesen sein, das einen erwachsenen Mann so verblöden lässt".
„Er war in der Höhle gefangen, fünf Tage lang, bis Ihn der Herr Doktor da wieder rausgeholt hat!", bekräftigte der erste Diener.
„Ich glaube ich bin hier von Narren umgeben", brüllte er und ließ sich schwer auf den Stuhl fallen.
Er wischte sich mit fahrigen Bewegungen den Schweiß von der Stirn und schnäuzte sich mehrmals, er brauchte diese Zeit um seine Gedanken zu ordnen und sich wieder zu fassen.
„Sie sprachen von der Höhle, der Menschen verschluckenden Höhle, wie Sie genannt wird, in der auch Rübezahl hausen soll?"
„Ja eben Dieser, dort also, darin hat der Kerl seinen Verstand vollends verloren, er war schon vorher Anders, kein richtiger Mann, wenn Sie wissen was ich meine!"
„Ja ja, ich verstehe, aber sie sagten auch, der Doktor hat Ihn dort wieder herausgeholt?"
„Ja der Doktor kann offenbar diese gruselige Höhle betreten und unbeschadet wieder verlassen, so oft er will!"
„So so, das kann der Doktor also, wer weiß noch davon?"
„Nur der Graf hat es gewusst und ich, sein Vertrauter".
„Haben Sie das mit eigenen Augen gesehen Mann?"
„Hm, nicht direkt, ich habe nur gesehen, das die Frau aeh,- ich meine aeh,- eigentlich habe ich gar nichts gesehen, ich vermute es nur", stotterte er und wand sich verlegen, alle

starten Ihn an, fast hatte er sich verplappert.

Er wusste alles, wusste alles was die schöne engelhafte Frau hat erdulden müssen durch den Alten, er selbst trug eine Mitschuld an Ihrem Martyrium.

Was hat sie ihn gedauert, wie viel schlaflos Nächte bereitet. „Er" hätte den Alten umbringen sollen, er hätte genügend Anlass dazu gehabt".

Auch er hatte sich auf einen Stuhl gesetzt, hörte nicht mehr was gesprochen wurde, spürte nur noch ein Rauschen in seinem Kopf.

Plötzlich fand er sich allein im Raum, alle waren gegangen, außer der Mamsell.

„Warum hast du nicht gesagt, das sie eine Hexe ist, sie kann doch auch durch die Höhle gehen in eine andere Welt".

„Schweig Weib", fuhr er sie an, „wozu hätte ich das sagen sollen, wozu?"

„Ach Männer", sprühte sie abfällig, „dich hat sie offensichtlich auch verhext dieses kleine raffinierte Luder, wenn du mich fragst, „Sie" hat's getan".

„Was faselst du für einen Unsinn daher, du dusseliges Frauenzimmer, nichts hat sie getan, im Gegenteil, ihr hat man übel mitgespielt, Ihr und dem Doktor, aber was weiß du schon".

Er erhob sich und ließ sie stehen.

Jonny hatte sich unbemerkt entfernen und flüchten können, er brauchte nur über den Hof laufen, in den Stall. Dort suchte er sich in aller Eile den besten Hengst, schwang sich auf seinen Rücken, ohne ihn vorher gesattelt zu haben und jagte schon Sekunden später zum Tor hinaus.

Keiner bemerkte den eiligen Reiter, alle waren in der Halle vor der offenen Tür der Waffenkammer versammelt, begierig möglichst viel der Befragung durch den furchteinflößenden Oberschutzmann mit zu bekommen.

Jetzt stoben sie alle auseinander.

Der Oberste wendete sich abrupt um und raufte sich ärgerlich die Haare.

„Gott bewahre mich vor so viel Einfalt", brummte er vor sich hin, „ein Irrenhaus ist das hier", schimpfte er, doch in Wahrheit glaubte er jedes Wort, was er jedoch niemals zugeben würde.

Er lief durch die Halle, gefolgt von seinem Geschwader, die Gaffer auseinanderscheuchend.

Sein ganzes Leben lang hatte er vor dem Grafen gebuckelt, hat vor mehr als 10 Jahren den sympathischen Doktor einsperren lassen ohne Gerichtsverhandlung, weggesperrt auf Geheiß des Grafen, und der wiederrum wurde von dem russischen Fürsten unter Druck gesetzt, eine persönliche Fehde zwischen den beiden!

Der gesamte Landkreis hat damals aufgeschrien und war sehr empört über die Festnahme des beliebten Doktors.

Na ja, ein paar fette Scheine hat er natürlich nicht abgelehnt, ebenso der Amtsrichter und nicht zuletzt der Bürgermeister.

Er hasste und verachtete sich selber deswegen, zumal er den aufrichtigen Doktor sehr achtete und respektierte.

Er selber hatte Ihm keinerlei schuldhaftes Verhalten vorwerfen können.

Der Mann hatte so handeln müssen, wenn er ein echter Kerl war.

Gleichwohl musste er Ihn wieder und wieder verhören, um den Aufenthaltsort der schönen Dame zu erfahren. Wie sinnlos das ganze Manöver!

Allen war klar, dass der gute Mann den geheimen Ort niemals preisgeben würde, trotz leichter Folter.

Der fanatische Fürst bestand auf allabendliche Verhöre, er
musste Ihm gehorchen, viel Geld stand auf dem Spiel, Geld,
das ihm kein Glück beschert hat.
So ließ er den Doktor jeden Abend vorführen.
Hinter verschlossenen Türen jedoch reichte er dem Doktor
freundschaftlich die Hand und griff in die Schublade nach den
Karten, gelegentlich spielten sie auch Schach, aßen
Schinkenbrote und gönnten sich einen edlen Whisky.
Nun sollte er den guten Mann schon wieder verhaften lassen
auf einen läppischen Verdacht hin, aber die Verdachtsmomente
waren zum Glück hinfällig, der Doktor schied als Täter aus,
ebenso die reizende Gattin, mein Gott, welch ein Weib diese
Frau, nach der damals so fieberhaft gefahndet wurde, ein
unglaublich hoher Finderlohn war festgesetzt.
Jeder hätte Sie dafür verraten, jeder war scharf auf das viele
Geld, die Dame jedoch blieb unauffindbar, wie vom Erdboden
verschluckt.
Bis der verbitterte, vor Kummer und Hass zerfressen und
krank gewordene Fürst einem Schlaganfall erlag. Wie durch
Geisterhand verschwanden damals über Nacht alle Plakate.
Ach er war so müde, überdrüssig seiner Arbeit.
Das viele Geld hatte ihm nur Unglück gebracht, seiner Frau
war der plötzliche Wohlstand zu Kopf gestiegen, sie hob ab,
hatte nur noch kostbaren Schmuck, überkandidelte Hüte und
bald auch andere Männer im Kopf!
Eines Tages war sie verschwunden, alle lachten heimlich über
Ihn, hinter dem Rücken, er spürte die Häme und den Spott.
Das war damals, jetzt gilt es den flüchtigen Stallburschen des
Doktors zu verfolgen und ausfindig zu machen.
Ganz offensichtlich war er der Täter.
Er überlegte weiter. Warum aber sollte er sich die Mühe

machen, egal wer von den beiden der wahre Täter, der
Schuldige war, er würde den leicht beschränkten Diener des
Grafen einsperren lassen. Der hatte ja gestanden! Alle hatten
es gehört, der Gerechtigkeit oder vielmehr dem Gesetz war
genüge getan.

Er atmete erleichtert auf.

Die Angelegenheit ist schneller erledigt, als gedacht, befriedigt
lehnte er sich in seinem Sitz zurück.

Die Kutsche war indessen in seinem Heimatort angelangt.

Was sollte er sich jetzt noch ein Bein ausreißen, in wenigen
Monaten stand seine Pensionierung an, er war müde,
überdrüssig, hatte keinen Ehrgeiz mehr, sollen doch die
jüngeren Kollegen nun für Ordnung sorgen.

„Schafft den Kerl in den Bau, mich könnt ihr vor meinem
Anwesen absetzten, mir reicht es für heute!"

Kapitel 4: Jonny

Der arme dumme Bengel hat sich selbst ans Messer geliefert, aus Liebe zu mir, der gutmütige Trottel hält mich für seinen besten Freund.
Na ja, ich mag ihn schon irgendwie mit seiner naiven kindlichen Gutmütigkeit, doch ein Weib wäre mir allemal lieber, dachte Jonny als er den Hang hinaufstieg.
Das Pferd hatte er vor dem Dorf zurückgelassen, nicht ohne es in Richtung Schloss zu wenden und ihm einen kräftigen Klaps auf das Hinterteil zu verpassen.
Er stand noch eine Weile und sah dem davon trabenden Hengst hinterher, vielleicht würde er selbst den Weg in seinen Stall finden.
Jetzt wollte er erst einmal für einige Wochen oder Monate untertauchen.
Sein Herr, der junge Graf, wie er ihn noch immer nannte und dessen schöne Frau waren aus dem Schneider, er hätte es nicht noch einmal ertragen können, wenn sein Herr erneut unschuldig in Gefangenschaft geraten wäre.
Er hätte alles für Ihn auf sich genommen, der Junge war und blieb für immer sein Schützling solange ich lebe, dachte er.
Möge man mich jetzt suchen so viel man will, noch ein paar Schritte und er war in Sicherheit.
Mein Herr muss eine Zeit lang ohne mich auskommen, es gibt ja noch einen anderen Mann im Hause, Sie werden schon klar kommen auf dem Hof.
Die Zeit wird es schon richten, bald wird Gras über die ganze Angelegenheit gewachsen sein, er jedenfalls hatte seinen jungen Herrn wieder einmal gerächt.
Nun war alles gut, er betrat die Höhle und verschwand.

Der alte Graf wurde zu Grabe getragen, ehrlich beweint von seiner beachtlichen Töchterschaar.

Wir hielten uns am Ende des Trauerzuges. Vor dem kleinen Friedhof hatte sich das halbe Dorf versammelt. Sie hielten es für Ihre Pflicht bei allen Ereignissen gaffend zugegen zu sein, seien es Taufen, Hochzeiten oder Beisetzungen.

Alles war interessant, alles musste man mit eigenen Augen sehen und wissen, die Untertanen, Tagelöhner, Feldarbeiter, Knechte, Mägde, Waschfrauen, Metzger, Kinderfrauen, Hebammen, alle waren in irgendeiner Weise mit dem Grafenhaus verbunden, alles war stets ein Ereignis von Wichtigkeit, man gehörte dazu, nahm teil.

Wie würde es jetzt weitergehen? Was würde sich verändern? Nun da er friedlich in seinem gepolsterten Schrein ruhte, wahr auch mein Hass auf Ihn begraben, ich konnte ihn wieder als charmanten liebenswürdigen alten Herrn sehen, er hatte auch guten Seiten, dachte ich und konnte an seinem Grab stehend, ein paar aufrichtige Tränen vergießen.

Auch Günter ließ die Situation nicht unberührt.

Unsere Hände fanden und verflochten sich ineinander.

Auch Justin folgte dem Trauerzug, denn auch er war häufig Gast im Gräflichen Schloss gewesen. Trotz seiner Antipathie gegen den Despoten sah er es als seine Pflicht, Ihn auf seinem letzten Weg zu begleiten und von Ihm Abschied zu nehmen.

Der Trauerzug bewegte sich jetzt in Richtung des Schlosses, die Dörfler stierten uns flüsternd hinterher.

Bald fanden wir uns alle im Speisesaal wieder, der Leichenschmaus wurde aufgetragen, alle schauten auf den leeren Stuhl des alten Grafen am Ende der langen Tafel, er würde nicht lange unbesetzt bleiben.

Der Sohn Otto würde schon sehr bald in der Hierarchie einen Platz aufrücken und den Rang des Landgrafen übernehmen.

„Er ist noch viel zu jung und unerfahren für diese große Verantwortung", sagte ich leise zu Günter.

„Er wird über sich hinauswachsen müssen, um einen guten Job zu machen, sonst wird der Hof bald zu Grunde gewirtschaftet sein", meinte Günter, „ich fürchte, Sie werden einen Verwalter einstellen müssen!"

Im neuen Jahr wurde der letzte Wille des Alten so wie das Testament verlesen.

„Begleite mich Liebes", bat mich Günter, „ich habe dich gern an meiner Seite".

Wir staunten nicht schlecht als der Notar zu reden begann.

Alle Ämter fielen auf Günter.

Alle Verantwortung wurde auf Ihn übertragen!

„Oh nein mein Lieber", zischte Günter durch die Zähne, „das lass ich mit mir nicht machen, ich habe nie nach einem hohen Amt gelechzt, mich nie auch nur um das kleinste Amt im Rat beworben, jetzt aber wollen sie einen Regenten aus mir machen".

Er hatte genug gehört. Nun nahm er meinen Arm und zog mich aus den Sitzungssaal.

„Was sagst du dazu, Liebste?"

„Nun ja, du hast jetzt eine gewisse Macht, um nicht zu sagen, du bist jetzt der mächtigste Mann im Lande, obgleich ich der Meinung bin, die Macht sollte auf mehrere verteilt werden"!

„Wie recht du hast mein Schätzchen, jetzt ist die Zeit gekommen für einen Umbruch, die Alleinherrschaft des Landadels wird hiermit ein Ende haben".

„Ich werde meine Ämter zunächst verleihen, später sollen sie durch Wahlen entschieden und vergeben werden, es ist nicht gut und nicht richtig, wenn eine Person wie der Graf bislang, die alleinige Macht über Wohlstand oder Ausbeutung der Untertanen ausübt.

„Leider werde ich mich jetzt des Öfteren im Rathaus aufhalten müssen, bis alles geklärt ist, das wird eine langwierige Angelegenheit!"

„Du kannst deine derzeitige Macht nutzen, um ein paar längst überfälligen Gesetze durchzuboxen Liebster", regte ich Ihn an.

„Ich werde sehen was ich erreichen kann, denn ich kann ja nur auf unseren Bezirk begrenzt bestimmen".

Der Winter war überstanden.

Wir saßen enganeinander geschmiegt auf der Bank im Garten und wärmten uns an der ersten Frühlingssonne.

Wir genossen die wenige Zeit die uns blieb, Günter war vier Abende in der Woche unterwegs.

„Bald wird es besser Liebste", versprach er mir, „bald werde ich alles geregelt haben, diese ständigen Verpflichtungen machen mich mürbe, fressen mich auf".

„Ich habe mir alles einfacher vorgestellt, im Sommer werden die ersten freien Wahlen stattfinden, ich stelle alle meine Ämter zur Verfügung oder besser gesagt, fast alle, ein wenig Mitspracherecht will ich allerdings behalten".

„Komm noch dichter zu mir mein Schätzchen, der heutige Abend gehört nur uns beiden".

Justin war schon 5 Tage unterwegs, wir hatten ihn in die andere Zeit beordert um Jonny zu suchen, aber in welcher Zeit sollte er ihn suchen?

Für Jonny bestand keine Gefahr mehr, seit Günter das Rathaus beherrschte. Die Obrigkeit hatte Ihn längst vergessen, die Akten waren geschlossen und verwahrt.

Es war Sommer 1884.

„Diesen Sommer kann ich mich noch nicht frei machen von meinen Aufgaben, aber nächstes Jahr werden wir wieder zu unserer Insel aufbrechen", versprach Günter.

„Ich freu mich schon jetzt darauf Liebster, mit dir den ganzen Tag allein verbringen zu können", antwortete ich.

Justin war nach vergeblicher Suche zurückgekehrt und nach einiger Zeit erneut aufgebrochen.

Nun stand ich täglich mehrere Stunden in seinem Laden und beriet die Kunden so gut ich es vermochte.

Wer hätte das gedacht, dass ich einmal Fahrräder verkaufen würde. Nun ja, viele Räder waren es nicht die schließlich den Besitzer wechselten, wenngleich der Andrang recht beachtlich war.

So stellte ich bald fest, dass die vermeintlichen Kunden keine potenziellen Käufer waren, sondern sich viel mehr als Gaffer entpuppten.

Gleichwohl waren nicht die neuen Modelle, Anlass Ihrer Bewunderungen und des Staunens,- nein, meine Person war der Grund.

Sahen sie mich üblicherweise Sekunden oder wenige Minuten vorbeieilen oder in der Kutsche wie in einem Film vorbeirauschen, so war Ihnen nun die Möglichkeit gegeben diese unwirkliche Frau in Muße aus nächster Nähe betrachten zu können.

„Meine Herren, ihr habt nun genug geschaut, für welches Modell habt ihr euch entschieden, ja ja, ihr wolltet nur schauen Jungs, nun ist genug geschaut", sagte ich freundlich lachend und wies auf die Tür.

Ich muss mich zeitgemäß kleiden, wenn ich mich hier zeige. Ich drehte mich vor dem Spiegel in einem schmalgeschnittenen fußlangen Kleid, skurril, dachte ich, die Frau passt nicht in diese Kleidung, das sieht grotesk aus wie in einem schlecht gemachten Kitschfilm.

Ich zerrte mir das einengende lästige Kleid vom Leibe, atmete befreit auf und stieg wieder in die softe Baumwollhose und mein leichtes ärmelloses Blüschen.

Ich kann die scheußliche beengende Kleidung nicht ertragen, aber sind bloße Arme und enge Hosen Anlass halb den Verstand zu verlieren und seine Blicke nicht mehr unter Kontrolle zu haben, meine Güte was sind die Männer doch triebgesteuert.

Es war mir nicht möglich mich mit Ihren Augen zu sehen, ich hatte keine Ahnung von Ihren Vorstellungen, oder doch?

Auch diese Zeit würde ich überstehen, jeden Tag konnte Justin erscheinen und mich von meinem unfreiwilligen Job ablösen.

Die Pferde und alle anderen Tiere mussten ebenfalls versorgt werden, ich war reichlich mit Arbeit eingedeckt und hoffte natürlich auf die baldige Heimkehr von Justin und Jonny.

Ich kam mir unterdessen vor wie eine Bauersfrau, eimerweise Wasser schleppen, Stroh, Heu und Futter herbeischaffen, abends noch die Ställe ausmisten.

Mein Rücken schmerzte, alles lastete auf meinen Schultern.

Günter entlastete mich, wann immer es ihm die Zeit erlaubte und das war selten genug.

Eine weitere Woche verging.

Ich schaufelte Stallmist auf eine Karre, als ich Stimmen hinter mir auf dem Hof vernahm.

Jonny kam schmunzelnd über den Hof auf mich zu.

„Aber Frau Gräfin", rief er schon von weitem vorwurfsvoll, „was machen Sie da?"

Er begann zu laufen, „das dürfen Sie nicht tun, um

Gotteswillen, lassen Sie augenblicklich die Karre los!"

„Nur zu gerne", rief ich, außer Puste und löste meine Hände von den Griffen, wo hast du dich so lange herumgetrieben?", „machst dir eine schöne faule Zeit und lässt mich alle Arbeit tun!"

„Oh Frau Gräfin, ich bin untröstlich, es tut mir unendlich leid, aber ich habe nie gedacht, dass Sie so niedrige Arbeit verrichten müssen!"

„Nun ja, es gehört nicht gerade zu meiner Lieblingsbeschäftigung Ställe auszumisten", sagte ich lachend, „aber warum bist du alleine gekommen, wo ist Justin?"

„Ich bin nicht allein gekommen, gnädige Frau, Justin ist gleich in das Haus gegangen, er hat sie vermutlich nicht gesehen, hier hat er sie gewiss nicht vermutet".

Ich nickte, strich Ihm freundschaftlich über den Rücken und lief ins Haus.

Justin kam mir in der Diele entgegen.

„Carla da bist du ja, das Haus war leer, ich dachte schon du bist fort, immer fürchte ich, du könntest uns verlassen haben", sagte er und zog mich stürmisch in seine Arme.

„Justin, du erdrückst mich ja, lass mich augenblicklich wieder los, wo warst du so lange?, ich dachte schon du kommst gar nicht mehr wieder".

„Ich war doch nur 2 Wochen fort, du hast dich also gesorgt um mich, liebste Carla, nun bin ich ja wieder da", murmelte er und strich mir über das Gesicht.

„Ich habe Jonny im Schlösschen gefunden, im Jahre 2064, er behauptet das wäre eure Realzeit!"

„Wo hätte er sich sonst aufhalten sollen, logisch, ich hätte es mir denken können".

„Ich habe so viel Jahre abgesucht, das war sehr mühselig,

immer den Berg hinauf und wieder hinunter, so habe ich dieses Haus in verschiedenen Jahren, ja gar Jahrhunderten gesehen".
„Die Menschen in mehreren Epochen erlebt, Wahnsinn, kann ich nur sagen, jetzt habe ich einen fürchterlichen Muskelkater".
„Ach du Ärmster, komm setzt dich in die Küche, oder besser in die Stube, leg dich auf das Sofa!"
Nein das ist nicht nötig, ich komme mit dir in die Küche".
„Ja komm, ich werde dir eine heiße Schokolade kochen lieber Justin".
Ich setzte Milch auf, bestrich ihm zwei Stullen dick mit seiner Lieblingswurst, füllte zwei große Tassen mit der süßen dampfenden Flüssigkeit und setzte mich zu Ihm an den Tisch.
„Nun erzähl mir alles Justin", bat ich Ihn.
„Wo ist der Herr des Hauses?", fragte er bevor er zu reden begann.
„Ach der Arme hat so viel um die Ohren, alles lastet auf seinen Schultern, so viel Verantwortung, er reibt sich vollständig auf im Rathaus und mir bleibt die ganze Arbeit auf dem Hof, alles muss ich alleine versorgen, die Pferde, Schweine die Ziegen, Kaninchen und das liebe Federvieh".
„Aber nun ist Jonny ja wieder da", beendete ich meine Aufzählungen.
„Ja nun ist alles wieder gut", bemerkte Justin, ich habe natürlich auch Wolfgang aufgesucht, er hat nach dir gefragt, wollte alles von dir wissen und hat uns eingeladen, wir sollen uns bald bei Ihm blicken lassen", hat er gesagt.
„Ach der arme Junge, wie geht es ihm, wie sieht er aus?"
„Na ja, er ist gesund, aber er hat große Sehnsucht nach dir, das kannst du dir ja denken, er hat uns gebeten zu seinem Geburtstag und rechnet fest mit uns".

„Ja wir werden ihn natürlich besuchen in zwei Monaten, versprach ich, Günter wird sicher nichts dagegen haben, er ist ja sein Sohn".

Wir waren auf der Heimfahrt von einem Operettenbesuch in der Stadt, noch von der
melancholische Stimmung beflügelt.
Wir saßen dicht aneinander gelehnt, Günter hatte den Arm fest um mich gelegt, seine Augen hielten an mir fest.
Ich liebe dich sehr, ich könnte nie mehr wieder ohne dich sein, ich würde sterben", flüsterte er mit rauer Stimme.
„Ich werde immer bei dir sein mein Herz, ich werde dich immer lieben solange ich lebe", bestätigte ich.
Wir verloren uns in einem endlosen Kuss.
Ich wünschte mir nichts mehr, als bei ihm, ihm immer so nah sein zu können, zur jeder Stunde des Tages.
Es war schwarze Nacht als ich in Günters Arm träumend das Haus betrat, unsere Liebe würde ewig dauern, nichts konnte uns mehr trennen, was sollte es auch sein.
Die beiden Widersacher konnten uns nicht mehr schaden, uns standen endlose Jahre voller Glück, überschäumende Liebe und inniger Zweisamkeit bevor.
Na ja der Schaum würde sich auflösen mit der Zeit, der Inhalt jedoch blieb rein und edel wie köstlicher Wein.
Ach meine Gedanken entfliehen wieder hoch in die Wolken.
„Magst du noch einen Happen essen, Liebster?"
„Ja Schätzchen, aber den leckersten Happen werde ich gewiss nicht in der Küche genießen".
Meine Arbeit im Garten habe ich dieses Jahr vernachlässigt, nun war es zu spät im Jahr.
Ich bearbeitete die Beete kräftig mit der Hacke, das Unkraut

hatte reichlich Platz um sich auszubreiten. Ganz von meiner Arbeit in Anspruch genommen, bemerkte ich Ihn nicht gleich. Er stand vor dem Beet und betrachtete mich schmunzelnd.

„Justin", rief ich überrascht und stützte mich auf den Hackenstiel, „stehst du schon länger hier?"

„Vielleicht, ich sehe dir gerne bei deiner Beschäftigung zu, du warst so vertieft in deiner Arbeit hast so hartnäckig auf das arme Kraut eingehackt, mach Schluss für heute, lass uns einen Kaffee trinken, ich habe mit dir zu reden".

„So, was gibt es denn Neues?"

„Ich habe Wolfgang gesehen, gestern Abend habe ich Ihn aufgesucht, er wirkte so traurig, so hoffnungslos!"

„Ja was hat er denn gesagt?, der arme Wolfgang".

„Er wartet sehnsüchtig, kann es nicht erwarten dich zu sehen".

„Aber wir wollten Ihn doch eh zu seinem Geburtstag besuchen".

„Wir sollten schon früher kommen meinte er, das wäre besser so und er hat Recht, denn seine Bekannten sollen dich besser nicht sehen".

„Seine Bekannten?"

„Ja, er hat natürlich ein paar Freunde die ihn zu seinem Geburtstag aufsuchen werden".

„Ich verstehe", bemerkte ich und setzte mich zu ihm an den Küchentisch, „wie soll ich das Günter beibringen?"

„Sag es wie es ist", entgegnete Justin.

Günter zeigte wenig Begeisterung, als ich ihm mein Vorhaben unterbreitete.

„Ich sehe es gar nicht gern, dass du mit den beiden allein einen Abend verbringst, nein das kann ich nicht dulden".

„Wir kommen doch noch am selben Abend wieder", beruhigte ich ihn, „wir werden ein paar Stunden nett plaudern, etwas essen und trinken, du möchtest doch auch wissen wie es Ihm geht?"

„Ja schon aber"…

„Was du nur immer für Bedenken hast Liebster, glaubst du die beiden fallen brutal über mich her?"

„Nein natürlich nicht, also gut, vier Stunden erlaub ich dir, mehr nicht!"

„Länger will ich auch gar nicht bleiben, ich habe immer gleich Sehnsucht nach dir wenn ich dich nicht sehe", sagte ich und drückte seine Hand.

„Also am Wochenende werden wir uns auf den Weg machen, mit deiner Erlaubnis".

Drei Tage später verabschiedeten wir uns voneinander, als würden wir auf lange Reise gehen.

Günter begleitete uns auf den Berg, er drückte schmerzhaft meine Hand.

Jetzt entschwand er meinen Blicken, das Tor hatte sich geschlossen.

„In welches Jahr genau?", fragte ich zerstreut.

„1944", sagte er.

„1944", wiederholte ich, „aber das kann nicht sein, du musst dich täuschen!", rief ich aufgeregt, doch der Berg hatte uns bereits in das ungewollte Jahr ausgespien.

Wir können nicht in das Jahr 44 gehen, es ist Krieg, hier ist die Hitlerzeit, mein Gott wie dumm von mir ich hätte es wissen müssen.

Wolfgang wollte die Kriegszeit nicht hier verbringen, erinnerte ich mich, warum hat er es sich anders überlegt.

„Carla Schätzchen, alles ist ruhig hier, man merkt gar nichts von einem Krieg".

„Hat es nicht 1944 diesen hoffnungslosen Aufstand und die

Niederschlagung, das fürchterliche Morden, so unglaublich viele Menschen in Warschau gegeben?"

„Ja das muss ein entsetzliches Gemetzel gewesen sein", bestätigte Justin.

„Mein Gott, das war erst im August dieses Jahres vor wenigen Wochen und du sagst es ist alles ruhig, hier bemerkt man nichts vom Krieg, zum Glück sind wir hier weit genug entfernt von den großen Städten wie Breslau und Warschau".

Ich hatte Wolfgangs Zeit viele Jahre nicht betreten, gleichwohl übte diese alte und gleichermaßen neue Zeit einen skurrilen Reiz auf mich aus, so vieles war geschehen, hatte sich verändert.

Hier lebt nun inzwischen der kleine Günter, mein Günter in Miniausgabe, ein ernster Knabe von bald 5 Jahren.

Ach Gottchen, wie gerne würde ich Ihn sehen, herzen, drücken und abküssen, dieses unschuldige Kind das solch Arges durchstehen muss, nichts ahnend von all dem Grauen dem er nicht entkommen kann.

Noch hat er eine liebevolle Mutter die wie eine Glucke über Ihn wacht, jedoch von seinem vorbestimmten Schicksal wird Sie ihn nicht bewahren können.

Ach, könnte ich Ihn nur einmal sehen, Ball spielend im Schlosshof oder auf seinem Pony reitend, wie ein Prinz gekleidet an der Hand der Mutter, die Prunkkutsche besteigend.

Längst hat eine beängstigende Zeit für die Familie begonnen, ein schwarzer Schatten hat sich über das friedliche Idyll gesenkt.

„Bald werden sie fliehen müssen, bald ist es soweit", dachte ich laut.

Justin sah mich belustigt von der Seite an.

Ein gutes Fernglas, überlegte ich weiter, habe ich nicht schon einmal die Türme des Schlosses sehen können durch ein extrem starkes Glas.

Ich trottete in Gedanken versunken neben Justin her, Justin hatte mich am Arm den Berg hinab geführt.

Ich konnte nicht viel von oben aus in die Ferne sehen, die Bäume hatten noch nicht gänzlich das Laub abgeworfen.

Jetzt freute ich mich auf Wolfgang, wie lange hatten wir uns nicht mehr gesehen, über 10 Jahre? Oder war es noch viel länger her?

Wir standen vor dem Tor, merkwürdigerweise war es verschlossen!

„Aus Sicherheitsgründen", behauptete Justin, „man kann nicht wissen, die Zeiten sind ungewiss, schließlich sind wir hier noch mitten im Krieg, wir werden es gleich wieder verschließen, dir wird schon nichts geschehen mein Schätzchen".

Er verriegelte es gewissenhaft hinter uns und geleitete mich über den Kiesweg zur Haustür.

Als auch diese verschlossen war, kamen mir die ersten Zweifel, irgendetwas lief hier falsch, warum verschließt Wolfgang die Tür, wenn er uns erwartet?

„Vermutlich musste er fort, wurde zu einem Kranken gerufen, ja vermutlich, so wird es wohl sein".

Ich erwartete eine behagliche warme Stube vorzufinden, jedoch empfing uns nur eine unangenehme Kälte.

„Nanu?", rief Justin verwundert.

„Hier stimmt etwas nicht", bemerkte ich dümmlich.

Wir gingen durch alle Räume und beendeten unsere Runde schließlich in der Stube, dort stellte Justin die kleine Elektroheizung an.

„Ich verstehe das nicht, vielleicht hat er fliehen müssen", sagte ich mit einem mulmigen Gefühl im Magen.

„Ach, wir werden ein paar Stunden warten und es uns gemütlich machen, setz dich doch endlich Carla, ich hol uns ein paar Decken".

Justin hatte sich zu mir gesetzt und zog nun die flauschigen Decken um uns.

„Wir müssen uns gegenseitig wärmen".

Die Musik dudelte leise, er schenkte uns von seiner mitgebrachten Flasche ein.

„Gegen die Kälte", meinte er, noch waren meine Hände und Füße eisig.

„Jetzt werden wir den guten Cointreau wohl alleine trinken müssen", sagte er nach einer Zeit schmunzelnd und schenkte nach.

„Wenn wir es danach noch den Berg hoch schaffen", antwortete ich, schläfrig eingelullt von der sich ausbreitenden Wärme.

Es war dunkel im Raum. „Verdunklungspflicht".

Nur die Kerze spendete karges Licht und ließ bizarre Schatten an der Wand tanzen, eine unwirkliche Atmosphäre schwebte um uns.

Ich merkte, dass meine Lider schwer wurden, es war so gemütlich, ein wohliges Gefühl breitete sich in mir aus.

Tastende warme Hände liebkosten meinen Körper suchend, fordernd, im Halbschlaf schmiegte ich mich in diese wissenden Hände.

„Ich werde dich wärmen bis du glühst Liebes", raunte er, „es ist so kalt hier".

„Ja es ist so kalt", wisperte ich.

Er wärmte mich bis ich schmolz und verbrannte.

In seinen Armen fand ich höchste Verzückung, unsere Körper kannten sich, verstanden sich und ließen unsere Berührungen zu höchster Ekstase erwachen, gesättigt und erschöpft verweilten wir in inniger Umarmung.

Die Ernüchterung folgte bald!

Erschrocken sprang ich aus unserem warmen Nest, noch erhitzt und benommen.

„Was haben wir getan Justin, hast du das alles etwa so geplant und eingefädelt, nur um mich zu verführen?"

„Na das war es doch wert Schätzchen, für eine süße köstliche Stunde, habe ich dich nicht bis zur Ekstase geführt, schwebten wir nicht über den Wolken?, wir können es doch zugeben, können über alles reden, es hört uns doch keiner!"

Ich schwieg beschämt, wusste nichts zu erwidern.

Ich bückte mich nach meiner Wäsche und lief aus dem Sündenpfuhl ins Bad, dort drehte ich die Wasserhähne auf und hatte große Eile die Wanne zu füllen.

Bald darauf stiegen wir den Berg hinauf, es war stockdunkel, der Mond hatte sich hinter dicken Wolken verzogen.

Justin faste nach meiner Hand.

„Freunde", sagte ich, „ich glaubte immer wir sind Freunde, doch auch das ist jetzt vorbei!"

„Wie meinst du das Schätzchen?"

„Jetzt können wir nie wieder Freunde sein, schade, jetzt habe ich keinen Freund mehr".

„Was redest du da, natürlich werde ich immer dein Freund bleiben", sagte er und zog mich an sich.

„Lass es, fass mich nie wieder an Justin, es wird nie wieder etwas zwischen uns geben!"

Wir passierten die Höhle, ich freute mich auf meinen Liebsten, doch kann ich Ihm jetzt noch in die Augen sehen?

Ich konnte ihn umarmen als wäre nichts geschehen.

Er ist es dem mein Leben, meine Liebe gehörte.

Wie konnte ich mich nur so vergessen, dachte ich, als ich ihn später im Bett neben mir atmen hörte.

Morgen werde ich ihm Rede und Antwort stehen müssen.

Wie fast immer fand ich die Küche morgens leer, nur Justin gesellte sich zu mir an den Frühstückstisch.

„Hast du es Ihm gesagt?"

„Nein noch nicht", antwortete ich und schnitt ihm ein Brötchen auf.

„Sag Ihm nichts, wozu soll das gut sein!"

„Ja, wozu soll das gut sein", bestätigte ich ihm, „es würde nur dazu führen, das er dich hinauswirft!"

„Nur das nicht, was soll ich ohne dich Schätzchen, ich würde vor Sehnsucht nach dir sterben", klagte er.

„So schnell stirbt sich nicht Justin, du solltest jetzt gehen, am besten für immer!"

„Willst du das wirklich liebste Carla"?

„Ich soll also jetzt verschwinden, störe ich euren Familienfrieden?"

„Ich weiß nicht ob ich das wirklich will, nur so kann es nicht weiter gehen".

„Warum nicht?, solange er nichts weiß", er rückte näher zu mir und legte seinen Arm um mich, „wir könnten so schöne Stunden miteinander verbringen".

„Schweig!", rief ich und stieß ihn von mir, „du scheinst vergessen zu haben das er mein Ehemann ist, -Ihn- liebe ich, für immer!"

„Ja ja, immer nur Er, wie könntest du auch ein Monster wie mich lieben", klagte er resigniert, wohl wissend wie meine Reaktion ausfallen würde.

„Du bist kein Monster, schon längst nicht mehr", die Worte kamen wie von selbst aus meinem Munde.

„Du bist ein Mannsbild mit einem interessanten Aussehen, mit Spuren des Lebens im Gesicht, wie ein Veteran, ein Kriegsheld".

Ich hatte mich wieder neben ihn gesetzt und strich ihm über die alten Narben.

Er genoss diese zärtlichen Berührungen mit geschlossenen Augen.

Plötzlich griff er nach mir und zog meinen Kopf zu einem Kuss.

Ich wehrte mich nur halbherzig, die Stunden des gestrigen Abends wurden wieder lebendig.

Das muss anders werden, dachte ich später und spürte ein Prickeln im Bauch, so kann es nicht weitergehen, doch ich sprach es nicht aus.

Habe ich mich etwa verliebt in Ihn?

Ich prüfte mich wenn ich neben ihm ging, an seiner Hand, was verband uns?

War es das Prickeln im Bauch das, das Verlangen nach sinnlichen Spielen?

Klopfte mein Herz wie verrückt, wenn ich ihn kommen sah, nein das geschah nur bei Günter.

Einen für das Herz und einen jüngeren für die Lust, dachte ich insgeheim und schämte mich meiner unzüchtigen Gedanken.

Niemals könnte ich auf meinen geliebten Günter verzichten, auf den stets ersehnten Moment an seinem Herzen zu liegen, ihm ganz nah zu sein, die Arme ganz fest um ihn zu schließen.

Er gehört mir, nur mir, für immer.

Ich hörte Schritte im Flur, ist es mein Liebster oder mein Liebh…ich dachte den Satz nicht zu Ende.

Justin kam in die Stube und schloss wie selbstverständlich die Arme um mich.

„Ich konnte es gar nicht erwarten dich zu sehen, ich habe den ganzen Tag nur an dich gedacht", raunte er mir ins Ohr.

Wie komme ich aus dieser Nummer nur wieder raus?

Ich bat Justin nicht mehr uns ins Schlösschen oder auf andere Feierlichkeiten zu begleiten, ich wollte mit Günter allein fahren.

Verzichtete bei allen meinen Wegen auf Justins Begleitung, gab mich unwirsch und kurz angebunden.

Im Haus ging ich Ihm aus dem Weg, um nicht erneut in Versuchung zu geraten, es durfte nicht wieder geschehen und es wird nicht wieder geschehen.

Doch Gelegenheit macht Diebe, hatte Günter einmal gesagt!

„Diesen Sommer fahren wir wieder auf unsere Insel Liebste, bald ist es soweit, wir werden alle Sorgen hinter uns lassen und nur noch tun was uns gefällt".

„Wir werden von morgens bis in die Nacht zusammen sein, nur wir beide, keiner wird uns stören", ergänzte ich unsere Schwärmereien.

Doch noch war es nicht soweit.

Günter kämpfte sich jeden Tag durch Unmengen Patienten, er war gestresst und brauchte täglich seine Ruhepausen auf der Couch.

Justin hatte sich auf mein Zureden seinen Dachboden ausbauen lassen, nun hatte er seine eigene kleine Mansardenwohnung unter dem Dach.

Wir hatten ihm nur zu gern bei seinem kleinen Umzug geholfen.

Er schlief dort in der Nacht, jedoch änderte sich sonst kaum etwas, es saß weiterhin bei uns am Küchentisch, genoss alle

Mahlzeiten mit uns.

Ging weiterhin ein und aus in unserem Hause, lungerte Stundenlang bei mir in der Küche herum und konnte es nicht lassen mich auf seine mehr oder weniger charmante Art zu umwerben.

Wie einfach wäre es gewesen Ihm nachzugeben, nicht mehr dagegen an zu kämpfen.

„Gib es endlich auf Justin", sagte ich ein über das andere Mal und pellte mich wieder und wieder aus seinen Armen.

„Ich bin hartnäckig Carla Schätzchen, irgendwann wirst du nur noch mich wollen!"

„Vergiss es", rief ich leidenschaftlich, „ich werde immer nur Ihn lieben so lange ich lebe, geht das nicht in deinen Kopf?"

„Aber ich liebe dich genauso wie er, vielleicht noch mehr, bei mir hättest du es viel besser, das weißt du ja, zudem bin ich der bessere Liebhaber, gib es doch zu!"

Nun ja, du verstehst dein Handwerk vortrefflich", bestätigte ich, „es ist weiß Gott schwer, dir nicht zu erliegen!"

„Meine Hässlichkeit stößt dich also nicht mehr ab?"

Er traf mich an meiner schwächsten Stelle, meiner Gutmütigkeit.

„Nein natürlich nicht, ich finde dich keineswegs hässlich liebster Justin, das darfst du niemals denken", ich lief zum Tisch und umfasste ihn tröstend, während er die Gelegenheit nutzte, mich packte, fest in seine Arme drückte und mit mir auf den Armen die Küche verließ.

Ich strampelte und trommelte mit den Fäusten auf seinen Rücken, er packte mich umso fester, als ich auch schon meine Arme um seinen Hals schlang.

Mit dem Fuß stieß er nun die Tür seiner ehemaligen Stube auf, die Couch stand noch immer am selben Platz.

Ich vergaß alles um mich herum, verlor mich, entglitt dem Jetzt, schwebte in unendlichen Sphären.

Erschöpft und erhitzt wie aus einem Traum, erwachte ich in Justins Zimmer in seinen Armen.

Warum liege ich hier bei Justin?

Wieder einmal flüchten ohne abschließende zärtliche Berührung, ohne ein liebes Wort die Tür hinter mir schließend.

Sünde, Ehebruch klingt es höhnisch in meinem Kopf.

Das darf nie mehr passieren, denke ich wieder einmal während ich mich in dem warmen Badewasser ausstrecke.

Ich kleidete mich in frische Wäsche und deckte anschließend den Kaffeetisch.

Günter wird gleichkommen, mein Liebster, mein treuer Gatte.

Ich fliege Ihm entgegen, bette mein Gesicht an seine Brust, umfasse seinen Körper.

Dich liebe ich, nur dich, denke ich, hebe mein Gesicht, unsere Augen verschmelzen unsere Lippen finden sich.

Was ist schon ein halbes Stündchen Lust gegen unsere tiefen Gefühle, unsere Liebe wird alles überdauern.

Ich strich ihm zärtlich über das Gesicht, wuschelte seine Haare und schob ihn sanft auf die Bank.

„Setz dich Schätzchen, ich habe dir deinen Lieblingskuchen gebacken".

Ich legte ihm ein großes Stück auf den Teller, schenkte uns Kaffee ein und setzte mich dicht neben ihn als Justin grinsend die Küche betrat.

Zum ersten Mal empfand ich seine Anwesenheit, als störend und aufdringlich.

Ich sah Ihn nicht an, schaute nur meinem Liebsten beim Essen zu, freute mich über seinen Appetit.

Justin räusperte sich vernehmlich.

„Ja ja", sagte ich zerstreut und bediente auch ihn so wie er es gewöhnt war, mir wurde es unbehaglich Ihn nun am Tisch als Gegenüber zu haben.

Er ließ mich nicht aus den Augen, ich spürte seinen spöttischen Blick und begann unruhig auf meinen Sitz hin und her zu rutschen.

Nun hielt ich es nicht mehr aus, ich leerte meine Tasse in aller Eile und verließ fluchtartig den Raum.

„Was ist mit euch?", fragte Günter als wir Arm in Arm unseren gewohnten Gang machten, „habt Ihr euch gezofft oder läuft etwas zwischen euch?"

„Ach es ist das Übliche, mich stört es das er penetrant an uns klebt, immer muss er mit uns am Tisch sitzen, er ist mittlerweile ein Klotz am Bein".

„Soll ich Ihn rausschmeißen?", fragte Günter belustigt.

„Ach, ich habe immer gehofft das er eines Tages von selbst gehen wird, aber offenbar denkt er gar nicht daran", klagte ich, „er ist jetzt schon so viele Jahre bei uns, einmal muss doch genug sein!"

„Ich soll also ein ernstes Wort mit ihm reden, von Mann zu Mann?"

„Nein lass nur, das muss ich schon selbst erledigen", entgegnete ich.

Wir waren keine Freunde mehr Justin und ich, etwas Anderes war zwischen uns entstanden, alles war plötzlich anders.

Ich mied seine Nähe, fühlte mich von ihm belästigt und bedrängt.

Es darf nicht mehr passieren, nie mehr, ich werde Ihm nicht mehr unterliegen.

Morgens betrat er erst das Haus, wenn Günter es bereits verlassen hatte. er setzte sich an den Tisch und lächelte zufrieden.

„Setz dich zu mir Schätzchen", sagte er, nachdem ich ihm Brötchen aufgebacken und Kaffee eingeschenkt hatte.

Er griff meine Arme und zog mich neben sich auf die Polsterbank.

„Sei nicht so prüde, wir sind doch alleine".

„Lass mich Justin", wehrte ich ihn ab, „es wird nie mehr zwischen uns ein Schäferstündchen geben!"

„Wir werden ja sehen, bald wirst du wieder in meinen Armen liegen und schreien vor Lust, du wirst gar nicht genug bekommen können, komm lass uns gleich in die Kammer gehen zu mir, mein Bett ist noch warm".

Ich hatte mich aus seinem Arm befreit und war aufgesprungen.

„Nie mehr wirst du mich haben!", rief ich leidenschaftlich, „nie mehr, hörst du, es wird kein nächstes Mal geben".

„Du meinst doch gar nicht, was du sagst mein Liebchen, bemerkte er lachend und biss in sein Brötchen, ich weiß doch wie gut es dir gefällt in meinen Armen zu liegen".

„Du bist einfach geschaffen, um die Männer zu betören, nicht nur einen Mann, du bist die Versuchung selbst, ich habe nicht gelebt bevor ich dich hatte".

„Ich habe anderes zu tun", entgegnete ich und verließ ärgerlich die Küche.

Ich ließ ins Bad und verschloss die Tür hinter mir und sah in den Spiegel, meine Augen blitzten mir entgegen.

Was bildet der sich ein, ich soll also die Versuchung selbst sein, geboren um die Männer zu betören, was für ein Unsinn, dachte ich und spritzte mir kaltes Wasser ins Gesicht.

Das kann so nicht bleiben, er muss gehen, heute noch, bald.

Ich selbst muss dafür sorgen, sonst wird er alles zerstören, alles Schöne und Einmalige zwischen Günter und mir, er ist zu

einer Gefahr geworden, jetzt gleich werde ich es Ihm sagen.
Entschlossen öffnete ich die Tür und schritt in die Küche,
jedoch die Küche war leer, der Vogel ausgeflogen.
Ich räumte sein Gedeck vom Tisch und begann mit dem
Abwasch, morgen werde ich alles regeln oder übermorgen.
Alles was er soeben sagte, war nur daher geredet aus einem
gegenwertigen Impuls, nicht ernst zu nehmen, wie fast alles
was er mir vorsäuselte, ein Macho, ein Frauenverführer, ich
kannte ja seine wilde Vergangenheit.
Und dennoch enthält es ein Körnchen Wahrheit.
Ich löste mich auf, in seinen Armen, es wird wieder und immer
wieder geschehen, war mir plötzlich bewusst, ein Mann für
den Alltag und einen für Sonntag, einer für erotische Stunden
und einer fürs Herz, fürs Leben.
Was habe ich nur für bizarre Gedanken, schalt ich mich selbst.

Endlich Wochenende.
Günter musste nicht in aller Frühe aufstehen. Wir kuschelten
noch ein Stündchen in den warmen Federn, später gingen wir
gemeinsam ins Bad.
Ich frisierte ihn, band sein Haar mit einem Lederstreifen
zusammen und löste meine Haare. Günter begann mit Hingabe
meine Mähne zu bürsten.
„Mein Gott" staunte er, wie schon so oft, „solche langen
Traumhaare habe ich noch nie bei einer anderen Frau gesehen,
sie reichen schon über deinen Po, ein Wunderwerk, nicht nur
dein Haar, oh wie schön du bist".
Er betrachtete mich liebevoll, im Spiegel trafen sich unsere
Augen, jetzt teilte er drei Strähnchen, um mir einen Zopf zu
flechten.
„Ich möchte meine Haare ein Stückchen kürzen Liebster, dann

brauchst du nicht mehr so lange zu flechten, dort ist die Schere".

„Oh nein, das kommt ja gar nicht in Frage, das werde ich gewiss nicht tun, keinen Zentimeter, das wäre Verstümmelung, ein Frevel an der Natur, an deiner Schönheit und Weiblichkeit"!

„Aber du solltest sie doch nur ein wenig kürzen Schätzchen", sagte ich lachend.

„Nein, du bleibt so wie du bist", beharrte er.

Er wand den Zopf um meinen Kopf und steckte ihn mit vielen kleinen Spangen fest, stolz betrachtete er nun sein Werk.

„Zenzi von der Alm", sagte ich schmunzelnd.

Wir betraten gemeinsam die Küche, Justin hatte schon allein gefrühstückt.

Ich atmete erleichtert auf, heute würden wir uns den ganzen Tag nicht trennen, würden alles gemeinsam tun.

Gegen Mittag stiegen wir den Hang empor zu den Höhlen, wir würden im Center speisen und bei der Gelegenheit ein paar Kleinigkeiten besorgen.

„Lass uns wieder in unseren Zimmern übernachten Liebste, das haben wir schon so lange nicht mehr getan, ich will dich ganz für mich alleine, heute und morgen".

Am nächsten Morgen erst betraten wir wieder unser Haus.

Wie vermutet erwartete uns Justin schon ungeduldig in der Küche.

Ich sehnte mich schon nach dem nächsten Wochenende, doch mussten erst wieder 5 Tage überwunden werden.

„Du machst dich rar Schätzchen", klagte Justin, als wir alleine waren.

„Günter ist mein Lebenspartner, vergiss das nicht".

„Wie könnte ich das vergessen, es verfolgt mich in alle

schönen Träume, lässt sie zerplatzen, ich bin ein Nichts, habe keinen Wert und zähle nicht mehr, verzeih mir liebste Carla, wenn ich oft so cool erscheine, ist das nur meine Unzulänglichkeit".

Er fasste, ergriffen von seinen eigenen Worten nach meinen Händen.

„Meine dummen Sprüche darfst du nicht ernst nehmen, in Wahrheit greife ich nur nach einem Strohhalm, viele Jahre habe ich mich in Demut geübt".

„Ich weiß das ich immer nur einen kleinen Teil von Dir erhaschen, mir erkämpfen kann, damit muss ich mich begnügen".

Ich hatte beschämt vermieden Ihn anzusehen, nun da er nicht mehr sprach, sah ich zu ihm auf und erschrak vor dem Blick voller unendlicher Trauer oder hatte ich mir das nur eingebildet.

Später würde ich denken, was für ein brillanter Schauspieler! Nun aber regte sich Mitleid in mir.

„Justin mein bester Freund", flüsterte ich in sein Ohr und schlang spontan die Arme um seine Schultern, das war zu viel der Emotion, das hätte ich niemals tun dürfen, ich hätte wissen müssen, wohin das führte.

Es überfiel uns schon wieder diese teuflische Sucht die uns in die Hölle und gleichzeitig in den Himmel schweben ließ.

Berauscht von unseren Gefühlen der Gegenwart entrückt, dachten wir nicht einmal daran die Tür hinter uns zu schließen.

Die Sonne blitzte durch die im Wind schaukelnden Baumkronen, als ich erwachte.

Um Gotteswillen, ein erschrockener Blick auf die Wanduhr riss mich jäh aus meinen Träumen.

Günters Sprechstunde war längst zu Ende.

Justin war gottlob verschwunden. Ich hörte Schritte im Flur und zog instinktiv die Bettdecke bis zum Kinn hoch.

Die Türklinke bewegte sich, Günter erschien in der sich öffnenden Tür, ich beobachtete ihn hinter fast geschlossenen Lidern.

Er sah mich, trat ein paar Schritte in die Kammer, schnüffelte auffällig wie ein Spürhund und stutzte.

„Es riecht hier nach Justin", stellte er fest, während er sich dem Bett näherte.

„Dort am Schrank hängen seine Sakkos zum ausbürsten", leierte ich verschlafen.

„Ich wollte nur ein wenig ruhen und muss wohl eingeschlafen sein", ich gähnte ausgiebig, „geh nur schon in die Küche, ich komme auch gleich, du kannst ja schon den Backofen anstellen".

Er darf jetzt auf keinen Fall die Bettdecke lüften.

Kurz vor dem Bett verhielt er seinen Schritt, er hob nicht die Decke, entblößte nicht die Frau, wollte seinen Verdacht nicht bestätigt sehen!

Abrupt drehte er sich um und verließ mit schweren Schritten den Raum.

Schon lange hegte er einen gewissen Verdacht, wollte aber diese ungeheuerlichen Vermutungen nicht wahrhaben, was bringt mir mein Stolz, wenn er mich all dem beraubt und mich am Ende allein und verlassen zurücklässt, dachte er als er die Tür hinter sich schloss und zu einem einsamen Lauf um das Dorf startete.

Er würde aus seinen Fehlern lernen, er erinnerte sich noch gut an die Seelenpein, an das schreckliche Gefühl ohne -Sie-, nur keine schlafenden Hunde wecken.

Noch hatte er keine Gewissheit für Ihre Untreue alles könnte ja nur Einbildung von ihm sein, beruhigte er sich selbst.

Ich werde kein Wort darüber verlieren, nahm er sich vor, als er das Tor öffnete, es würde ihm schwerfallen, die Eifersucht brannte schmerzhaft, breitete sich im Körper aus drohte ihn zu erdrücken.

Der Kerl muss verschwinden stand für ihn fest!

Er ging langsam an dem Häuschen mit den großen Glasfenstern des Zweiradladens vorbei und sah in der Dachkammer ein Fenster geöffnet, laute Musik drang an sein Ohr.

Der wird mir mein Lebensglück zerstören, das würde er nicht zulassen. Er ballte die Fäuste, oh wie ich diesen Kerl hasse und verabscheue, dachte er bei seinem Lauf um das Dorf.

Von Eifersucht getrieben, zog es ihn in sein Haus zurück.

Wenn sie nur da ist und auf mich wartet ist schon alles gut.

Sie stand in der Küche und lief ihm entgegen.

„Oh Liebster, du bist ohne mich gegangen!", schmollte sie und warf sich an seine Brust. Er schloss die Arme fest um sie.

„In meinen Armen sollst du sein, immer nur hier bei mir, für immer", dachte er, oder hat er es laut gesagt?

Ich hatte den Tisch gedeckt und trug nun die Speisen auf, wir saßen schweigend bei unserem Mahl.

Mich bedrückte mein schlechtes Gewissen, ich musterte ihn heimlich von der Seite, hatte er Verdacht geschöpft?

Sicher nicht, Männer können so etwas nicht verbergen!

Er zündete sich ein Pfeifchen an, paffte ein paar Züge und ging in die Stube, ließ mich allein ohne ein Wort.

Ich war unsicher und verwirrt, soll er mich beschimpfen, anbrüllen und mich wachrütteln, aber nicht schweigen, das kann ich nicht ertragen.

Ich folgte ihm nach einiger Zeit in die Stube und fand ihn anschließend schlafend auf der Couch ausgestreckt.
Ich zog eine Decke über ihn, schlich wieder aus dem Raum und zog die Tür hinter mir zu.
Er ahnt nichts, dachte ich beruhigt und setzte mich in die Küche vor das Fenster um in meinem Büchlein zu schreiben.
Das hätte schon unser Ende sein können, dachte ich besorgt, als ich mein Büchlein zugeklappt und hinter dem Schrank verborgen hatte.
Undenkbar, beängstigend, das darf nie geschehen, er darf nie etwas von unserer belanglosen Liaison erfahren, es hat keine Bedeutung für mich.
Er wird mich verachten und verabscheuen, seine Augen werden mich nicht mehr liebevoll streicheln, sie werden in Verachtung auf mich herabblicken oder durch mich hindurchsehen.
Mein Leben hier wäre zu Ende, wenn seine Liebe erloschen ist, wenn er mich nicht mehr will.
Trübe Gedanken hüllen mich ein wie eine Nebelbank, mein Magen krampfte sich zusammen.
Mein schlechtes Gewissen und die Sorge, er könnte etwas ahnen, nahm mir den Atem, belastete mich schwer.
Ich muss an die Luft, muss raus hier.
Jetzt werde ich allein den Weg, unseren Weg gehen!
Morgen gehen wir Ihn wieder gemeinsam.
Abends saßen wir wortlos bei Tisch, keiner wusste etwas zu sagen, eine Mauer hatte sich erhoben zwischen uns.
Dennoch wich er nicht von meiner Seite, beobachtete mich bis ich die Küche blank geputzt hatte.
„Jetzt reicht es aber!“, sagte er ungeduldig und zerrte mich an der Hand aus der Küche in die Kammer.

„Zieh dich aus" herrschte er mich an nachdem er die Tür verschlossen hatte.

„Ich will dich jetzt"

Erschrocken sah ich ihn an, so hatte er sich noch nie aufgeplustert.

„Zieh dich doch aus Liebste", sagte er nun mit sanfter Stimme, „ich will dich bei mir haben, zu mir gehörst du!"

Er erwartete mich bereits im Bett sitzend hob die Decke und breitete die Arme aus.

„Komm an mein Herz, erzähl mir alles was dich bedrückt".

Ich fiel in seine Arme und begann zu schluchzen, jetzt habe ich alle meine Sorgen vergessen, ich hob mein Gesicht zu ihm und lächelte unter Tränen.

„Gibt es nichts zu erzählen, hast du mir nichts zu sagen Liebes?"

„Vielleicht", murmelte ich, „aber du willst es doch gar nicht wissen, es ist bedeutungslos".

Er antwortete nicht und verschloss meinen Mund mit einem nicht enden wollenden Kuss.

Etwas war anders geworden, ich spürte ständig Günters Misstrauen. Er beobachtete argwöhnisch jeden meiner Schritte.

Alles wird bald wieder wie früher werden sein, denn ich werde ihm keinen Grund mehr zur Eifersucht und Zweifel liefern war ich mir sicher.

Justin hatte offenbar seine Taktik geändert oder er ist geläutert, hat seine Versuche aufgegeben.

„Verzeih mir meine abgedroschenen dummen Sprüche, du darfst Sie nicht ganz ernst nehmen, in Wahrheit greife ich nach einem Strohhalm, ich weiß, dass ich immer nur einen kleinen Teil von dir erhaschen, mir erkämpfen kann".

„Ich sollte mich damit begnügen, ich habe ja gelernt mich in

Demut zu üben, selbst wenn ich manchmal so selbstherrlich oder gar dreist erscheine, innen ganz tief in mir steckt eine sensible Seele voller Trauer und eine ganz klein wenig Hoffnung", gestand er mir, als ich Ihm eines Tages das Abendessen brachte.

Günter hätte es nicht geduldet, so hatte ich Eile, Justins Haus wieder zu verlassen.

„Bleib doch etwas bei mir", bettelte Justin, „er ist doch sicher schon längst vor dem Fernseher eingeschlafen, schließlich ist er nicht mehr der Jüngste".

„Schon möglich", erwiderte ich, „aber ich werde trotzdem gehen wohin ich gehöre".

Hat er die gleichen Worte nicht schon einmal gebraucht?, überlegte ich.

Es klang alles so einstudiert, vermutlich hat er es irgendwo gelesen, etwa in einem Buch von Hermann, hat er sich nicht unlängst ein Werk von Ihm ausgeliehen?

Er ist ein guter Schauspieler, dachte ich auf dem Weg über den Hof, er spielt seine Rolle gut, baut auf mein Mitleid aber warum muss ausgerechnet ich es sein, das Ziel seiner Begierde, warum gibt er nicht endlich auf?

Ich kann das nicht verstehen!

Günter erschien mir die letzten Wochen schwermütig wie in einer tiefen Trauer gefangen.

Seine Augen blitzten nicht mehr glücklich strahlend, in meinem Kopf klag eine Alarmglocke.

Ich umarmte meinen Liebsten, ich muss ihn neu erobern, was mir nicht schwerfiel, fühlte ich mich doch noch immer magisch von ihm angezogen.

Ich war immer für ihn da ermunterte ihn zu allem möglichen

Kurzweil, Veranstaltungen, Feierlichkeiten und Vorführungen in der neuen Zeit mit einem abschließenden Barbesuch bei schummriger Beleuchtung und Schmusemusik, hing ich verliebt an seinem Hals, hatte nur Augen für ihn.
Nur für ihn hatte ich mich feingemacht. Ich bemerkte nicht die Aufmerksamkeit die ich erregte, die durchdringenden oder versonnenen Blicke der anderen Männer drangen nicht in mein Bewusstsein.
„Du erscheinst wie eine Göttin, überirdisch, jeden könntest du verzaubern und verhexen mit einem einzigen Blick einem Zeichen von dir!"
„Was kümmert mich irgendwelche anderen, dich allein will ich in meinen Bann ziehen, dich betören dir unterliegen".
„Ich bin dir verfallen so lange schon, seit mehr als hundert Jahren, seit einer Ewigkeit für alle Ewigkeit!"
Solcher Art törichte Worte wisperten wir uns gegenseitig ins Ohr, beinahe den Boden unter den Füßen verlierend.
Berauscht aufgewühlt, albern kichernd mit den hochhackigen Schuhen in der Hand, schritt ich an seinem Arm in unsere Zeit zurück, nicht ohne ein wenig der romantischen Stimmung mit nach Hause zu nehmen in unser Haus, in unser Nest.
„Du hast mein Herz in Ketten gelegt", murmelte er als wir das Kopfkissen teilten.
„Oh mein Herz ist auch in Ketten an deines gefesselt".
Aber leider nur mein Herz, dachte ich, mein dummer Körper ist nicht stark genug, das Fleisch ist schwach!
„Du hast mir noch gar nicht von Wolfgang erzählt Liebste, wie geht es Ihm, was sagt er, was macht er?"
„Wir haben nicht viel reden können, wir waren ja nicht allein", log ich.
„Wie meinst du das?"

„Nun ja, er hat jetzt offenbar eine Lebensgefährtin, ich weiß allerdings nicht ob es etwas Ernstes mit den beiden ist, ich jedenfalls wünsche Ihm alles Glück der Welt, er hat es verdient".

Ich begleitete Günter neuerdings gelegentlich auf seine abendlichen Sitzungen und Versammlungen, doch hatte ich bald das Gefühl, die Sitzungen eher zu stören.

Die Männer waren abgelenkt und unkonzentriert, ich fühlte ständig Ihre Blicke auf mir ruhen.

Ihre ganze Aufmerksamkeit galt einzig mir, auch Günter bemerkte es sehr schnell.

Er führte mich aus dem Konferenzraum.

„Du weiß wie gern ich dich an meiner Seite weiß, aber in diesem Falle kann ich es nicht gutheißen".

„Es ist lieb von dir, das du deine Freizeit für mich, für diese langweiligen Diskussionen opfern willst, doch die Männer können nicht Ihren Job machen, solange du im selben Raum weilst".

„Ich bin immer happy, wenn du in meiner Nähe bist Kleines, jedoch es geht nicht, du verwirrst Sie alle, es ist besser, wenn du in Zukunft wieder zu Hause bleibst".

„Ich finde Eure Diskussionen keineswegs langweilig, im Gegenteil, ich hätte einiges dazu beizutragen, aber du hast natürlich Recht, die Zeit ist längst noch nicht reif eine Frau, in Weltverbesserungsvorschlägen mit einzubeziehen!"

„Ja ja, aber darum geht es nicht, du verdrehst den Kerlen den Kopf, Sie bekommen einen verträumten Blick, egal ob Landrat, Bürgermeister, Geheimrat oder was auch immer Sie für Ämter bekleiden all die hohen Herren".

Ich zuckte resigniert mit den Schultern und fügte mich.

Fortan verbrachte ich die Abende wieder allein wartend auf Ihn.

Es ist ja nicht so, dass ich mich langweile ohne Ihn, ich komme gut alleine klar, aber eine andere Gefahr lauert auf mich…

Im Schloss stand wieder eine Geburt bevor.

Natürlich wussten wir den genauen Tag, ja selbst die Stunde der Niederkunft.

„Es wird wieder ein Mädchen, das vierte schon und im nächsten Jahr wird wieder nur ein Mädchen das Licht der Welt erblicken", sagte ich, „aber das wird dann das letzte Kind sein, die arme Marianne, wie gut das Sie nicht weiß, das damit auch Ihr Leben schon zu Ende ist".

„Ja du hast Recht, Sie wird nur ein kurzes Gastspiel auf dieser Erde geben".

Justin spitzte die Ohren.

„Ich verstehe nicht, wie könnt ihr das alles vorher wissen?"

„Ach Junge, was stellst du für dämliche Fragen, du musst doch wissen, das wir das alles schon erlebt haben, zudem kannst du es auf den Grabsteinen in der neuen Zeit lesen. morgen ist es wieder soweit, willst du mich begleiten Liebes?

Es wird allerdings eine schwere Geburt werden, du müsstest über Nacht bleiben, überleg es dir!"

„Übermorgen ist Markttag", gab ich zu bedenken.

„Den Markteinkauf kann auch Justin einmal erledigen, schließlich lässt er sich schon Jahre von dir durchfüttern".

„Ja mal sehen".

Ich übernachte nicht gern im Schloss, habe noch immer ein ungutes Gefühl, ein Unheil könnte geschehen, dachte ich auch nach so vielen Jahren.

Ich würde die halbe Nacht alleine in der Kammer hocken, ohne jegliche Zerstreuung, ohne Musik und Bad oder aber mit Günter und der Hebamme im Gemach der Gebärenden, die Nachtstunden ausharren müssen.

Ich möchte doch selber den Markteinkauf erledigen", entschloss ich mich, „lieber in meinem hellen Schlafzimmer erwachen, nicht auf mein morgendliches Bad, den guten Kaffee und die heißen Brötchen verzichten.

Günter hatte in dem letzten Jahr schon einiges in unserem Landkreis bewirkt.

Endlich sollte eine Schule eingerichtet werden.

Ich beaufsichtigte die Einrichtung, konnte jedoch selbst keine Hilfe beitragen, alles wurde nach Standard angefertigt ebenso die Klassenräume wie in den großen Städten mit feststehenden Bänken und den obligatorischen kleinen Schreibpulten mit dem eingelassenen Tintenfass.

Kaum etwas hatte sich die nächsten 70 Jahre darauf verändert.

Ich selbst habe diese raumsparende Einrichtung in meiner eigenen Kindheit noch so kennengelernt.

Ich war sehr stolz auf unsere Errungenschaft, erreicht durch unsere Hartnäckigkeit.

Eine Schule in unserem kleinen Ort für die ganz normalen Landkinder, für Knaben und Mädchen gleichermaßen.

Ich atmete erleichtert auf, einen Schluchzer der Rührung unterdrückend.

Es gab nur zwei große Klassenräume.

Na und, im Dorf meiner Kindheit 1950 hat es auch nur zwei Lehrräume gegeben.

Ich überlegte, ob ich mich für ein Lehramt zur Verfügung stellen sollte, den Schulanfängern Lesen und Rechnen beibringen oder gar Sportunterricht, verwarf die Gedanken jedoch wieder.

Ich bin zu alt für solch einen Neubeginn, in ein paar Jahren werde ich 60 Jahre, bald wird es Zeit für eine Verjüngungsreise.

Günter hatte sich längst auf die Fahrt ins Schloss begeben, dort hatte er eine Mission zu erfüllen.

Eine durch jährliche Schwangerschaften und Geburten geschwächte junge Frau stand unmittelbar vor der Niederkunft.

Mein Günter würde schon sein Bestes tun um Ihr Leben zu erhalten, wohl aber wird es eine schwere komplizierte Endbindung werden, wussten wir.

Ich hatte unser Hoftor erreicht.

Justin stand in seinem Laden, er hatte noch Kundschaft, er sah mich und wir lächelten uns zu.

Ich wollte einen Kuchen backen, danach wartete noch Bügelwäsche auf mich,

heute werde ich das Bügelbrett in der Stube aufstellen, ich war allein im Haus.

Später als gewohnt setzte ich mich erschöpft an den Küchentisch um einen kleinen Imbiss zu mir zunehmen.

Justin erschien nur noch selten zum Abendessen bei uns, meistens, wenn Günter nicht im Hause war, so auch heute.

„Na mein Lieber, ist dir diesmal wieder das Brot oder der Käse ausgegangen?", fragte ich lachend.

„Ich wollte dir ein wenig Gesellschaft leisten und mit dir plaudern, es stört dich doch nicht?"

„Nein, gegen ein Schwätzchen habe ich nichts einzuwenden, was gibt es denn neues?"

Justin wusste mich vortrefflich zu unterhalten, aller Klatsch aus dem Dorf wurde ihm zugetragen.

Die Zeit verging, wir hockten schon 2 Stunden in der Küche zusammen.

„Du solltest jetzt gehen, es ist gleich halb 12", mahnte ich ihn.

„Lass mich noch ein wenig bleiben, wir sind doch beide allein", bat er und setzte sich neben mich, „wir haben noch viel Zeit für uns, dein Gatte wird erst morgen früh wiederkommen, wenn es hell ist, wir könnten so viele zärtliche Stunden mit einander verbringen, Haut an Haut".

„Gib dir keine Mühe Justin, du wirst nichts mehr bei mir erreichen", sagte ich resolut, stand auf und wies ihn zur Tür, „geh jetzt bitte!"

„Und wenn ich nicht gehe"?

„Dann wirst du hier allein sitzen müssen", entgegnete ich und lief zur Tür.

„Schade", murmelte er enttäuscht, „du weißt ja was dir entgeht Schätzchen", er erhob sich ebenfalls.

„Schließ die Haustür hinter dir ab, du hast ja noch immer einen Schlüssel", rief ich ihm nach, bevor ich in die Stube trat.

Günter hatte alles in seiner Machtstehende getan, um die Geburt zu beschleunigen und der jungen Mutter zu erleichtern.

Das kleine Mädchen hatte es auf die Welt geschafft, von Günter untersucht, versorgt und der Kinderschwester übergeben.

Die junge Gräfin lag nun im tiefen Erschöpfungsschlaf, die Hebamme und die Schwester würden über Sie wachen.

Sein Job war getan, er beugte sich ein letztes Mal über die Schlafende, fühlte ihren Puls und sah auf die Uhr.

Noch keine 2 Uhr, ich werde sofort aufbrechen, meine Stute findet auch bei dunkler Nacht den Weg nach Hause, dachte er.

Wenig später sprengte er auf dem Rücken des Pferdes über den

Schlosshof zum Tor hinaus in die Nacht.

Werde ich Sie auf frischer Tat ertappen? Dachte er als er die Dorfstraße zu seinem Grundstück entlang ritt.

Was wird dann sein, ist dann alles zu Ende?

Er zügelte sein Pferd und verhielt vor dem Tor. Sein Herz klopfte bis zum Hals vor Unbehagen. Ich hätte doch bis zum Morgen warten sollen.

Er öffnete das Tor und führte die Stute in den Stall.

Vor der Haustür zögerte er erneut vor dem grausigen Moment der ihn gleich erwarten würde, die Endgültigkeit das Ende. Alles war dunkel im Haus, noch konnte er gehen, es ungeschehen machen, durch Wegsehen, durch Feigheit, Blindsein nur um sie zu halten, lieber Gott lass es nicht geschehen sein.

Er wusste über die Qualen des Verlassen seins.

Diesmal würde er Ihr alles verzeihen, selbst wenn er sein Gesicht verlöre, doch nichts würde mehr so sein wie vorher.

Er lauschte auf Geräusche, Stimmen, Liebesgeflüster.

Mit zitternden Fingern öffnete er zaghaft die Schlafzimmertür und tastete nach dem Lichtschalter.

Dort lag sie friedlich schlummernd eine Hand auf seinem Kopfkissen ausgebreitet. Ein tiefer Seufzer der Erlösung drang aus seiner Kehle, sie war allein, er eilte zum Bett.

„Meine Liebste, mein Leben", flüsterte er und bedeckte ihr Gesicht mit hundert Küssen, „oh wie froh ich bin, wie unglaublich happy".

„Du bist schon da, mitten in der Nacht hast du diesen weiten Weg gemacht, dafür hast du etwas ganz Besonderes verdient, komm schnell ins Bett Liebster", hauchte ich verschlafen.

Alles ist gut jubelte es in ihm, all die törichten Gedanken und Befürchtungen habe ich mir nur eingebildet.

Er löschte das Licht und schlüpfte zu ihr unter die Decke, alles ist gut.

„Ich werde fortgehen", sagte Justin eines morgens theatralisch, als er mir am Frühstückstisch gegenübersaß, „hier bin ich nicht mehr erwünscht".
„Oh ich weiß das ich euch nur lästig bin, ich werde mir im Nachbardorf ein Haus kaufen oder besser noch in der Stadt, dann braucht ihr meinen scheußlichen Anblick nicht mehr ertragen".
„Du willst uns verlassen, einfach so, aber was wird aus deinem Laden?"
„Ach der Laden, der nutzt mir nur zur Zerstreuung, in der Stadt werde ich genug Zerstreuung und Abwechslung haben, du hast mich enttäuscht, hast mich total fallen lassen, für dich bin ich wertlos wie ein nutzloser Gegenstand".
„Alles habe ich für dich getan, durch dich habe ich meine Identität verloren, mein Gesicht, mein Leben, sei ehrlich, du wartest doch nur darauf das ich endlich verschwinde".
„Nein, so darfst du von mir nicht denken, du kannst für immer hierbleiben, habe ich dir einst versprochen".
„Bah, wozu soll ich noch hierbleiben, wenn ich dir nur noch lästig bin, ich habe dich immer geliebt, so viele Jahre habe ich vergebens auf Gegenliebe gewartet, nun bin ich müde des Wartens, nichts wird sich je ändern, ich bin so überflüssig wie ein Kropf!"
„Aber du bist nicht überflüssig, du hast doch hier deine Arbeit, hast dir etwas aufgebaut, du bist nicht allein, du hast doch uns, wir können abends Karten spielen und"…
„Was und… was habe ich noch von dir?"
Wenn ich dich nur noch ansehen darf, wir könnten eine so

schöne Zeit haben liebste Carla".

„Aber das geht nicht, du hast schon immer gewusst, dass ich einen anderen liebe, ich kann nur einen lieben!"

„Ach Liebe ist doch nur ein Wort, ein Gefühl allerdings, das ich sehr wohl kenne".

„Wann wirst du gehen?", fragte ich herzlos.

„Bald, schon bald, vielleicht wird es dir eines Tages leidtun, aber dann ist es zu spät", murmelte er und ließ mich allein.

Soll ich nun froh sein über das Gehörte, dachte ich und kramte mein Büchlein hervor, um alles Neue gewissenhaft aufzuschreiben.

Er hat Recht, ich bin herzlos oder das Gegenteil, habe ich ein zu großes Herz?

Aber dennoch ist darin nur Platz für einen!

Justin habe ich nie geliebt, auch wenn ich es bisweilen glaubte, glauben wollte.

War es immer nur Mitleid was mich mit Ihm verband?

Oh nein, durchaus nicht, eher war es die erotische Anziehungskraft die mich bei ihm hielt.

Aber die Stimme des Herzens ist stärker, war ich mir sicher.

Genug jetzt der müßigen Gedankenspiele, es gibt wichtigeres zu tun.

Dennoch muss ich dem Impuls widerstehen, ihm jetzt nicht nach zu laufen und ihn in meinen Armen zu trösten.

Jeder ist seines Glückes Schmied.

Er hätte längst eine Gefährtin an seiner Seite haben können, wenn er es gewollt hätte.

Heute Abend wollten wir gemeinsam das Schloss aufsuchen um den neuen Erdenbürger, die kleine erst wenige Tage alte Komtesse begutachten und willkommen zu heißen.

In wenigen Wochen würde es wieder eine Taufe geben, danach

Geburtstagsfeiern und eine Verlobung, unser Terminkalender war gefüllt.

Zwei Hochzeiten der hochrangigen Ratsmitglieder, feierliche Eröffnungen und später die Weihnachts und Silvestervergnügen.

Doch im nächsten Jahr wird es unweigerlich zu diesem traurigen Todesfall kommen, keiner kann seinem Schicksal entkommen, die junge Marianne kann ihre letzte Tochter nicht aufwachsen sehen, die Kleine wird ohne Mutterliebe ihren Weg ins Leben antreten. Konnten wir nichts daran ändern?

Diese unheilbringende Schwangerschaft und Geburt brauchte nicht stattfinden, Günter könnte es verhindern!

Um Gotteswillen, wo soll das hinführen, wenn wir beginnen in die Vergangenheit einzuwirken und somit die Zukunft verändern, die Folgen wären gar nicht abzusehen!

Die Nachkommen dieser Kinder haben sich längst in der Zukunft vermehrt, vervielfacht, verzweigt wie ein Baum.

Es wäre eine ungeheuerliche Tat, ein Leben nicht stattfinden zu lassen, obwohl in ferner Zeit schon viele Ableger existieren.

Wir haben nicht das Recht in die Vergangenheit einzugreifen.

Abends sprach ich mit Günter über meine Gedanken.

„Ja, du hast Recht Liebste, so schwer es mir in diesem Falle auch fällt, wir dürfen nicht den lieben Gott spielen, dürfen nichts verändern".

Justin hatte kein Interesse, uns zu begleiten.

„Was kümmert mich die Grafenbrut!", hatte er verächtlich abgewunken.

„Ich habe besseres zu tun".

Eine Woche später präsentierte er mir sein Werk, er bat mich zu kommen.

„Oh nein, ich werde gewiss nicht kommen, das ist nur wieder

eine Finte von dir, eine neue Masche, was hast du dir heute wieder ausgedacht?"

„Du machst dich lustig über mich", sagte er beleidigt, „nun gut, dann wirst du es eben nicht als Erste sehen", brummte er und wendete sich zum Gehen.

„Warte", rief ich, „so zeige mir doch dein Wunderwerk". Hinter dem Laden führte eine Tür zu seiner Werkstatt, er öffnete diese Tür weit und wartete nun auf meine Reaktion.

„Wow, ein richtiges Motorrad, das hast du alleine zusammengebaut? krass, ich staune"!

Ich war sehr beeindruckt von dem glänzenden Gebilde aus Chrom und Stahl. Stolz erklärte er mir die verschiedenen Funktionen.

Ich nickte verstehend, ohne wirklich etwas zu verstehen.

„Hat Günter diesen Feuerstuhl schon gesehen"?

„Nein, du bist die Erste der ich die Maschine zeige, sie ist noch jungfräulich, wie wäre es mit einer Spritztour?"

„Oh Justin, ich bin doch viel zu alt für solche Eskapaden".

„Ach Unsinn, du bist jünger als ich, warst du denn nie eine Motorbiene, eine heiße Motorradbraut?"

„Ja schon, mit 25 oder 30 Jahren vielleicht, damals war ich noch sehr jung", gab ich zu bedenken.

„Ach gib dir einen Ruck, wir starten, wenn es dunkel ist, dir wird schon nichts geschehen".

„Ich habe keinen Lederdress", versuchte ich mich heraus zu reden.

„Ich habe an alles gedacht Schätzchen, wo bleibt denn deine Abenteuerlust?"

„Du hast Recht, es würde mich schon reizen um 1885 auf so einer Maschine durch die Dörfer zu donnern, also gut, du hast mich überredet".

„Ich wusste doch, dass du mich nicht enttäuschen wirst", sagte er befreit lachend und übergab mir ein Bündel Ledersachen, „du kannst dich hier umkleiden, ich hole indessen die Helme".
Ein langes vermisstes Gefühl von Freiheit überkam mich, als der Motor aufheulte und wir mit lauten Gebrumm und Getöse auf die Straße rollten.
Wir donnerten durch den Ort. Hinter dem Dorf beschleunigte Justin das Tempo und drehte voll auf.
Ich hielt Ihn festumklammert, ängstlich zunächst, doch schon bald juchte ich im Geschwindigkeitsrausch, wir jagten in wenigen Minuten bis zum Schloss und wieder zurück.
Mit wackligen Knien betrat ich wieder festen Boden, wir lüpften unsere Helme.
„Na, das hat dir doch Spaß gemacht Schätzchen", sagte Justin strahlend, als wir in die Werkstatt gingen, „das nächste Mal fahren wir in die Stadt".
„Ja es war berauschend", bestätigte ich und beeilte mich aus der engen Ledermontur heraus zu kommen.
Plötzlich spürte ich Justins Hände um mich.
„Wir haben noch Zeit Schätzchen, Günter kommt nie vor 10 Uhr zurück".
„Lass mich los Justin, sonst werde ich nie mehr mit dir fahren".
„Spielverderber", brummte er und löste seine Arme,
„also übermorgen geht es in die Stadt", rief er mir noch nach.
„Ja versprochen", entgegnete ich.
„Ich habe Motorgeräusche gehört, es klang tatsächlich wie ein schweres Motorrad, wie kann das sein?", fragte Günter, als ich ihm seinen Schlafdrink mixte.
Wir waren sehr erschrocken, na ja, ich weniger.
„Das kann doch nur der verrückte Justin gewesen sein, wie

kann der so eine schwere Maschine hierherschaffen, du weißt doch sicher davon Liebste?"

„Ja, er hat Sie hier selbst zusammengebaut", klärte ich ihn auf, „heute hat er eine Probefahrt gemacht, morgen wollte er dich bitten, ihn zu begleiten".

„Ach ja?", „also ich wäre nicht abgeneigt auf eine Spritztour, morgen sagst du?" „Das passt mir gut".

„Ja abends wenn es dunkel ist, es wird ja schon früh dunkel", bestätigte ich.

Das würde die beiden etwas näherbringen, dachte ich, und ich behielt Recht denn mein Günter hatte Justin im Schlepptau, als sie von ihrer Tour zurückkamen.

Sie fachsimpelten noch Stunden in der Stube, bis es mir zu langweilig wurde und ich mich zurückzog.

„Stell dir vor, ich würde in einem donnernden Feuerstuhl bei meinen Patienten vorfahren", witzelte Günter am nächsten Morgen.

Einen Abend später musste Günter wieder an einer Sitzung teilnehmen, ich freute mich schon den ganzen Tag auf die Fahrt in die Stadt.

Wir brachen auf als er gegangen war, ich hatte kein schlechtes Gewissen, denn ich wollte ja nur ein bisschen Abwechslung vom Alltagstrott, was gibt es schon gegen einen rasanten Trip über die Dörfer einzuwenden.

Doch die Stadt war am Abend enttäuschend, auch Sie war düster und leblos, ich hätte es wissen müssen!

„Lass uns schnell umkehren", bat ich Justin, „hier ist es fast so langweilig wie bei uns im Ort".

„Du hast Recht Schätzchen", pflichtete Justin mir bei, „wir können unsere Zeit viel nützlicher verbringen, „lass uns noch einen Scheidebecher nehmen", drängte er mich, als wir die

Maschine abgestellt hatten.

„Du hast meine neue Stubeneinrichtung noch gar nicht begutachtet".

„Ja gut, aber nur auf einen Drink", gab ich nach, „es ist ja noch früh", Günter würde erst in zwei oder drei Stunden wieder heimkommen.

„Cool, du hast dich nett eingerichtet hier oben, beachtlich für einen Mann", staunte ich, als ich seine gemütliche Wohnung betrat.

„Ja das hättest du nicht gedacht, setz dich doch Schätzchen, ich hole uns einen guten Tropfen dann werden wir ein wenig plaudern".

Er schenkte zwei Gläser voll, setzte sich neben mich und sorgte beflissen dafür, dass mein Glas immer gut gefüllt war, er tat alles um mich zu belustigen, ja er konnte witzig erzählen, mich einwickeln und zum Lachen bringen.

Die ausgewählte Musik und der hochprozentige Likör lullten mich ein, taten ihre Wirkung.

Ich bin Herr meiner Gefühle und Handlungen, ich kann jederzeit gehen, dachte ich und lehnte berauscht meinen Kopf an seine Schulter, ich werde jetzt gehen, gleich!

Aber es war zu spät, ich war längst gefangen, schwebte in seinen Armen liebkost von streichelnden Händen überall zugleich.

Ich brannte, unfähig mich zu lösen.

Schritte auf der Treppe weckten mich, war ich eingeschlafen? Wo befand ich mich? Das war nicht unsere Stube!

Es ist fast dunkel im Raum nur ein kleines schummeriges Tischlämpchen lässt mich meine Umgebung erahnen.

Ich liege in Justins Armen, er schläft selig. Erschrocken kämpfe ich mich aus der Umklammerung, aus den zerwühlten

Kissen, greif in aller Eile nach meinen Kleidungsstücken und bedecke hastig meine Blöße.

Die Schritte nähern sich… meine Hände zittern, oh mein Gott es ist wieder passiert, wie konnte das nur geschehen?

Alles das dauerte nur wenige Sekunden. Ich streiche instinktiv meine Haare glatt und wappne mich für den fürchterlichen Moment, trete zurück bis an die Wand.

Gleich öffnet sich die Tür, dann ist alles aus, alles zu Ende!

Justin regt sich im Schlaf. "Komm wieder in meine Arme Schätzchen, meine Süße", murmelt er schlaftrunken.

Ich starre auf die Tür, ängstlich wie ein Kaninchen, lausche atemlos auf die Schritte, die Spannung ist unerträglich, gleich wird er mich an den Haaren aus dem Zimmer zerren und mich schlagen!

Soll er nur, ich habe es verdient!

Doch die Tür wird nicht aufgestoßen, die Schritte entfernen sich wieder.

Noch immer stehe ich wie erstarrt an der Wand, unfähig einen klaren Gedanken zu fassen, eine Benommenheit aus der ich mich nicht zu befreien vermochte, lähmt mich.

Bald darauf vernehme ich Hufgetrappel am Haus vorbei sich entfernend.

Endlich bin ich fähig mich aus meiner Erstarrung zu lösen und öffne die Tür, ich will ihm instinktiv nachlaufen, doch er ist längst fort.

Justin ist indessen wach und sitzt auf der Bettkante.

„Er war hier und hat an der Tür gelauscht, er weiß alles, etwas Schreckliches wird geschehen", krächze ich heiser vor Aufregung und laufe die Treppe hinab aus dem Haus und überquere den Hof wie gehetzt als könnte ich das Geschehende rückgängig machen.

Nur der verdammte Alkohol ist schuld an allem!

Ein Bad und frische Wäsche, jedoch das genügt nicht, wie soll ich ihm jetzt gegenübertreten?

Ich laufe ruhelos im Haus umher, hoffe und bange gleichzeitig, er möge kommen oder doch besser nicht mehr in dieser unglückseligen Nacht, alles ist noch zu frisch.

Im Bett konnte ich keine Ruhe finden und nahm meine Wanderung wieder auf, die Nachtstunden schlichen quälend langsam dahin.

Endlich graute der Morgen.

Plötzlich sah ich mich nur noch als Gast, als störender Untermieter in diesem Haus, nicht mehr willkommen.

Ist mein Aufenthalt hier zu Ende?

Ich wusste nicht wie ich ihm begegnen sollte, meine Furcht galt nicht Ihm sondern mir selbst, ich würde nicht die rechten Worte finden, es gab nichts schön zu reden was konnte ich anderes tun als schweigen.

Ich wurde mir der Ungeheuerlichkeit meines Fehltrittes bewusst, eine unendliche Traurigkeit überkam mich, schien mich zu erdrücken.

Ich fühlte mich schuldig des Verrates und schmorte in der Hölle!

Wie ich die nächsten Stunden und Tage verbrachte, weiß ich nicht mehr.

Nach zwei endlos langen Tagen und Nächten kam er zurück.

Ich kauerte in der Kammer auf der Fensterbank mit angezogenen Knien, den Kopf über meine Beine gebeugt, hätte ich mich am liebsten unsichtbar gemacht, wollte mich in mir selbst verkriechen, schluchzend vor Reue.

So fand er mich!

Er verhielt in der offenen Tür, wortlos…

Ach könnte ich doch im Boden versinken vor Scham.
Ich rührte mich nicht, wagte nicht zu atmen.
„Warum beschimpfst du mich nicht, packst und schüttelst mich
nicht?, greifst mir in die Haare und ohrfeigst mich nicht,
prügle alles Unzüchtige aus mir heraus, aber ignoriere mich
nicht, rede mit mir, brüll mich an", flehte ich tonlos.
Jetzt hob ich meinen Kopf und schaute Ihm entgegen.
In seinem Blick las ich die Enttäuschung und Trauer der
ganzen Welt, jedoch er brachte kein Wort hervor!
Zwischen uns lag ein unüberwindlicher Abgrund.
Ich wandte mein Gesicht erschrocken ab, kehrte ihm den
Rücken zu und versank wieder in meine kauernde
Körperhaltung, zuckte zusammen als die Tür geschlossen
wurde, ich war wieder allein.
Wir sahen uns erst am nächsten Tag, als er aus der Praxis kam.
Wir standen uns wie Fremde gegenüber mit hängenden Armen,
seine Augen flehten mich an, doch er sprach jene fünf Worte
nicht, auf die ich so hoffte, diese Worte die für mich so wichtig
waren.
Ich vermochte nichts hervor zu bringen, konnte nichts zu
meiner Entschuldigung sagen und schwieg wartend das er
reden würde, doch er sagte diese wenigen nicht.
"Ich liebe dich noch immer"
Wie konnte ich ohne seine Liebe weiter neben Ihm sein, ohne
ihn wollte und konnte ich nicht leben.
Jetzt gab es nur einen Ausweg für mich, ich musste Ihn
vergessen, ihn total aus meinem Gedächtnis löschen.
Es gab nur diese Möglichkeit, ich würde gehen aus dieser Zeit.
Oh ja ich werde alles vergessen und nicht mehr leiden unter
seiner Lieblosigkeit.

Ich liebe Sie noch immer, kann mir ein Leben ohne sie nicht
mehr vorstellen.
Nicht mehr von ihr träumen, sie nicht mehr mit anderen
vergleichen können.
Seine wunderschöne Frau, die Liebe, die Erfüllung seines
Lebens, ohne sie würde sein Dasein jeden Reiz jeden Sinn
verlieren.
Nein, er konnte nicht auf sie verzichten, niemals!
Er würde ihr alles verzeihen, seinen dummen Stolz, sein
Gesicht verlieren, na und, aber er konnte sie nicht gehen
lassen, nie aufhören sie zu lieben, dachte er, jedoch er sprach
es nicht aus, sagte diese Worte nicht. Vielleicht später einmal,
bald.

Mein Herz wollte aussetzen wann immer ich ihm begegnete,
was nicht oft vorkam.
Wir trafen uns nicht mehr zu den Mahlzeiten, saßen nicht mehr
bei Tisch zusammen.
Ich wartete noch immer auf eine Reaktion von ihm, ein
Zeichen.
Einmal breitete er kurz seine Arme aus, als wolle er mich an
sein Herz schließen,
alles wäre dann um vieles leichter gewesen nach einer
liebevollen Umarmung.
Jedoch er ließ seine Arme wieder sinken, zog mich nicht an
sein Herz.
Mein Entschluss stand fest.
Ich suchte und fand meinen alten Rucksack in der Truhe nebst
dem Inhalt mit dem ich einst in die alte Zeit gekommen war.
Mit ihm auf dem Rücken würde ich diese Zeit wieder
verlassen, mich selbst auslöschen.

Ich werde nichts Persönliches mitnehmen.

Das Büchlein mit den Aufzeichnungen meines Lebens, unseres Lebens wollte ich verbrennen, eingraben oder in der kleinen Höhle gut verbergen, später werde ich von dessen Existenz nichts mehr wissen.

Mein Leben hier hätte nie stattgefunden, wenn ich in die Zeit zurückging, bis an meinen ersten Tag auf diesem Boden, alles würde ich auslöschen innerhalb weniger Minuten.

Fortan würde ich nicht mehr leiden, mich grämen vor Sehnsucht nach unserer verlorener Liebe.

Justin sah ich nicht mehr, er wagte es nicht mehr unser Haus zu betreten, vermutlich hatte er längst den Ort verlassen, was kümmert mich Justin, er war schon lange kein Freund, kein Vertrauter mehr, uns verbanden nur flüchtige erotische vergängliche Minuten, kaum noch wahr.

Auf meiner Wanderung durch das Haus in meiner steten Unruhe, sah ich vor der Haustür einen Brief liegen, ein Zettel nur, unter der Tür durchgeschoben.

Wie lange lag er wohl schon dort?

Ich nahm Ihn auf und las: „Ich warte jeden Abend im Center auf dich in unserem Lokal, du weißt schon, dein dich ewig liebender Justin".

Nein niemals mehr werde ich mit ihm gehen, Ihn nicht gegen meinen Günter eintauschen, dachte ich und zerriss das Papier in kleine Fetzen.

Der letzte Patient war gegangen.

Jetzt begann wieder die lange Zeit der Einsamkeit, des Wartens, aber warum warten, worauf?

Er konnte jetzt ins Haus gehen und Sie in die Arme schließen, jetzt sofort, doch er setzte sich wieder an seinen Schreibtisch,

um wie jeden Tag zu grübeln, die schönen Zeiten
heraufbeschwören.
Er hätte längst seine Ämter vergeben sollen, wie viele warten
nur darauf.
Jeder beneidet mich um diese einmalige Frau, so eine schöne
Frau darf man nicht vernachlässigen, das war unverzeihlich
von mir, alles ist im Grunde meine Schuld, alles hätte
verhindert werden können, auch Ihre Untreue.
Was hatte er davon Sie noch länger mit Nichtbeachtung zu
strafen, sich selbst strafte er doch am meisten.
Wie groß war die Sehnsucht, sie wieder in seinen Armen zu
halten, sie fest an sich zu drücken, ihren warmen weichen
Körper ganz dicht zu spüren.
Kann ich sie noch genau so lieben wie vorher?
Oh ja, meine Liebe wird niemals erkalten.
Ich bin so müde, nachts kann ich nicht mehr schlafen ohne Sie.
Heute Abend noch werde ich sie einfach in meine Arme
nehmen und sie ganz fest an mich drücken.
Wie habe ich es nur so lange ohne Sie aushalten können, ich
kann es kaum erwarten.
Er streckte sich auf der Besucherliege aus und versank in
tiefen Schlaf.

Er hockt wieder an seinem Schreibtisch und studiert die
Patientenkarteien, mich will er nicht sehen, kann mich nicht
mehr ertragen. Ich sah auf die Uhr, es ist Zeit für mich zu
gehen. Niedergeschlagen zog ich meinen Rucksack auf den
Rücken und ging ein letztes Mal durch das Haus, unser Haus,
mein zu Hause seit so vielen Jahren.
Hier habe ich meine Handschrift hinterlassen, habe meinen
Lebensraum geprägt, eine Spur wird von mir bleiben eine

kurze Zeit, doch bald wird sie wie auch ich wie vom Winde verweht sein.

Entschlossen öffnete ich die Haustür und betrat den Hof, zögernd noch, begann ich meinen letzten Weg.

Ich glaubte Günter am Fenster sitzend, in der Hoffnung, er möge mich sehen und aufhalten.

Ich ging sehr langsam, wartend von ihm gerufen zu werden, erreichte ich das Tor, zögernd sah ich mich ein letztes Mal um, doch nichts geschah, keiner rief nach mir. Ich ließ die schwere Tür ins Schloss fallen und begann zu laufen.

Blind vor Tränen hastete ich den Hang hinauf, ich fühlte mich so verloren, so allein ohne Ihn!

Der Schmerz in meiner Seele, meiner Brust war unerträglich, aber es gab kein Zurück mehr, gleich hat mein Leiden ein Ende, gleich werde ich Ihn vergessen haben, die Zeit wird gnädig mit mir sein.

Ich betrat die Höhle, den Zeitkanal, ließ mich in die Anfangszeit befördern, die Zeit vor unseren ersten Tagen und gleich darauf in das Jahr 1879, es war September, der Tag meiner einstigen Ankunft 16°°Uhr, die gleiche Zeit.

Ich musste die Höhle ganz durchqueren um auf die andere Seite zu gelangen, alles ist nun zu Ende. Ich stolperte durch den Zeitkanal, die Gefahr kümmerte mich nicht, was könnte mir noch schlimmeres passieren.

Doch während ich durch die schauderhafte stinkende Höhle stapfte, war ich mir dem Anlass dieser Höllenwanderung nicht mehr voll bewusst.

Das Geheul und Gewinsel ekelte mich an, doch ich hatte eine starke Lampe dabei um mir die erbärmlichen ausgestoßenen Wesen vom Leibe zu halten, sie würden hier für ewig gefangen bleiben.

Das totale Vergessen erfolgte, als ich die zweite Höhle betrat.

Ich ging in meine Zeit zurück.

Verwundert sah ich mich um, was wollte ich in dieser Höhle, einem Ort des Schreckens?

Ich komme von der anderen Seite, aus einer anderen Zeit, erinnerte ich mich schwach, unglaublich, ich bin imstande in andere Zeiten zu gelangen, mein Gott, ich habe die andere Seite gesehen, - ein anderes Jahrhundert.

Aber was wollte ich da, was habe ich dort gesucht?

Ist das nicht das Land meiner Vorfahren? Ich schüttelte mich.

Verwirrt setzte ich meinen Weg fort, stieß auf die Klettergruppe mit der ich heute Mittag den Berg erstiegen hatte, mischte mich unter sie und begann mit Ihnen den Abstieg.

Abends würde ich wieder zu Hause sein.

Der Bergführer musterte mich, verträumt sinnend, unsere Blicke trafen sich und weckten ein seltsames Gefühl in mir, mir war, als verband mich etwas mit ihm, ich kannte ihn, war ich mir sicher.

Na klar, er hat uns ja schon auf den Berg hinaufgeführt und dennoch, - war da nicht etwas zwischen uns, - irgendwann?

Ich glaube ich wäre nicht abgeneigt, wenn er mich fragen würde ob ich…ich bin mir sicher, dass ich, das wir…-

Ach Unsinn, meine verwirrten Gedanken spielen mir einen Streich.

Unten angekommen, verabschiedeten wir uns mit Händedruck.

Er hielt meine Hand zu lange, wollte mich nicht gehen lassen.

„Bleib", wollte er wohl sagen, doch er tat es nicht!

Ein starkes Gefühl des Verlustes wallte in mir auf, verlegen löste ich meine Hand aus Seiner und ging.

Nach ein paar Metern wendete ich mich noch einmal

augenzwinkernd um.

Er stand noch immer an der gleichen Stelle, solche blitzenden durchdringenden Augen, mein Gott diese Augen, wo hatte ich diese Augen schon gesehen?

„Vielleicht komme ich eines Tages wieder", rief ich lachend. „Vielleicht in einem Jahr oder irgendwann"…

Ich hatte alles in meinem Kopf gelöscht, außer dem Wissen, der Erkenntnis nun ein Zeitreisender zu sein.

Ich werde niemals wieder Ruhe finden, einmal als Zeitreisender infiziert, für alle Zeit verdorben für ein normales, langweiliges Leben.

Diesen Satz hatte ich einmal gelesen in einem Büchlein mit rotem Einband, in welchem Büchlein? Hatte ich es gar selbst geschrieben?

© 2017
Herstellung und Verlag: BoD – Books on Demand, Norderstedt.
ISBN: 9783746019000

Fortsetzung unter:
www.meine-buch-ideen.de

© 2017
Herstellung und Verlag: BoD – Books on Demand, Norderstedt.
ISBN: 9783746019000